新 潮 文 庫

密約の核弾頭

上　巻

マーク・キャメロン
田村源二訳

新 潮 社 版

密約の核弾頭

上巻

マクシム・ドゥドコ――大統領補佐官
エリク・ドヴジェンコ――ＳＶＲ（ロシア対外情報庁）テヘラン駐在員
パヴェル・ミハイロフ――ロシア空軍大佐、アントノフＡｎ‐124大型輸送機パイロット
エリザヴェータ・ボブコヴァ――ワシントンＤＣ駐在ＳＶＲ工作員

ヨーロッパ

ユゴー・ガスパール――フランス人武器商人
リュシル・フルニエ――フランス人暗殺者
ウルバーノ・ダ・ローシャ――ポルトガル人武器商人

イラン

レザ・カゼム――《ペルシャの春》指導者
アヤトラ・ゴルバニ――監督者評議会議長のイスラム法学者
パルヴィス・ササニ――イスラム革命防衛隊少佐
マリアム・ファルハド――ドヴジェンコのガールフレンド
イサベル・カシャニ――研究者、ジャック・ジュニアの元カノ
アタシュ・ヤズダニ――航空技師
サハール・タブリジ――宇宙物理学者

カメルーン

チャンス・バーリンゲーム――駐カメルーン・アメリカ大使
エイディン・カー――アメリカ外交保安局カメルーン駐在官
フランソワ・ンジャヤ――大統領
ムビダ――将軍
サラ・ポーター――駐カメルーン・アメリカ公使夫人
ショーン・ジョリヴェット――アメリカ海軍空母〈ジョージ・Ｈ・Ｗ・ブッシュ〉艦載機、Ｆ／Ａ18Ｃホーネット戦闘攻撃機パイロット

主要登場人物

アメリカ合衆国政府

ジャック・ライアン（ジョン・パトリック・ライアン）——大統領
メアリ・パット・フォーリ——国家情報長官
アーノルド・〝アーニー〟・ヴァン・ダム——大統領首席補佐官
スコット・アドラー——国務長官
ロバート・バージェス——国防長官
マーク・デハート——国土安全保障長官

〈ザ・キャンパス〉

ジェリー・ヘンドリー——〈ザ・キャンパス〉の長／ヘンドリー・アソシエイツ社社長
ジョン・クラーク——工作部長
ドミンゴ・〝ディング〟・シャベス——工作部長補佐
ジャック・ライアン・ジュニア——工作員／上級情報分析員
ドミニク・〝ドム〟・カルーソー——工作員
アダーラ・シャーマン——工作員
バリー（バルトーシュ）・〝ミダス〟・ジャンコウスキー——工作員
ギャヴィン・バイアリー——ＩＴ部長
リーサンヌ・ロバートソン——輸送部長

その他

アメリカ

キャシー・ライアン——アメリカ合衆国大統領夫人、眼外科医
ウィル・ハイアット——アメリカ空軍大尉、ＭＱ‐９リーパー軍用無人機パイロット
ミッシェル・チャドウィック——上院議員
ランダル・ヴァン・オーデン——海軍兵学校・航空宇宙工学教授
アレックス・ハーディ——海軍兵学校・士官候補生

ロシア

ニキータ・イェルミロフ——大統領

……すべての面において善い活動をしたいと願う人間は、たくさんの善からぬ者たちのあいだにあって破滅するしかない……

――ニッコロ・マキアヴェッリ『君主論』(河島英昭訳)

1

母なるロシアでは、どんな秘密も遠からず秘密でなくなる運命にある。情報は力なのであり、告げ口がロシアの根深い因習になっているのだ。軍事輸送航空コマンド・第二二四輸送分遣隊所属のパヴェル・ミハイロフ大佐の場合、そもそもほんの短期間でも自らの悪徳を包み隠せたということ自体、まさに奇跡としか言いようがなかった。

査問委員会にかけられ、ミハイロフは長くて苦しい試練を受けた。だが、それはむしろ彼のためにはよかったのである。ロシアには「苦しまなければ学びなし《ビズ・ムーキ・ニェート・ナウーキ》」という格言がある。英語の「苦労なくして得るものなし《ノー・ペイン・ノー・ゲイン》」に相当する言葉だ。まさにそのとおりで、〝翼を取り戻せた〟いま、ミハイロフはそれをふたたび失う危険をおかす気など毛頭なかった。これからは注意深く、きちんとした行動をとり、とりわけ酒を飲まないようにしよう、と心に誓った。

五三歳になる大佐は懐中電灯を手にして歩き、巨大なアントノフＡｎ－１２４輸送機のやや垂れ下がる主翼の下に入っていった。ジェット燃料の臭《にお》いが心地よい。薄くなりかけた白髪混じりの髪が微風に乱されはじめた。林檎《りんご》のように丸くなった頬が赤らんでいるのは酒焼けのせいで、それはもう一生治らないのかもしれない。夜になって肌寒くなったが、日中はモスクワも爽《さわ》やかな春日和《びより》で、黒く見える駐機場は昼間ためこんだ熱をいまも放出しつづけている。ミハイロフ大佐は聴覚を護《まも》るために小さな発泡ウレタン製耳栓をはめていた。補助動力装置のキーンという音や油圧機器のあげる甲高い騒音は、いまや彼に言わせれば〝くぐもった音楽〟でしかない。ミハイロフは幅の広い後退翼の下のあちこちに懐中電灯の光を向けて調べてから、二四個もあるタイヤを一つひとつ丹念にチェックしていった。まるでガガーリン空軍士官学校で学ぶピンク色の顔をした士官候補生に戻ったかのような徹底した飛行前点検だった。

ミハイロフは航空機を墜落させたことなど一度もなかったし、間一髪セーフというヘマさえ演じたことがなかったが、分遣隊長の将軍の言葉を借りれば、どれほど腕の立つパイロットであろうと、頻繁に「二日酔い然としたヨレヨレの状態で」仕事をしにあらわれたのでは、当然噂《うわさ》の種になる。だが、皮肉にも上官たちが心配しだしたのは、ミハイロフが週一回のＡＡ（アルコホーリクス・アノニマス）のミーティングに参加するようになってからだった。ロシア政府は昔からＡＡを警戒してきた——そもそも、秘密のミーティングをおこない、国家よりも高次の力に従うというところが気に入らない。やはり、欧米が創《つく》り出したどのようなプログラムも信頼できない、と考えておいたほうがいいのだ。だが、それよりも上官たちを不安にさせたものがあった。それはミハイロフの心の変化——自分の飲酒問題を解決しようと思い立ったこと——だった。

ウォツカも、厚手の外套《がいとう》やトロイカでの疾走を謳《うた》った詩に負けず劣らずロシア精神の一部なのである。

一八五八年、ロシア政府はクリミア戦争で枯渇《こかつ》した国庫をなんとか潤《うるお》そうと、ウォツカの値段を三倍にした。農民たちはこの課税に抗議して禁酒の誓いを立てた。禁酒運動は膨れあがり、それまで大酒飲みだった国民が、ビールより強い酒はいっさい飲まないと誓った。ところが、これがまるでうまくいかなかった。軍がアルコール税による国家の利益を守るために凶暴な介入をし、抗議する者たちをぶったたき、漏斗《じょうご》を使って力ずくで彼らの喉《のど》にウォツカを流しこんだ。禁酒運動グループは非合法とされ、七〇〇人以上の抗議者が反逆者として逮捕された。

ミハイロフ大佐が突然、自分の飲酒癖について悩みはじめたというのなら、ほかの者たちもみな彼のことを心配しなければならないのかもしれない。もしかしたら大佐は反逆者であるかもしれないからだ。

三〇年も軍にいたおかげで、ミハイロフには〝困ったときに力になってくれる〟お偉方が何人かいた。八〇年代にアフガニスタンでともに軍用機を飛ばしていた戦友たちで、いまや彼よりもはるかに高い地位についているにもかかわらず、昔のよしみとやらをまだ完全には忘れていない。そもそもミハイロフほど経験豊富で腕のいいパイロットはそうはいないのだ。ミハイロフ自身、おれなら酔っぱらっていたって、いまさにロシア空軍の中枢《ちゅうすう》を担《にな》っている素面《しらふ》のガキどもの半分よりも上手に操縦できるぞ、と自負している。

査問委員会は耐えがたいものだった。酔っぱらっているときだって、自分の欠点を次々に並べ立てられるのを黙って聞いているのはえらくつらい。それなのに、素面のときに、査問委員の将軍たちにリストにある欠点をひとつずつチェックされ、これはひどい、最悪だ、と非難されつづけたのである。戦友のお偉方たちは査問委員会が不名誉除隊にしてやると脅すのをとめてくれはしなかったが、恥辱で曇る頭でもミハイロフにはそれでいいのだとわかっていた。もし彼らがほんとうに年金受給の権利を奪うつもりなら、脅すなどという面倒なことをせず、何も言わずにスッパリ切ってしまうからだ。

これはもうウォツカをバケツで飲むしかないなという気持ちになることもあったが、ミハイロフ大佐は査問会議中なんとか口をつぐみつづけることができた。言われたとおりに振る舞ったのだ。それで結局、〝翼を取り戻せた〟のである――そして今日の任務をまかせられるほどの信頼も回復できた。

ミハイロフは昨日、Ａｎ‐１２４をモスクワの一七〇キロ北西のトヴェリ・ミガロヴォ空軍基地からジュコーフスキー空港まで飛ばした。軍事輸送航空コマンド隷下《れいか》の第六九五五航空基地隊が本部をおくミガロヴォ空軍基地の滑走路は、これほど巨大な輸送機の離陸も問題なくこなせるほど長かった。ただ、それは空荷のときのことで、積載物があれば話はちがってくる。いまＡｎ‐１２４は昨日よりも七万四三五二キロも重くなっていて、離陸にはミガロヴォ空軍基地の滑走路よりもかなり長いものが必要になる。ジュコーフスキー空港はモスクワの三六キロほど南東のモスクワ川河畔にあり、いまは民間の国際空港としても利用されているが、もともとはグロモフ記念航空研究所の一部で、軍用飛行場として用いられてきた。それゆえ、今回のような極秘任務に必要なセキュリティ体制も整っている。

　セキュリティ上の理由からわざわざ別の空港を経由するという煩《わずら》わしさをのぞけば、昨日の二〇〇キロほどの飛行はミハイロフ以下六人の乗務員にとっては〝慣らし運転〟のようなものだった。今回組んだ五人の乗務員のうち四人は初対面だった。二人の航空機関士のうちの一人とは以前いっしょに飛んだことがあったが、もう一人と副操縦士、通信士、航法士は第二二四輸送分遣隊所属ではなく、初めて顔を合わせる者たちだった。別の隊の者と組むこともたまにはあるのだ。とくにこの種の任務のときは。しかし、Ａｎ‐124コミュニティは比較的狭いので、一度も会ったことがない者が四人もいるというのにはミハイロフも驚いた。いくつか質問をして、いろいろ訊《き》いてみたかったが、やっと〝翼を取り戻せた〟ばかりで、まだ不安定な状況にあると自覚していたので、やめておいた。自分が熟練したパイロットと評価され、扱いづらいことで有名なアントノフの操縦でもピカ一と目されているのはわかっているものの、大酒飲みであるという評判も軍の外にまで広く知れ渡っている。初対面の乗務員たちは飛行前ブリーフィング中、ミハイロフを注意深く観察し、酒を飲んだ気配が少しでもないか嗅《か》ぎとろうとした。

　ミハイロフは今夜は早めに基地に着き、ＩＤカードを使ってゲート、ドア、武装警備官といった幾重にもなったチェックポイントを通り抜け、搭乗することになっている輸送機に達した。そして、ちょうど機内の可動式クレーンと強力なウインチが長さ二〇メートルの木箱二個を後部貨物室扉《カーゴドア》から積みこむところを見ることができた。積荷目録には、その二個とも〈特別重要《アソーブイ・ヴァージノスティ》〉——アメリカの〈トップシークレット〉に相当する最高機密レベル——とあった。ところが輸送先はカザフスタン中央部のサリシャガンとなっていた。〝最高機密〟と謳いながら輸送先をサリシャガンと明かしているところがいささか妙ではあった。サリシャガンはミサイル試験施設なのである。だから木箱のなかに入っているものが何であるかについては疑問の余地がない。バーコードが貼《は》られているだけで、マークの類《たぐい》は一切なかったが、それぞれの木箱の前部に線量計がついていたので、なかのものが核ミサイルであることはまず間違いなかった。当然、ミハイロフは機長として荷の重量を知らされていた。二個の荷はそれぞれ三万七〇〇〇キロちょっとの重量があり、それに長さを合わせて考えると、中距離ミサイルの一種ではないかと推測できた。試験を受けにいくということなのだろうから、新型にちがいない。だが、ミハイロフはもうそれ以上考えないことにした。自分の仕事は推測ではなく輸送だったからだ。

　飛べればそれでいい、運ぶものが何だって構いやしない、とミハイロフは思った。ミサイル本体についている留め具が木箱の前部から後部までの板の隙間《すきま》からいくつも突き出していて、機内のクレーンはそれらを利用して荷を大きな後部カーゴドアから積みこみ、貨物室のなかにしっかり安全に固定することができた。

貨物室の広さは充分で、まだ余裕があった。

ミハイロフはまるまる一個大隊の兵士を空輸したこともあったし、軍用大型トラック、戦車、航空機、さらには救助用潜水艦さえ運んだことがあった。彼も仲間のパイロットたちも「重量さえ正しく分散してもらえればクレムリンだって運んで見せる」という冗談を好んで口にした。

まもなくアントノフＡｎ‐１２４はうしろへ引き戻され、積荷担当のロードマスターたちが大きな牽引棒《けんいんぼう》を貨物室後部に収納する。そこまでやれば今夜の仕事は終わりで、彼らはアントノフに乗りこむことなく、ジュコーフスキー空港にとどまる。この極めて重要な荷を輸送先のサリシャガンで降ろすのは、そこの別のロードマスターたちということになる。

飛行前点検を終えるとミハイロフ大佐は、ひらいたままになっている後部の貨物用ランプを歩いて機内に入り、壁面にそって進んで、しっかり固定されたミサイルの前を通りすぎ、階段をのぼって上部デッキへ出た。コックピットに入ると、他の乗務員はみな、すでにそれぞれの位置についていた。ミハイロフは機長である大佐にふさわしい仕種《しぐさ》と言葉で迎えられ、左側のシートに腰を下ろした。操縦席に座る経験はこれまでにもう数え切れないほどあったが、今回もまたわくわくした。操縦桿《そうじゅうかん》を前にして座ると、いまだに腹が熱くなるような感覚をおぼえるのだ……そう、強い酒を一気にあおったかのように。

ミハイロフが読書用眼鏡をかけて、自分がやらなければならない離陸前チェックをする準備をととのえると、副操縦士――チェレンコという名の堂々とした風采《ふうさい》の陰気な男――がラミネート加工されたカードの項目をひとつずつ読み上げていった。民間人――FSB（ロシア連邦保安庁）のパイロットである可能性も大いにある――で、白シャツに黒ズボンという服装だった。シャツには黄色い線が三本入った黒い肩章がついている。

昨日ミハイロフは貨物室消火システムの二次警告ランプを交換するよう命じたのだが、それは実行されていなかった。しかたなく彼はミガロヴォ空軍基地に戻ってから交換する決定を下した。残りのチェック項目はみな問題なかった。

ミハイロフはすぐうしろに座っている航法士のほうに顔を向けた。航法士はすでに離陸許可・指示を管制承認伝達席《デリヴァリー・コントロール》から受けていた。ミハイロフは訊いた。「飛行時間は？」

「三時間三七分です、大佐」航法士は答えた。「ほぼずっと向かい風です。南からこちらへ飛行中のウラルのエアバス320から『フライト・レベル1‐9‐0で激しい乱気流』との報告が入っています」

ミハイロフは平静を保ってうなずいた。「よし。出かけるとしよう。とてつもなくうまいマトンシチューをつくる女が向こうにひとりいる」

「それに入っているという羊肉、もしかしたらカザフスタン馬のペニスかもしれませんよ」副操縦士のチェレンコはクスクス笑いながら、離陸前チェックリストをシート脇《わき》のバインダーのなかに戻した。

「どんな肉であろうと」ミハイロフは肩をすくめた――こういう男は好きになれない。「彼女のシチューはそりゃもううまいんだ」腕時計に目をやった。一時四分。身を前に乗り出し、最新飛行情報を聞こうと、それを放送しているチャンネルにラジオの周波数を合わせた。そして、録音された最新情報を最後まで聞いてから、副操縦士にうなずいて見せた。昨日のミガロヴァ空軍基地からのフライトで、機長は飛行中、副操縦士にラジオをつけっぱなしにさせておくのを好む、ということが他の乗務員にもわかっていた。

「地上《グラウンド》管制席へ」チェレンコは呼びかけた。「こちらアントノフ2808、最新の情

「滑走路1‐2《ワンツー》の手前で待機せよ。報B《ブラヴォー》にしたがって地上走行《タキシング》の準備完了」

「アントノフ2808へ」男性の声が応えた。男性の声が応《こた》えた。「滑走路1‐2《ワン　ツー》の手前で待機せよ。周波数119・5《ワン・ワン・ナイナー・ポイント・ファイヴ》ヘルツで飛行場管制席《タワー》からの連絡を受信せよ」

軍のパイロット同士はロシア語を使って話すし、ときどき管制官たちもそうして、他国から飛行機を操縦してきたパイロットたちを狼狽《ろうばい》させることがある。だが、航空業界の国際語は英語であり、この空域の管制は民間が担当しているので、今回は当然、英語が使われた。飛行場管制席はアントノフ2808を重量がかなりあるイリューシンIl‐76のうしろに並ばせ、大型ジェット機がつくりだす後方乱気流への注意をうながした。

「こちらアントノフ2808」チェレンコは応えた。「大型機のうしろにつく」

すぐに全長四六メートル・四発のイリューシンがいかにも重たげに滑走しはじめ、背後に見えない旋風を残して飛び立った。

管制官がふたたび指示した。「アントノフ2808へ。滑走路1‐2《ワン　ツー》からの離陸を許可する。離陸時の針路を保って五〇〇〇フィートまで上昇し、モスクワ出域管制席《ディパーチャー》と交信せよ」

チェレンコが管制官の指示を復唱すると、ミハイロフはスロットル・レバーをゆっくりと前へ押しやっていった。アントノフはその場にとどまったまま機体を震わせはじめた。ミハイロフは四基のロタレフD‐18Tターボファン・エンジンをほぼ五分間、慎重に回転させてから、ブレーキを解除し、離陸滑走に入った。大型輸送機は滑走路から浮き上がるのに必要な速度を得ようと、ゆっくり、着実にスピードを上げていった。

「上昇率、良好です、大佐」チェレンコが高度計から目を離さずにインターコムを通してロシア語で言った。「車輪を上げます」

巨大なアントノフは扱いづらい厄介な飛行機だったが、ミハイロフの熟練した操縦術によって、機体、燃料、秘密の積荷、合わせて五〇万ポンド以上もあったAn‐124はこのうえなく優雅に飛びはじめた。

航空管制官のスヴェトラーナ・ミンスキーは荒れた唇をなめ、細い指をヘッドフォンに押しつけた——苛立《いらだ》っているときによくやる仕種。アホなボーイフレンドにタバコをやめるよう説得され、ためしに今夜から禁煙を試みているのだ。頭上の壁に画鋲《がびょう》でとめられている〝やる気を起こさせる〟ポスターには、キリル文字で「ガラスを打ち砕くハンマーは鋼鉄を鍛えもする」と書かれている。悲しい現実がなければ笑える陽気な格言である。航空管制というハンマーは鋼鉄をも簡単に打ち砕くことができる、というのが現実なのだ。それにそもそも、ミンスキーは忙しすぎて、そんな〝やる気を起こさせる〟ポスターに載っている戯言《たわごと》を読んでいる暇なんてまるでない。なにしろ、モスクワ・センターの窓なしの青い部屋のなかにいる彼女も含めた数十人の管制官たちは、モスクワとその周辺にある七〇ほどの空港や飛行場の空域の交通整理をしなければならないのだ。そして今夜はとりわけ忙しかった。彼女は自分からタバコをとりあげたボーイフレンドが恨めしかった。

彼女の苛立ちは無線連絡の声にもあらわになっていた。その大部屋の中央になる、ミンスキーのうしろの列の机について監督にあたっていた上司が、彼女を横目でじろりとにらんで注意した。

ミンスキーは目の前のレーダー・スクリーンにいま浮かんだばかりの番号付き輝点《ブリップ》を見つめた。

そして、それがスクリーン上にあらわれるのとほぼ同時に、新たな声が彼女のヘッドセットから雑音とともに飛び出した。ロシア人でなければまず理解できないロシア訛《なま》りのきつい英語だった。「モスクワ出域管制席《ディパーチャー》へ。こちらアントノフ２８０８、現在高度八〇〇〇フィート、このまま五〇〇〇まで上昇する」

「アントノフ2808、そちらをレーダーで捉《とら》えた。指示されたとおり、上昇を続行せよ」

だがそのとき、ミンスキーのコンピューター上の短期コンフリクト警報装置が危険を察知し、知らせた。すぐ近くにアントノフがもう一機——やはりロシア空軍機——いて、ジュコーフスキー空港を迂回《うかい》しようとしており、現在の針路、速度、高度では2808と衝突する恐れがあるというのだ。ただ、両機はまだ八マイル離れていた。ということは、事故発生の危険が大きい状態であるインシデント——横方向距離五マイル以下または高度差一〇〇〇フィート以下にまで接近——になるまで、まだ三マイルの余裕がある。

ミンスキーはほんの短いあいだ別の航空機と交信してから、二機のアントノフに注意を戻し、いかにも不満げに咳払《せきばら》いをした。空はとてつもなく広いというのに、このクソ飛行機どもは互いにまっすぐぶつかろうと決心しているかのような飛びかたをしている！

ミンスキーは悪態をつきたくなった。その欲求はタバコへのそれと同じくらい強かった。「アントノフ2967へ。高度を一万四〇〇〇に変更、左へ三〇度旋回し、ジュコーフスキーを飛び立った僚機から離れろ」

応答はなかった。

珍しいことだったが、まったくないことでもなかった。パイロットが無線機のつまみにぶつかって周波数を変えてしまうとか、乗務員との話に夢中になっているとか、そういうことはたまに起こる。パイロットが眠りこんでしまう、ということだってまれに起こる。

二機の距離が六マイルにまで縮まった。

ミンスキーはふたたび呼びかけ、アントノフ２９６７への高度変更の指示を繰り返した。

応答なし。無線での交信ができない航空機はＮＯＲＤＯ《ノード》と呼ばれるが、もはやミンスキーにはその言葉を使っている余裕もなかった。

「アントノフ２８０８、高度一万六〇〇〇を保ったまま、ただちに左へ三〇度旋回せよ」

距離は五マイルになろうとしていた。これではまず間違いなく公式なインシデントになってしまう。

いまや二機は高度一万八〇〇〇フィートまで上昇しようとしており、ともに南西のモスクワ川上空の同じポイントに向かって飛行していた。

二機のうちの一機だけでもそのコースからはずれればいいのだ、とミンスキーは自分を慰めた。

応答があった。彼女の指示を復唱するパイロットの声が聞こえた。「こちらアントノフ２８０８、一万六〇〇〇を維持し、左へ三〇度旋回する」

ミンスキーはゴム製の鰐《わに》の玩具《おもちゃ》をひっつかんだ。禁煙のストレスと闘うのに役立つとボーイフレンドから渡されたものだ。その馬鹿《ばか》ばかしい玩具を世界から消し去ろうとするかのようにギュッとにぎった。パイロットの復唱とともに、レーダー・スクリーン上のアントノフ２８０８を意味する数字が自分の指示にしたがって最初の進路から逸《そ》れはじめたので、ミンスキーは安堵《あんど》の溜息《ためいき》を洩《も》らした。

だが、どういうわけか、２９６７のレーダー輝点のほうも移動を開始し、コース変更した２８０８へふたたびまっすぐ突っ込んでいこうと進路と上昇率を変えた。

ミンスキーは再度ＮＯＲＤＯに呼びかけて時間を無駄にしたくなかった。

「アントノフ２８０８、さらに左へ三〇度、即時旋回せよ」

航空管制で〝即時〟という言葉が使われた場合、文字どおり〝即時〟を意味する。パイロットはもたもた自動操縦《オートパイロット》を解除したり方位バグを操作したりしてはいけない。指示を受けた瞬間、操縦桿をつかみ、間髪を容《い》れず機を旋回させなければいけないのだ。

アントノフ2808は了解の応答をしたが、コースを変えなかった。

薄暗い大部屋の一五フィート離れたところで、監督官のコンピューター上の〝密告装置《スニッチ》〟が警告を発し、問題がひとつ生じたことを伝えた。ちょうどそのとき、ミンスキーも片手を挙げ、上司の注意を惹《ひ》こうと指をパチンと鳴らした。監督官は座ったまま椅子《いす》のキャスターをコロコロ転がして青いカーペットを移動し、目を大きく見ひらいて、ミンスキーのレーダー・スクリーンに浮かぶ近づきつつある二つの輝点を見つめた。

ミンスキーは上司に助けてもらおうとは思っていなかった。自分が規則どおりに正しく問題を処理するところを見ている証人がひとり欲しかっただけだ。

「もう一方にも呼びかけろ」監督官は声を押し殺して命じた。

ミンスキーのレーダーの衝突警報が鳴りだし、このままではあと二分で空中衝突すると知らせた。ここまで進行してしまったインシデントをアメリカ人は〝事《ディール》〟と言う――最高に控えめな表現、とミンスキーは思った。

彼女はもういちど試みた。

「アントノフ2967、右へ三〇度、即時旋回せよ。フライト・レベル1-9-0を保て。別件《ブレイク》。アントノフ2808、左へ三〇度旋回し、僚機から離れろ。右三マイルに僚機あり。別件《ブレイク》。アントノフ2967、右へ三〇度、即時旋回せよ」

何事も起こらない。

ミンスキーはゴムの鰐をにぎりつぶし、何度も何度も机にたたきつけた。彼女はこんな馬鹿なことをしでかしている者たちに、ロシアの不気味な子守歌『ねんねんころりよ、おころりよ』――言うことを聞かないと、灰色狼《おおかみ》にさらわれて、柳の根元に埋められる……――を歌ってやりたかった。

と、そのとき、ありがたいことに旋回実行の連絡が入った。「こちらアントノフ2808、左へ三〇度旋回」

輝点がコースを変えはじめた。レーダーの掃引ごとにそれがはっきりしてきた。

ミンスキーは鬱積《うっせき》した感情を解き放つかのように息を吐いた。「ありがとう、2808。2967はNORDO」

「交信を試みる」アントノフ2808は応えた。

ミンスキーはほっとし、酷使した目を手の付け根で揉《も》んだ。だが、次の瞬間、監督官の罵《のの》り言葉がつづけざまにあがり、彼女はハッとして視線をレーダー・スクリーンに戻した。アントノフ2808は指示どおりにコースを変更していたが、もう一機もそれに合わせて右へ動いたのだ。現在のコース、高度では、二機はすぐさまロシア上空で火の玉と化す。

ミンスキーはあわてて音声による指示を再開し、監督官は同じ指示をシンテズ衛星通信装置に打ちこみ、それをメールで問題の航空機に送信した。同時に、付近を航行中の他の飛行機を危険空域から遠ざける措置がとられた。第二のアントノフはなんとしても空中衝突したいと思っているかのようだった。スクリーン上の二つの輝点はレーダーの掃引ごとにぐんぐん近づいていく。ミンスキーは恐れおののきながら輝点をじっと見つめ、両機の自動応答装置《トランスポンダー》の識別番号を交互にわめいた。

「アントノフ２９６７へ」ミンスキーはふたたび呼びかけた。声に懇願の気配が混じり、語気が和らいだ。硬い岩の柔らかな部分に裂け目が生じたかのようだった。「現在の高度と針路を維持してください」念のため、ロシア語でも繰り返した。

二つの輝点は一瞬、凍りついて動かなくなった。二機があまりにも接近してしまったため、レーダーとコンピューターが混乱し、一方をゴーストと判断してしまったのだ。二機の正しい位置を捉えるまでにすこし時間が必要だった。

監督官はうめき、ミンスキーの頭にもたれかかりそうになった。まるで精神的支えが必要になったかのようだった。声をかすれさせて言った。「あと二〇秒。それでわかる」

アントノフAn‐124のコックピットは機体の最上部にあるので、２８０８の乗務員たちは、すぐ上を飛行する２９６７の腹をまともに見てゾッとした。鷲《わし》に襲いかかられる獲物になったような気分だった。僚機がまるで至近編隊飛行をするかのようにぴったりコースを合わせて、四〇〇フィート上を飛びはじめると、ミハイロフ大佐は歯を食いしばったまま悪態をつき、操縦桿を前へ押しやった。

一瞬、計器類が明滅し、機内の照明も消えたり点《つ》いたりを繰り返した。すぐうしろに座っていた航空機関士が声をあげたが、何と言ったのかはミハイロフにはわからなかった。大佐の手はふさがっていたし、訊き返す余裕もなかった。

「操縦はおれがする」右のシートに座っていたチェレンコが言った。

ミハイロフはびっくりして勢いよく顔を右へ向けた。「なんだと！　操縦はまだおれが――」

冷たい鋼鉄が首に押しつけられ、大佐は凍りついた。拳銃《けんじゅう》の銃身だと瞬時にわかった。ミハイロフは両手をゆっくりと操縦桿からはなし、少しずつ挙げていった。

「わかった。任せる」

ミハイロフは首をすこしだけうしろのほうにひねった。以前組んだことがある一等機関士が見えた。意識を失って床に倒れている。薬物を使われたか、頭を一撃されたのだろう。どちらなのかはわからない。拳銃をしっかりにぎって銃口をこちらに押しつけているのは、今日初めて会ったもうひとりの機関士だ。いかにも自信ありげで、にやにやしている。

第二のアントノフは相変わらずすぐ上を飛行しつづけていた。トランスポンダーの表示が明滅して消えた。すぐにまた表示が点滅しはじめ、もとに戻ったが、そのときにはまったく別の識別番号が浮かんでいた。

無線から耳障《みみざわ》りな雑音とともに初めて聞く声が飛び出した。と同時に、第二のアントノフが離れはじめた。夜の暗闇《くらやみ》のなかを上昇していく翼がミハイロフにも見えた。

「モスクワ出域管制席《ディパーチャー》へ、こちらアントノフ2808。危険を回避し、安全になった。2967はこちらの真下を通過した」

すると今度はミハイロフの後方に陣取る通信士が声をあげた。「モスクワ出域管制席《ディパーチャー》へ、こちらアントノフ2967。申し訳ない。激しい雷雨のせいで、しばらく計器がまったく使えなくなってしまっていた。なんとか復旧させた」

「2967、緊急事態を宣言するか？」女性の管制官の声が問うた。自分の担当機がニアミスを起こしたことで声が強張《こわば》っていた。

「こちら2967、機長はしないと判断した」チェレンコは応えた。「サラトフに着陸し、必要なシステム・チェックをおこなう」

管制官は〝この件を後日さらに検討する〟ため自分の電話番号を教え、かならず報告書を書くようにと指示した。チェレンコは〝了解〟と返したが、電話番号をメモしはしなかった。

ミハイロフは両手を下ろしはじめた。が、すぐに機関士に銃身でつつかれ、両手を頭のてっぺんに載せたままにせざるをえなくなった。

「つまり——」ミハイロフはぼそぼそ言った。「われわれが2967になり、向こうがわれわれになった、というわけか」

通信士はなおも出域管制席《ディパーチャー》と話しつづけている。

ミハイロフは自機が鋭く右へバンクするのを感じた。それで機がほぼ真南へ向かいはじめたのがわかった。なんでこんな馬鹿げた無益なことをするんだ、と大佐は心底困惑し、副操縦士を見つめた。「こんなことをしたって、調べられれば、ばれてしまうぞ」

「そりゃまあそうだ」拳銃を突きつけている機関士が応えた。「だが、それなりの者たちがそれなりの装置を使って調べないと、わかりはしない……」

「いったい、おまえら、こんなことをして何の得があるんだ？　そもそも、発射制御装置がなければ、ミサイルは何の役にも立たない」

「それもまた、そのとおり」今度は通信士が応えて、にやにや笑いながら、自分の足もとに置かれている二つの革製ブリーフケースを見下ろした。

ミハイロフは内臓がこなごなに砕けるような感覚をおぼえた。

「なるほど」彼は言った。「われわれになりすましたアントノフは核ミサイルを積まずにカザフスタンに着くわけだ。そのときどうなる？」

「それはその方向へ飛んでいくが――」チェレンコが答えた。「運悪く、われわれが遭遇したのと同じ雷雨に捕まり、航法システムと通信システムをやられ、バシキリアの森の樹木におおわれた小山の連なりの上空でレーダーから消え、行方不明になるんだ。そして、もう絶対に見つからない」

「では、われわれの目的地は？」

チェレンコは横目でミハイロフをチラッと見やり、首を振った。「それはだね、同志大佐、残念ながら、あんたにとってはもうどうでもよいことになると思う。なぜって、あんたは消えてなくなる運命にある飛行機に乗っているわけだからね」座ったまま、さらにもうすこし体をねじって、背後のワークステーションの席についている通信士と目と目を見かわした。「ユーリー、もう木曜だ——すぐに金曜になる。大佐にウォッカを振る舞ってくれないかな」

「いや……おれは……」ミハイロフは口ごもった。「おれは……飲まない——」

「友よ」チェレンコは優しい声を出した。「自分のために、ウォッカをちょっと飲んだほうがいい。それで、これから起こることに……すこしは耐えやすくなる」

2

アメリカ合衆国大統領は執務机のはしに置かれた木製のコースターの上に白い磁器のコーヒーカップを戻した。ジャック・ライアンは打ち負かした敵の頭蓋骨《ずがいこつ》にコーヒーを入れて飲んでいるにちがいない、と思っている人々もいたが、ほんとうのところは、海兵隊出身の歴史学者でもある大統領は、欠けたところのある陶器のマグを使うほうを断然好んでいた。しかも、そのマグのなかは、これまでに入れられた大量のコーヒーのせいで、しっかり茶色くなっている。この日もあとでそれに切り替えるつもりだったが、いまは就任した新閣僚とのオーヴァル・オフィス（大統領執務室）での初会合ということで、写真も撮らなければならず、ホワイトハウスの高級磁器カップを使わざるをえなかった。

カメラマンが去ると、ライアンは机をぐるりとまわって前に出て、二つあるチッペンデール様式の椅子《いす》のひとつに腰を下ろし、国土安全保障長官になったばかりのマーク・デハートと向かい合った。オーヴァル・オフィスの中央にあるふかふかのソファーや椅子のほうがもっとゆったりできるのだが、くつろぎすぎてしまうということも間々ある。ライアンはデハートとは前にいちどだけ会っていた。先日のホワイトハウス記者協会主催夕食会の直後にほんの短時間だったが会って話をしたのだ。それはその場で思いついた顔合わせで、電話ボックスとたいして違わないほどちっぽけな、ワシントン・ヒルトンの部屋の控えの間でおこなわれた。国の最高司令官である大統領が人と会うときにはよくそうなるように、ちょっとした奇襲だった。だから、そのときはデハートには緊張する時間もスペースもなかったことになるが、今回はその両方があったにもかかわらず、うろたえるところなど微塵《みじん》もなく、きわめて冷静のようだった。新しいボスとの最初の公式会合にあたって彼は目をキラキラ輝かせていた。ライアンはそれが気に入った。ありのままでいられる余裕のある人々は、遠慮のない真摯《しんし》な批判やアドバイスを提供する傾向が強いのだ。それに、自分がほぼ間違いなく地球上で最大の権力者である場合、己の陣営内からもたらされる真摯な批判はいつだって不足する。

ライアンは国土安全保障省の新長官との今朝の会合にまるまる二〇分を割くことにしていた。二〇分というのはオーヴァル・オフィスでの会合では永遠と言いたくなるほど長い。目的が単なる友好的なおしゃべりというのだから、とりわけそうなる。

ライアン大統領は満足げにうなずいた。「すまない、来てもらうのがかなり遅れてしまった」

「お忙しいのはわかっております、大統領」デハートは応《こた》えた。新長官は六一歳になる引き締まった体軀《たいく》の健康な男で、顔はトライアスロン選手のように細く、いつもにこにこして目尻《めじり》に皺《しわ》を寄せている。パリッとした純白のシャツのせいで、真っ黒な日焼けが目立つ。まるで前職の下院議員のときから休暇にはかならず、所有するジョンディア・トラクターに乗って畑を耕していたかのようだ。デハートはペンシルヴェニアのオランダ系の家に生まれた。父も祖父も酪農場主で、彼も子供のころから仕事を手伝い、自分で稼いだ〝ミルク・マネー〟でペンシルヴェニア州立大学を卒業し、次いでカーネギーメロン大学で生物学の修士号を取得した。根は科学者であり、農民の勤労意欲と物事を深く考える鋭い分析能力を併せ持っている。しかも、誠実で、ほぼだれにでも好かれる。そしてそれはつまり、策略が横行するマキアヴェッリ的なワシントンDC政界には、彼が破滅するのを見たがっている者たちがたくさんいるということだ。政治家という人種は、自分のほうが劣って見えてしまう好漢の失脚を願うものなのである。

デハートは座ったまま体の位置を変えた。居心地が悪いわけでも緊張しているわけでもない。ただ、座ってやるべきことを考えているよりも、立ってやるべきことをやっているほうが好きなだけだ。「正直なところ、指名が承認されたのには驚きました」デハートは言った。「なぜか、ミッシェル・チャドウィック上院議員はわたしを目の敵にしていますからね」

ライアンはゆっくりと首を振った。〝枢機卿《すうきけい》〟とも呼ばれる上院国土安全保障歳出小委員会の委員長であるミッシェル・チャドウィックは、それはもう途轍《とてつ》もない影響力を行使できるのである。

「いや、それはちがう、マーク」ライアンは溜息《ためいき》をついた。「彼女が目の敵にしているのは、このわたしだよ。チャドウィックの場合、政治的な戦いでもほかの戦いでも、徹底的な焦土作戦をとるんだ。まあ、ありえない仮定だが、もしもわたしが彼女の名前を長官ポストに挙げたら、指名しようとしているわたしが間抜けに見えるように、自分の下劣な不倫情事だって暴露してしまうにちがいない」ライアンはコーヒーをもうひとくち飲み、ミッシェル・チャドウィックの名前を聞いて口のなかに生じた苦みを洗い流した。そしてカップを置くと、手を振って、なかなか消えない嫌な思いを追い払った。「ともかく、きみは政権の一員になれた。で、きみはすぐさま全力で取り組める状態にあるのかね？」

デハートはにっこり微笑《ほほえ》んだ。「ええ、ありますとも、大統領」

「報告書を読む時間はあったかね？」

デハートは国土安全保障長官として、税関・国境警備局、出入国管理・関税取締局、FEMA（連邦緊急事態管理庁）、沿岸警備隊、シークレット・サーヴィスといった機関を統轄《とうかつ》する責任があった。

「三フィートの高さのあるフォルダーの山の二・五フィートくらいまですでに読み終えました」デハートは真顔で答えた。

「いいことを教えよう」ライアンは言った。「報告者というのは牛みたいなものでね、片づけなければならないものを日々付け加える」

デハートはにやっと笑った。「糞尿《こやし》の譬《たと》えが浮かびました、大統領。でも、今朝、母が電話してきて、お得意のふざけた発言は控えないとだめよ、オーヴァル・オフィスで初めて大統領とお会いするときはとくにね、と注意を受けたんです」

「賢明な助言だね」ライアンは返した。「すると、報告書をまあまあ読んだわけで、これからきみたちが……いや、われわれが対処しなければならないものの感触をつかむくらいのことはできたのではないかね？　きみがいま怖いと思っているのは何だね？」

デハートは深く息を吸いこみ、オーヴァル・オフィスのカーペットの中央に編みこまれているアメリカ合衆国大統領の紋章をチラッと見やった。そして言葉を慎重に選び、ライアンの目をまっすぐ見つめて言った。「三つです、大統領」

ライアンは片眉《かたまゆ》を上げた。「どの三つかね？」

「どの三つでも」デハートは答えた。「つまり、どれでも三つが同時に起こったとき」

レザ・カゼムはだいたい指示されたとおりに行動した。ロシア人たちは、結局のところ、スパイ術のエキスパートなのだ。それらしい者の姿さえまったく見なかったが、彼らはルートのどこを進んでいるときもそばにいて、尾行されている気配がないか目を光らせていてくれた。

二七歳になるイラン人はかつてジョージタウン大学で四年学んで物理学の学士号を取得したことがあったので、ワシントンDCを動きまわるのはお手のものだった。それに、この地にそれくらい長く暮らせば、街のいたるところにスパイや、もっと気をつけなければならない防諜《ぼうちょう》機関員が潜んでいることくらいわかる。

背丈が六フィート（約一八〇センチ）弱で、黄褐色の肌、ウェーブのかかった豊かな黒髪という容姿のカゼムは、イランでもワシントンでも人込みのなかでは目立つことはない——ただ、目をのぞきこんだ者は、その特異な色に気づく。深い緑色なのだ。嵐《あらし》のときの海の色。そのおかげで、ジョージタウン大学在学中はたくさんの女性が関心を向ける存在になった。根は夢想家で、寝食を忘れることさえよくあった——大きな危険にさらされて綱渡りのようなことをしているいまも、むろんそうだった。言うまでもないが、そういうときはやつれた風貌《ふうぼう》になり、アメリカの若い女性はそれがまた好きなようなのだ。カゼムはアメリカではサッカーと呼ばれるフットボールをするのが大好きで、毎朝二マイル走って、いちおう体を鍛えているが、ずば抜けて頑健というわけではない。しかし、そんなことはどうでもよかった。力ずくで人々を自分の意にしたがわせる、というのは彼のやりかたではなかった。カゼムの場合、ただ自分の望みを語り、嵐の海の色をした目でじっと見つめさえすればよかった——それだけで人々は彼が望んでいるとおりのことをするのである。

レザ・カゼムはホテルからタクシーに乗ってメトロのタイソンズ・コーナー駅まで行き、そこでシルヴァー・ラインのラーゴ・タウン・センター行きの電車に乗った。そして、指示されたとおり、ロスリンで降りて、とてつもなく長いエスカレーターで地上へ達し、二ブロック東にあるスターバックスまで歩いた。まだ朝も早く、コーヒーを買うのに通勤客の列に並んでしばらく待たなければならなかった。レモンケーキもひとつ買って、外の通りで食べた。歩道は、イヤホンをはめ、新聞をかかえ、コーヒーを飲みながら歩く人々でいっぱいだったが、情報機関員のように見える者は――ロシア人であるかどうかは問わず――ひとりもいなかった。近くのどこかしらにいて目を光らせている連中は熟練した者たちにちがいない。レモンケーキはしっとりしていて、認めたくはなかったが、イランでこれまでに口にした最高のケーキにも負けぬほどおいしかった。そのケーキを食べ終えると、カゼムはメトロの駅まで歩いて戻った。今度はシルヴァー・ラインと平行に走るオレンジ・ラインの電車に乗った。そして、ランファン・プラザ駅でブルー・ラインに乗り換え、逆へ戻りはじめ、国務省の庁舎のあるフォギー・ボトムを抜け、ポトマック川を越え、ロスリンも通過して、南へ向かった。電車は地上に出た。カゼムは頭上のスチールの握り棒をつかんで立っていた。肩が触れ合うほど込んでいる。アーリントン国立墓地の丘の斜面に果てしなく並ぶ白い墓石と、国防総省《ペンタゴン》の広大な駐車場を、カゼムはチラッと見やった。おれはいま、まさに敵陣のまん真ん中にいて、途方もない危険にさらされているのだ、と彼は思った。

カゼムは、ファッション・センター・アット・ペンタゴン・シティという名のショッピングモールに直結するペンタゴン・シティ駅で降り、ふたたび地上に戻って、一五番通《ストリート》りを東へ向かって歩き、クリスタル・ゲートウェイ・マリオット・ホテルまで行った。そして、ホテルのロビーを通り抜け、何の飾りもないトンネルのような長い通路を進んで、クリスタル・シティ・アンダーグラウンドと呼ばれるショッピング・エリアに入った。糊《のり》の利《き》いたシャツや磨かれた靴が発する芳香がただよっていた。ここが連絡員《コンタクト》と接触することになっている最終的な目的地だった。

カゼムは人込みを押し分けるようにして歩いていった。そのエリアは、シャワーを浴びて仕事場へ向かう政府機関職員や制服姿の軍人であふれていた。彼らは通勤列車のヴァージニア急行鉄道（VRE）でここまでやって来て、ペンタゴンやこのワシントンDC圏の一角に数えきれないほどあるオフィスに向かおうとしているのである。

カゼムは『キング・ストリート・ブルース』という名のレストランの向かい側にあるスターバックスの前に目をやり、捜していた女を見つけた。

そこにはまったく同じ小さな金属製の黒いテーブルが六つあり、彼女はそのひとつについていた。座っていても背が高いとわかった。それに柳のようにほっそりしている――ポトマック川に沿ってアーリントンからマウント・ヴァーノンまで延びる舗装された小道をよくジョギングしている長距離ランナーの体型。すこしだけカールして肩にかかる琥珀色《こはくいろ》の髪が、高い頬骨を縁取っており、顔の中央には突き出してはいるが魅力的なスラブ系の鼻がある。身につけているチャコールグレーのビジネススーツは高価そうだったが、カゼムは女のファッションなどというものにはまったく関心がなかった。スパイ術のルールに反することだったが、彼はコンタクトの名前を知っていた。ただ、名前といっても、ロシア大使館員として申告している名前にすぎない――つまり、駐米ロシア大使館・経済担当官第一補佐官のエリザヴェータ・ボブコヴァ。ボブコヴァがロシア対外情報庁（SVR＝スルージバ・ヴニェーシニイ・ラズヴィェートキ）の要員であることも、カゼムは知っていた。さらに、彼女がSVRの政治課報局イラン課に所属していることさえ知っていた。

彼女とは前にいちど直接会ったこともある。国立動物園で。むろん、そのときも今日と同じようなSDR（サーヴェイランス・ディテクション・ラン＝尾行や監視の発見・回避のための遠回り）をしたあとに。今朝は、彼女のテーブルにはコーヒーカップとレモンケーキ――カゼムがロスリンのスターバックスで注文したのと同じもの――がそれぞれ二つずつ載っていた。それは〝すべてよし〟のシグナル。

ボブコヴァは爪《つめ》が赤く塗られている長い指をスッと動かし、来るようカゼムにうながした。もはや気づかれないように注意する必要はないということだろう。彼女はにっこり微笑み、手振りで自分の向かいの椅子を示した。

「あなたのＳＤＲは成功したわよ」カゼムが腰を下ろすとボブコヴァは言った。

カゼムは自分のバックパックを両脚のあいだに置いた。

「ええ」彼はレモンケーキをじっと見つめた。爽《さわ》やかな春の陽気のせいで食欲が増していた。「これ、食べてもいいですか？」

エリザヴェータ・ボブコヴァはうなずいた。そしてコーヒーをひとくち飲んだ。コーヒーカップの黒っぽいプラスチックのふたに、それよりもさらに黒っぽい口紅の半月形のあとがついた。「あなた、ものすごくハンサムね」《リマーカブリィ》ボブコヴァは言った。「自分でもわかっているのよね、それ」

レザ・カゼムはレモンケーキをひとくち食べた。ロスリンで食べたのと同様、しっとりしている。彼はロシア人の女の言葉を無視した。この女が必要なので、自分の頭のなかを明かすようなことはしない。「会ってくれてありがとうございます」ただそう言った。

「うしろにいる者に気づかなかった？」

カゼムは首を振った。「いいえ」

「うちの男たち、気づかれてしまうんじゃないかと思っていた」ロシア人は言った。

「間抜けでヘマばかりしているの、全員が」

カゼムはそうではないことを知っていた。

　彼は本題を切り出した。「こうやって会ってもらえるということは、上の方々がわれわれの運動を支援することに同意されたと考えてよろしいのでしょうか？」

「ええ、まあ、ある意味では」ボブコヴァは答えた。「知ってのとおり、わが国はあなたの国の現体制とものすごい《リマーカブル》同盟関係を築き上げてきました。でも、当然ながら、いま起こっていることに反対というわけでもない。この反政府運動……いわゆる《ペルシャの春》は、とっても……ものすごい《リマーカブル》」

　カゼムは笑いを押し殺した。彼はアメリカ暮らしが長かったので、ロシア人が〝ものすごい《リマーカブル》〟という言葉を使いすぎていることに気づいていた。

「われわれの運動への支持が拡大しています」カゼムは返した。「デモがテヘラン以外でも――ゴム、エスファハーンでもおこなわれ、東はマシュハド、南はバンダレ・アッバースまで広がり、それこそ無数の都市で発生しています。Ｆａｃｅｂｏｏｋ《フェイスブック》、Ｔｗｉｔｔｅｒ《ツイッター》、Ｔｅｌｅｇｒａｍ《テレグラム》が活用されているのです――政府はそれらすべてをブロックしていますが、それを回避する方法があります」カゼムは両手を振って見せた。〝いまさら言うまでもない〟という仕種《しぐさ》。「まあ、そんなことはどうでもいい。問題は、われわれが必要としているものをロシアは提供してくれるのか、ということです」

「だから、それは……ものすごく難《リマーカブリィ》しいことだと……わかってきた……」ボブコヴァは話しながら顔を上げ、自分の左側を通り過ぎようとしていた者に向かってにっこり微笑んで見せた。

カゼムは彼女の視線の先に目をやった。足をもつれさせている若い男が見えた。ハンフリー・ボガートの映画に出てくるようなベージュのトレンチコートを着ている。ほんの短いあいだだが男は完全に足をとめた。クリスタル通り《ドライヴ》の向こうのVREの駅に停車した列車が新たに吐き出した通勤者の群れが波のように押し寄せてきた。彼らは愚図な男にぼそぼそ悪態をつきながら、まるで邪魔な岩に分けられる川の水さながらに男をよけてメトロの駅のほうへと流れていく。男はカゼムよりも二、三歳若いようで、塩でこすったばかりかとも思えるピンク色の肌をしていた。髪はポマードできれいに整えられ、トレンチコートの前のひらいたところから非の打ちどころのないネイヴィーブルー・ピンストライプのスーツが見える。

そのピンク男は鯉《こい》のそれのようにふっくらした唇をなめながら、横目でカゼムとボブコヴァを交互にチラチラ盗み見た。だが、それは一瞬のことで、たちまち魔法が解けたかのように動きはじめ、男はメトロの駅に向かう人の群れのなかに入って見えなくなった。

「あの男、あなたを知っていましたね」カゼムは言った。ごしごし洗ったばかりのようなピンク色の肌をした奇妙な風貌の男がえらく気になり、苛立《いらだ》った。

「ええ、そのとおりよ」ボブコヴァは返した。

「ええっ？」カゼムは女の言いかたのあまりの軽さに驚きをあらわにした。「わたしはあなたの指示どおりに監視の目を避けるために二時間も費やしたのですよ。その間、あなたのほうはわれわれが一緒にいるところを見せようと仕組んでいた、というわけですか？」

ボブコヴァはテーブルをポンポンと軽くたたき、万事心得ているかのような笑みを浮かべて見せた。「わたしの仕事はね、複雑な偽装工作を必要とするものなの。あなたが今朝やった遠回りは絶対に必要なことだった。だって、あなたが尾行者を撒《ま》こうとしなかったら、わたしたちの接触は重要なものではないとＦＢＩに思われてしまうじゃない」

カゼムは心配そうに視線をうしろへ投げた。「あいつ、ＦＢＩなんですか？」

「いえ、まあ、そうではないんだけどね」ボブコヴァは小馬鹿《こばか》にしたような口調で答えた。「数日前の夜、ある大使館で催された晩餐会《ばんさんかい》で会ったのよ。でも、おしゃべりな男だから、とっても役立つの。こちらに都合のよいことをしてくれる。あなたにとっても得になるはず。こういうふうにやると、アメリカという国は動かずにはいられなくなるの。彼らがすぐにお金の入ったスーツケースをあなたに空中投下しはじめても、わたしは驚かないわ。アメリカのやりかたって、そうなの」彼女は唇を突き出して悪戯《いたずら》っぽい笑みを浮かべた。

「ともかくこれで彼らは、いったいこれはどういうことなんだと悩みだし、懸命になって答えを見つけようとするわ」

カゼムはボブコヴァの言葉を追い払おうとするかのように首を振った。「まったく理解できない。だって、あなたがたはエキスパートなんでしょう。肝心の支援のほうですが、『ええ、まあ、ある意味では』とは、どういう意味ですか？　われわれは求めているものについては具体的に説明してきました。イランの情報機関は無能と言ってもいいですが、イスラム革命防衛隊は冷酷で残忍です。彼らの効率のいい無慈悲なやりかたに対抗するには、前から欲しいと言っていたものが必要になります。技術的な装置です。それが運動には不可欠なのです。『ええ、まあ、ある意味では』とは、直接支援することはできない、という意味なのですか？　もしそうなら、どうしてなんです？」

「なぜイラン国民があなたの信念に賛同して運動に参加するのか、その理由ならわたしにもわかる」ボブコヴァはふたたびカゼムの目をじっと見つめた。「とっても……ものすごい……《リマーカブル》」うっとりと夢見るようにつぶやいた。が、すぐにその夢見心地から脱して、咳払《せきばら》いをし、背中をすこし伸ばした。「ともかく、支援についてはそういうこと。ロシア政府は直接支援することはできない。一切できない」ボブコヴァは片手を上げ、抗議しようとしたカゼムを制した。「でも、直接支援できる者たちに接触するための情報は提供する」

むろん彼女は抜け目なく、実際に持っているよりも多くの情報を手中に収めているとカゼムに思わせておきたかった。それはいいとして、カゼムもからむ偽装工作のほうは、いささか馬鹿げているように彼女にも思えていた。

レザ・カゼムは半分残っているレモンケーキを押しやり、女をキッとにらみつけた。かわいそうに、女がどういう役割を担《にな》っているのかも、どんな問題を抱えているのかも、さっぱりわからないのだ。ただ、ひとつだけわかっていることがあった。それは、この女の傲慢《ごうまん》さは……そう、ものすごい《リマーカブル》ということ。それでこいつは身を滅ぼすということ。

「どうみても変です」ＦＢＩ国家保安部防諜課に所属するマーフィーという名の捜査官は言い、カップをかたむけてコーヒーをひとくち飲んだ。彼は同じ通路にある店のテーブルについていた。ボブコヴァたちがいるところから六〇フィートしか離れていない。

「まさにね、グラスホッパー」もうひとりが返した。マーフィーよりも上位のコインという名の捜査官だった。ＦＢＩ入り《ビューロー》してもう一七年、ここ一一年は防諜課に配属されている。テネシーで生まれ育ち、南部出身を名誉の印と思っていたし、〝人狩り〟の能力が高いと見なされるのもそのせいだと考えていた。

二人のＦＢＩ捜査官はコーヒーを飲みながらおしゃべりしているふりをして、横目でイラン人とロシア人を観察していた。彼らは、いまこの地下のショッピング・エリアにいる人々の半数ほどと同様、ペンタゴンに入るさいに必要となる色分けされたＩＤカードをネックストラップで首からぶら下げていた。

「ロシアはこれまでずっとイラン政府《テヘラン》と仲良くやってきましたからね」マーフィーは言った。「わたしにはわかりません。なぜエリザヴェータ・ボブコヴァが、イランの現政権を転覆させせようとしているグループのリーダーと会って話をしなければいけないのでしょう？」

「いや、それよりも」コインは問い返した。「なぜあの女は、通勤中のコリー・ファイトに確実に見られるところで話し合っていたのだろう」

「コリー・ファイト？」

「あの唇がふくらんだ野郎だ」コインは答えた。「あいつはミッシェル・チャドウィック上院議員の首席補佐官で、彼女の若いツバメでもある。そう、エリザヴェータは利口な女なんだ。折り紙つきの切れ者、マジでね。偽装工作《マスキロフカ》の女王。ここクリスタル・シティは防諜要員のセレンゲティ国立公園と言っていい。スパイ監視要員がそのアフリカの国立公園の野生動物みたいにうじゃうじゃいるんだ。ここの諜報・防諜要員密度はアメリカのどこよりも高い。おれたちみたいなのがどこにでもいる。ちゃんとした仕事の場合もあれば訓練の場合もあるが。ともかくボブコヴァは、秘密にしておきたいんだったら、こんなところで会うなんてことは絶対にしない。見られたかったんだ――間違いない、ファイトに。たぶん、おれたちにも」

「なぜですか？」マーフィーは訊《き》いた。「ねらいは何なんですか？」

「だから、ペテン・ごまかし、偽装工作さ、グラスホッパー」コインはコーヒーカップを勢いよく置いた。プラスチックのふたの小さな穴からコーヒーがすこし噴き出した。「イランの現体制崩壊に発展しかねない運動のリーダーにちがいない男が、ロシアの諜報活動の現場指揮官と判明している女と〝ケーキを分け合っている〟現場を、われわれは目撃し、しかもその女はチャドウィック上院議員に二人が会ったことを知らせたがっている、というわけさ。きみがＦＢＩ訓練施設《クァンティコ》で教わったかどうか、わたしは知らんが、イランとロシアが何やら一緒にやっていれば、やつらはとっても良くないことに深く関わっているに決まっている」

3

アメリカ合衆国空軍のウィル・ハイアット大尉《たいい》は、愛車の赤いフォルクスワーゲン・パサートを、国道95号線のすぐ西にある二四時間営業のウォルマートの駐車場に乗り入れた。クリーチ空軍基地に配属になった者たちは、住んでいる場所をノース・ラスヴェガスなどと言わずに郵便番号《ジップ・コード》だけで示すことが多い。ハイアットは89149にある家を手に入れたばかりだった。子供たちは新しいプールをとても気に入っていた。家のすぐ近くにこのウォルマートがあったので、今日は〝戦争に行く途中〟そこに立ち寄った。ウォルマートで双子の誕生日パーティーに必要なものをすこし買って帰るよ、と彼は言って出てきたのである。

車から降りたときにはもう汗をかきはじめていた。こんなことならプールでひと泳ぎしてから出てくるべきだったな、とハイアットは思った。早朝で、まだ七時にもなっていなかったが、すでに熱気がアスファルトから立ちのぼって路面が揺れて見えていた。

店に入ってから出てくるまでに三〇分しかかからなかった。なにしろ、これから一二時間勤務なので、そのあいだに溶けたり傷《いた》んだりするものは買えないのだ。妻の買い物リストにあったのはそんな食品ばかりで、それ以外のものといったら紙皿とナプキンだけだった。妻のシャノンに買ってと言われたわけではなかったが、ハイアットは水風船の袋を二つ摑《つか》みとって買い物かごに入れた。七歳児はみな、水風船が好きだよな、と思ったのだ。ウィル・ハイアットはまだ三〇歳だったが、自分が七歳のときからすでに半世紀がたってしまったかのような気がしていた。

無人機《ドローン》を飛ばすと老《ふ》けるのである——といっても、人がすぐに思い浮かべるような理由からではない。肉体的にきついということではないのだ。通常の戦闘機のパイロットとはちがい、急旋回や急加速のさいにかかるG（加速度の単位で表される遠心力）に苦しめられることはない。だいたい、MQ-9リーパー軍用無人機の場合、2Gにさらされたら、機体自体が破滅的損傷を受けることになる。それにハイアットは、アフガニスタンはカンダハールの掩蔽壕《バンカー》で汗水垂らして戦うわけでも、いささか問題のあるSkype《スカイプ》を通して子供たちの注意を惹《ひ》きつづけようと無駄な努力をするわけでもなかった。温度管理されたトレーラーハウスのなかの座り心地のよい革張りの椅子《いす》に身をあずけ、やるべき作業をするだけでよかった。そして、自分の勤務終了の時間になったら、ほかの者に交代して家に帰れる。明日は子供の誕生日パーティーのために休みをとってさえいた。

だが、ハイアットがそういうことを口にするとき、くだくだ愚痴を言っているように聞こえ、実はそれこそが問題だった。

ハイアット大尉はアメリカにいるようで、そうではない――完全にはそうではない――という奇妙な状態で仕事をしていた。なにしろ、何週間もＩＳ（過激派組織「イスラム国」）の残党がいる恐ろしく汚い場所のあちこちに上空から目を光らせ、懸命になってＨＶＴ（高価値《ハイ・ヴァリュー》ターゲット）を見つけようとし、うまく見つけ出したら、そのＨＶＴを吹き飛ばして地獄へ送りこみ、次いで大型ファミリーカーのフォルクスワーゲン・パサートに飛び乗り、一時間運転して郵便番号８９１４９の自宅に舞いもどり、子供たちにキスをし、妻をハッピーなままにしておけるようになんとか頭を切り替えようとするのだ。そんな生活にいったいどうやって慣れればいいのか？　ターゲットになった男たちには〝妻にやってと言われる果てしない雑務リスト〟なんてないのだろうか、とハイアットは思った。そうした半端《はんぱ》仕事は、まったく無意味というわけではないにせよ、彼にとっては、くそテロリスト野郎狩りの次にありふれた平凡な任務になっていた。

妻のシャノンは理解していなかった。ただ、ハイアットが打ち明ければ、たぶん彼女も理解するにちがいない、と公平を期すために言っておかねばならない。だが、どう妻に説明すればいいのか？　八〇〇〇マイル離れた戦地にいるわけではないのだ。それでも悲しくなる、と言っただけで、果たして理解してもらえるのか？　「〝戦闘勤務〟の合間、夜に帰宅するというこの生活で、気が狂いそうになる」なんて言って、わかってもらえるのか？　まるで説得力がない。だから、このまま、ぐちゃぐちゃ言わず、殺す必要がある者を殺し、家に戻ったら給湯器――その他たまたま壊れた低品質のクソ機器――を取り替え、それでハッピーな気分になる、という生活をつづけるしかない。

ウィル・ハイアットは愛車のドアのロックを解除した。ドアをあけると、車内の熱気が襲いかかってきた。ここネヴァダの熱は新車のパサートを殺しかねない。この車は残留特別手当――空軍が隊員に与える〝逃げ出し防止ボーナス〟――で買った。クリーチ空軍基地の同じ施設内で民間請負会社の社員としてドローンを飛ばして、大尉がもらう等級O‐3の給与の二倍稼いでいる男たちがいることは、ハイアットも知っていた。

ハイアットは数秒間ドアをあけっぱなしにして待った。双子の子供たちが〝半火山〟と呼ぶ状態まで車内がクール・ダウンすると、買った物が入っている薄っぺらのビニール袋を助手席の床にほうり投げた。今日の勤務は七時から一九時まで、つまり一日のうちで〝最も火山な〟時間帯だ。車を駐車場に置いたままにしても、水風船が溶けてべとべとの塊《かたまり》にならなければいいのだが。水風船？　彼はエンジンをかけ、首を振りながら車を後退させた。水風船なんて、どうなろうと構わんじゃないか！　怒りが突然噴き上がってきて、情けない気分になった。今日は基地に着き次第、従軍牧師と会うことになっていた。三分の一が牧師で三分の二が聞き役であるウィリス大尉は、水と油の関係にある戦闘と庭仕事の折り合いをつけるということにかけては天与の才があった。

今朝の交通量はいつもより少ないようだった。これは妙だった。いつの日も、この時間、同じ人数が出勤するからである。クリーチ空軍基地――親しみを込めて〝股間《クラッチ》〟と呼ぶ者も少数だがいる――に住んでいる者などひとりもいないのだ。だから毎朝、ノース・ラスヴェガスからインディアン・スプリングスまでやって来た車が、基地ゲートから二マイルほど、ゆっくりとしか動かない列をつくるのである。

ハイアットはパサートをとめると、水風船を護《まも》るために窓をほんのすこしあけ、車から離れた。だが、すぐに思いなおし、戻って水風船の袋をつかみ、それを仕事場まで持っていった。そして、勤務が終わったときに持って帰るのを忘れないように、掌《てのひら》にメモを書いた。

クリーチ空軍基地で働く無人機パイロットの数は五〇〇人にもなる。彼らの〝地上コックピット〟は、まわりの砂漠と同色の空調管理されたトレーラーハウスで、ハイアットの〝操縦席〟も何十もが寄り集まるそうしたもののひとつのなかにあった。トレーラーハウスの金属のドアに貼《は》られたプレートには、「きみはもうカンザスにはいない」という『オズの魔法使い』の台詞《せりふ》からとられた言葉が書かれていて、なかに入る者全員に「操縦盤《コンソール》に向かって座ったら七〇〇〇マイル以上離れた戦場で作戦行動することになる」という事実を思い出させていた。

ハイアットは飛行服《フライトスーツ》――仲間内ではバッグと呼ばれる――を身につけ、緑色のデイヴィッド・クラーク・ヘッドセットを装着し、二つあるベージュの革張りシートのうちの左側に腰を下ろした。目の前には、現在アフガニスタンはヘルマンド州上空を飛行中のMQ‐9リーパー軍用無人機の状態を精密に表示するスクリーンやビデオ・モニターが六つある。MQ‐9が搭載するカメラは、一万二〇〇〇フィートの高空からターゲットをしっかり捉《とら》え、その極めて鮮明な映像を送ってくれる。

右のシートにはセンサー担当のレイ・デスレイジ軍曹が座っていた。二人のワークステーションはほとんど変わらなかったが、ハイアットの任務が無人機操縦とミサイル発射であるのに反して、デスレイジの職務は搭載カメラの操作と、ミサイルに照準点を提供するレーザー目標照射だった。むろんレイ・デスレイジという名前が皮肉の種になることはだれの目にも明らかだったし、彼のレーザー照準の技量は天下一品だったが、部隊長は「彼を死の憤激《デス・レイジ》や殺人光線《デス・レイ》デスレイジと呼ぶことを固く禁じる」と配下の隊員たちにはっきりと言い渡した。

今日も何日か前から加わった新顔がひとりいた。狭苦しいトレーラーハウスの後部に座っていて、表紙にオレオという文字——あのだれもが知るクッキーの名前と同じ綴《つづ》り——がエンボス加工されている革装のノートを持っている。ＣＩＡのドローン担当官にしては妙な表紙だが、まあ、どうでもいいか、とハイアットは思った。おれは情報野郎を怪しむことではなくリーパーを操縦することで給料をもらっているのだ。映画ではスパイはいつも軍人よりも腹黒くて陰湿な存在として描かれるが、やつらとて人間にすぎない。変な野郎たちであることは確かだが、人間であることに変わりはない。ブライアン——本名であるかどうかさえわからない——と名乗るその男は、ハイアットがファイサル・アル＝ザミルの居所に関する報告書を提出して以来、ずっとここに詰めるようになっていた。ブライアンは、コネチカット訛《なま》りがあったにもかかわらず、そう悪くなさそうな男に見えはした。ただ、ブライアンがここにいる理由はたったひとつであることをハイアットは知っていた。

アル＝ザミルの妻たちのひとりの携帯電話が、一カ月前からアフガニスタンのナド・アリ地区にある基地局と通信しつづけていた。そこで、ハイアットともうひとりのパイロットが交代で、何日ものあいだ、彼女が住んでいると思われる家の上空にMQ‐9をとどまらせ、監視した。高度一万二〇〇〇フィートもの高空からの覗《のぞ》きであり、女はたとえ空を見上げても無人機を見ることはできない。一方、ハイアット、デスレイジ、ブライアン、それにもう一機のMQ‐9クルーのほうは、ヴェールをとった彼女の顔まで見ることができた。そんなことができる男は、世界中に彼ら六人のほかに二、三人しかいないはずだ。つまり彼らは女の素顔を見られる八、九人のうちの六人ということになる。そう思うとハイアットはなんとも妙な気分になった。女が洗濯物を干したり、子供たちに拳《こぶし》を振って見せたり、市場に行こうと車へ急いだりしているところを、彼らは上空から覗き見した。女が外出するときはかならず三人の男たちが付き添ったが、残念ながらそのなかにアル＝ザミルはいなかった。ときどき彼女は六キロほど離れたところにある別の家へ行った。それだけでは心細い手がかりでしかないが、その女は時間をかけて監視する価値があると上の連中は判断した。

アル＝ザミルがＩＳに武器を供給していることはわかっていたので、彼はいま最も重要なＨＶＴになっていた。そして現在、手がかりと言えるものはその女の行動だけだった。

ハイアットは六日間その妻を徹底的に監視し、訪ねてくる者たちの記録をつけ、彼女の生活パターンを調べあげ、六キロ離れた家へ行く頻度をメモした。そして、子供たちが何時にどこにいるのかも細かく把握していった。実は彼にとってはそれがいちばん重要なことだった。ハイアットの勤務時間の大半はアフガニスタンが夜のときだったので、彼が目にするものの大部分はビデオゲームによくある幽霊のような赤外線映像だったが、万が一アル＝ザミルがあらわれた場合、子供の頭が窓から突き出していることに気づければ、巻き添え被害をふせぐことができるのである。

そうこうしているうちについにハイアットは、問題のずる賢いクソ野郎が六キロ離れた家から出てくるのを目撃した。アル＝ザミルは初めどこにも行かなかった。ただ敷地内をぶらぶら歩くだけで、すぐに家のなかに戻ってしまった。ハイアット大尉がその報告書を書いて提出すると、次の勤務中にＣＩＡドローン担当官のブライアンが姿をあらわした。報告書の提出から二四時間もたっていなかった。ブライアンもまた、ほかの者たちと同じようにフライトスーツを着ていた。だが、名札も、所属部隊記章も、階級章もつけていなかった。それで彼がどういう組織の人間であるのかわかった。基地で働く者にとっては常識だった。

ハイアットの仕事のかなりの部分は、ペンキが乾くのを見物するのと変わらぬほど退屈なものと言ってよかったが、アル＝ザミルの姿を実際に捉えられるようになるや、事はいささか面白い方向へと動きだした。アル＝ザミルはアメリカ兵三人とアフガニスタン兵一五人の命を奪った攻撃に直接関わったかどで指名手配されていた。それで対アル＝ザミル作戦が計画されることになった。証拠に基づく殺害作戦のひとつとして。ただ、これの実施にはさまざまな手続きが必要になる。弁護士チームが法律をチェックし、次いで現政権の政策や空軍の現在の方針に合致していることを確認し、しかるのちに引き金《トリガー》を引いてもよいという項目のボックスに承認の印を入れる。要するに、どのような攻撃が提案されても、こうした背広組が、武力紛争関連法、既定のROE（交戦規則）、戦域司令本部によって導入されるスピンと呼ばれる極秘指示に反していないことを確認しなければならないのだ。空軍の最高機関に所属する弁護士たちが、以上三つの確認をし、攻撃を承認しないかぎり、いかなるレーザー目標照射も、いかなる兵器の発砲・発射もおこなえないのである。

ＣＩＡにも弁護士がいるし、独自のチェックリストがあるが、軍とはちがうＲＯＥ

によって作戦行動をとっており、いざというとき、もうすこし自由にトリガーを引ける。

　ブライアンがここにいるのはそのためだった。

「動きあり」デスレイジ軍曹が声をあげ、ＭＱ‐９リーパーのカメラの操作桿《そうさかん》を動かして、家から出てトヨタのピックアップ・トラックへ向かうアル＝ザミルを追った。そのトラックは昨日そこにやって来た。荷台をおおう防水シートの下には何らかのものが大量に積みこまれている。

　ハイアット大尉は操縦桿をほんのすこしだけ動かした。高度一万二〇〇〇フィートだったので、トラックを追うのに無人機をあわてて動かす必要はない。大尉は肩越しにうしろをチラッと見やった。

　だが、ブライアンはひらいたままの手を上げて見せた。「死刑執行令状の〝同意〟は得ているが、やつがどこへ行くか見届けよう」

「了解した《ラジャー・ザット》」ハイアットはＭＱ‐９をすこしずつ動かしてトラックを追った。なにしろ二マイルも上からの追跡であり、ターゲットに気づかれる心配はまったくない。これからまるで神のように高空から怒りの雷《いかずち》を撃ち下ろし、まさに車で地を這《は》っている死神野郎を黄色い土と一体化させてやるのだ。

のを言葉にした。
「北から別のトラックが接近中」デスレイジ軍曹が声をあげ、三人全員が見ていたも
「積み替えだ」ハイアットは照準装置でトラックをしっかり捉えた。照準線がトヨタ
を自動追尾するようになった。
　二台のトラックは砂漠の道の真ん中で正面を向き合わせてとまった。もう午後も遅
く、あと半時間ほどで日が沈む。トラックも、岩や小石も、オレンジ色に染まった地
面に長い影を投げている。
「新しい野郎たちはシュマグで顔をおおい隠している」デスレイジは言った。シュマ
グは中東の男性が頭や首や顔に巻くストールのようなもの。「身元確認はむり」
　いまやブライアンはハイアットの左肘《ひだりひじ》のすぐそばに立って、スクリーン上の映像を
見つめている。まるで八フィートほどよけいに離れたところからのほうがよく見える
かのように。三人はアル＝ザミルとその右腕がトヨタの後部まで歩いていくのを見
まもった。腹心の手下はオマル・ハーリドという男で、アル＝ザミルほどの大物で
はないが、処刑に値するほどの悪《わる》だと空軍の最高機関には見なされていた。そう、処
刑だ。最高機関は実際にその言葉を使用していた。
　身元が判明している二人のアフガニスタン人が防水シートをサッと引いて剝《は》ぐと、

空調管理されたトレーラーハウスのなかの三人は反射的にすこし身を前に乗り出した。ハイアットは言われる前に立ち上がり、ブライアンが代わりにスルッと大尉のシートに身を滑りこませた。ＣＩＡのＲＯＥのほうがゆるいからだ。正体不明の第三者《エージェンシー》がいても、死刑執行令状があって、そいつらが違法なことをしている場合は、巻き添えにしても構わない、というのがＣＩＡの弁護士たちの判断なのである。だれだって、こうした連中にフランス製ミストラルＭＡＮＰＡＤＳ（携帯式防空ミサイル・システム）を一ダースほど持って走りまわられるのはごめんだ。ミストラルはアメリカ製のスティンガーと同様、肩撃ち式のものもあり、有志連合の航空機を破壊できる。とりわけＭＱ - ９は、危険をおかして高度を一万フィート以下にまで下げた場合、格好の標的になる。

ハイアットが操縦装置を引き渡し、ブライアンがヘッドセットを装着したときにはもう、オマル・ハーリドはトヨタの荷台にのぼっていた。

「マスターアーム・オン」ブライアンは言い、誤射を避ける安全装置を解除した。

「発射準備完了」

「レーザー照射」デスレイジが応じた。

「３《スリー》、２《ツー》、１《ワン》、発射《ライフル》」ブライアンはトリガーを引いた。「発射完了」

ハイアットはブライアンの椅子のうしろに立ち、ＣＩＡドローン担当官の手並みを見物していた。

この任務で大変なのは、時間を果てしなく費やして待ち、監視し、ターゲットの行動パターンを記録するという部分だ。いまからは機械がほぼ自動的にやるべきことをやってくれる。一発のＡＧＭ－１１４Ｒ《ロメオ》ヘルファイアⅡ空対地ミサイルが瞬時にターゲットをロックオンし、まるでワイヤでつながれているかのようにレーザー照射されたトヨタに向かってまっすぐ突っ込んでいった。ヘルファイアは時速九九五マイルで飛翔《ひしょう》し、目標に到達するのに七秒ほどしかかからなかった。

アル＝ザミルと手下どもがミストラルをトヨタの荷台から降ろしながら、防水シートをもうすこし剝いで他の荷を見せはじめたとき、ヘルファイアがターゲットに命中し、彼らを火と土埃《つちぼこり》の塊と化し、それが一気に膨れ上がった。その直後、二次爆発が起こった。それは実際には複数の爆発だったが、あまりにも速くつづけざまに起こったので、ひとつの爆発としか思えなかった。

ハイアットは風が煙と土埃を吹き払うのを見まもった。

「マスターアーム・オフ」ブライアンがふたたび声をあげた。「攻撃終了」

「レーザー照射終了」デスレイジが返した。

ブライアンはしばらく何も言わずにじっと座ったままだった。

「見たか?」ハイアット大尉が訊《き》いた。

「二次爆発」ブライアンは軽く口笛を吹いた。「すごかったな」

「それもそうだが」ハイアットは返した。「記録映像をすこし巻き戻してみる。MICAもあったと思う」

「フランス製の対空ミサイルが?」ブライアンは立ち上がり、ヘッドセットをはずし、ハイアットに近づいていった。

「そう、まず間違いない」大尉は答えた。

「では、重武装した敵ということになる」ブライアンは言った。「フランス製のミストラルだけじゃなくMICAまであったんだからな。やつらがクソ荷をどこへ運ぼうとしていたか知りたくはあったんだが」

「この攻撃はあんたらのもので、こちらには関係ない」ハイアットはふたたび操縦席に座り、MQ‐9リーパーの針路を変更して無人機をカンダハールの基地に戻す操作をした。あとは基地の地上要員がMQ‐9を着陸させ、必要な整備をおこない、しかるのちに、同機がふたたび一〇時間から一二時間の飛行任務につけるように給油をおこなうことになる。

ハイアットのほうはこれから報告書を書き、関連映像記録をまとめなければならない。そしてその二つが仕上がったら、キーボードのキーを何度かたたく。すると、それらはクリーチ空軍基地の部隊長のもとに瞬時にとどく。受け取った彼女は、それらをさらに上へあげる。報告書と関連映像記録は、最終的にCIA本部《ラングレー》、国防総省《ペンタゴン》、リバティ・クロシングの国家情報長官室の暗号で護られたサーヴァーにたどり着くのだが、そこへ達するまでのあらゆる段階で再検討され、正否が議論される。そうやって、問題となる点がひとつもないことが確認されるのである。

ブライアンは親しげにハイアットの肩に手を置いた。「ソシオパスとかいう反社会性パーソナリティ障害者のように聞こえるかもしれないが、大尉、われわれは善いことをしたんだ。やる必要のあったことをやっただけだ」

デスレイジ軍曹はなおも虐殺《ぎゃくさつ》現場にカメラのピントを合わせたままだった。

「そうだな」ハイアットは応《こた》えた。大尉はこの攻撃を乗り越えることはできたが、夢中になって話す気にはなれなかった。「一件落着」

ブライアンは気づいた。「手に書いてあるの、何?」

ハイアットはすこし困ったように肩をすくめた。「子供たちの誕生日用のものを忘れないようにメモしたんだ」ついさっきまでファイサル・アル＝ザミルだった、くすぶる穴を最後にもういちどチラッと見やってから、大尉は掌を上に向けて見せた。
そこには《風船》と書かれていた。
おれって、恐ろしい戦争の神なのか……とハイアット大尉は思った。

4

　イベリア半島の西端にあるポルトガルは地図では西を向いた顔のように見えるが、それなら、海沿いに岩の崖《がけ》や奥まった洞窟《どうくつ》が散らばるアルガルヴェ地方は、さしずめ憂《うれ》いをたたえる尖《とが》った顎《あご》にたくわえられた髯《ひげ》といったところだろう。沿岸の深い谷のなかにあるベナジルと呼ばれる小さな町は、アルブフェイラ、ラゴスという東西の町のあいだのちょうど真ん中に位置している。石灰岩の崖の上に白漆喰《しろしっくい》の家が建ちならび、その下には蜂蜜色《はちみついろ》の半月形のビーチがある。アルガルヴェ地方にはそのような宝石さながらの村や町が無数に存在する。大西洋に面してはいるが、アフリカに近いため、地中海沿岸のような雰囲気がある——と言っても、本物そっくりとまではいかないが。

　むろん、人口三〇〇〇人にも満たないこのちっぽけな町もいまでは観光地になってしまっているが、しっかりした漁船団がなおも健在で、静かで純朴なポルトガルを思い出させる魅力をまだ失っていない。その純朴さがユゴー・ガスパールにとってはビジネスをするのにとても都合がよかった。それに、金のある観光客がたくさんいて、高級なホテルや貸別荘もあるので、快適な生活に慣れてしまった武器商人でも不快な思いをしなくてすむ。この地方の警察業務を担当する国家警備隊は、賢いほうではあったが、車上荒らしや別荘への侵入盗に注意を集中させる傾向にあり、国際犯罪組織のボスがここにいるなんて夢想だにしない。

ユゴー・ガスパールは三日つづけてこのビーチに下りた。ロシア人たちがあらわれるのを待つあいだの暇つぶしだ。最初の日、メルセデス・ベンツから降りて一五〇メートルの斜面を自分の足で下るというミスをおかした。駐車場は海を見晴らす崖の上を通る細い道にそってあった。高級ワインやこってりしたパン菓子《ペイストリー》に目がない肥満体のフランス人にとっては、それだけでも問題だった。五、六メートル歩いただけで、痛風の発作が起こりやすくなるのだ。動悸《どうき》や息切れがすることもあり、踵骨棘《しょうこつきょく》が悪化することもある。さらに悪いことに、歩くと貧乏人になったような気がしてくる。

だから今日も、二日目と同様、障害者専用駐車スペースの近くで自分を降ろすよう運転手に命じた。そこがビーチまでの小道にいちばん近いのだ。運転手は車にとどまり、他の三人がガスパールに付き添ってビーチまで下りることになっていた。今日日《きょうび》いくら注意しても注意しすぎるということはない。

メルセデスの外に出るとすぐ、ガスパールはゆったりしたシャツをぬいだ。実はもっと早くぬぎたかったのだが、車のバックシートでは大きな腹が邪魔して難しかったのだ。すでに別荘で水着をはいていたので、道ばたでズボンもぬぎ、ちょうどシャツの上に乗っかるように車のなかに投げ入れた。水着はスパンデックスの赤い小さな三角形の短パンツで、もっとずっと小柄な者が着てもちっぽけだと思えるものだった。見る角度によっては大きく垂れ下がっているガスパールの腹に隠れてしまい、チラッと見ただけの者には何もつけていないと思われても仕方ない。だが、ガスパールはそんなことを気にするような男ではなかった。全裸だと思われたってべつに構わないし、自分の水着のつけかたに文句を言ってくるようなやつがいても、金はたっぷりあるのだから、敬意を買うという手だってある。

ロシア人たちが会いに来るのは二時間後だった。青緑色《ターコイズ》とコバルトブルーの海の水温はかなり低く、泳ごうという気にはとてもなれなかったが、外気は心地よく、やや季節はずれの暖かさで、気温は摂氏二五度もあった。雲ひとつない空のせいで、気温はもっと高いように感じられる。ガスパールは待ち時間を利用して日光浴し、体をすこし焼くつもりだった。

プライア・デ・ベナジル（ベナジル・ビーチ）は広大とはとても言えない小さな浜で

ある。夏には青白いイギリス人観光客でいっぱいになるが、まだ五月の今日は、ガスパールがほぼ独り占めできる状態だった。ほかにはほんのわずかな人々しかいない。たぶんアメリカ人だろう、東側にある岩の崖をよじのぼっているロック・クライマーが二、三人。それに、まだ幼い子供を連れた北欧系と思われるカップル。彼らは勇敢にも打ち寄せる冷たい波のなかに入って飛沫《しぶき》を上げている。町へとのぼる通路があるビーチの西端の砂に引き上げられている三艘《そう》の木造漁船の近くだ。

そしてもうひとり。黒いビキニ姿のすらりとした女。ガスパールはいかにも難儀そうにビーチをドスドスと歩き、砂に扁平足《へんぺいそく》の足跡を残しながら、チラチラ視線を投げて女を観察した。女はまるで領有権を主張するかのようにビーチのまん真ん中にいた。挑発的に仰向けに寝そべり、自然素材で編んだビーチバッグを枕代《まくら》わりにして頭を支え、滑稽《こっけい》なほど大きな帽子のつばで顔を隠し、ペイパーバックを読んでいる。ブロンドかもしれない、鼻に雀斑《そばかす》があったりして……などと、ガスパールは想像をたくましくしたが、帽子のせいで確かめようがなかった。だが、そんなことはどうでもよかった。美脚で、盛り上がるべきところはちゃんと盛り上がり、体は申し分のないカーブを描き、おまけに極めて小さい水着しかつけていない。ということは、交流相手を捜しているにちがいない。これほどのナイス・ボディで、こんなにちっちゃい布切れしか身にまとっていないというのは……そう、間違いなく男を捜しているのだ。

ガスパールは近くに座ってさりげなく声をかけてみようと思った。それでどうなるか見てみることにした。フランス人は文明人だ。彼もまた獣《けだもの》ではない——大金を新たに手にして、あるていどの洗練を獲得したいまは。控えめで物腰の柔らかい完璧《かんぺき》なジェントルマンを演じることができる。それでだめなら、こちらがどれほど金持ちか女にわからせればいい。ともかく、どのような手を使おうとも、午後の半ばまでにはこのセクシーな生き物を別荘へ連れて帰ろう、という気にユゴー・ガスパールはなっていた。こちらがロシア人たちと会っているあいだは、女にワインを飲ませ、チョコレートでも食わせておこう。そして、ビジネスの話がすみ、日が落ちたら、二人で過ごすのだ。

いいプランだった。ガスパールは未来を想像するのが得意で、とりわけ快楽のひとときは事細かに思い描くことができた。

ガスパールの三人のボディーガードたちは、捕食者の鋭い目であたりに視線を投げつづけ、自分たちに与えられた仕事をしっかりこなしていた。ガスパール自身も、パリはブローニュの森で商売する〝一〇〇フラン売春婦〟たちを管理運営していたチンピラ時代以来、ずっと拳銃《けんじゅう》を携行してきた。それに、頭のいかれた母親——ヘロイン中毒の売春婦——から価値ある知恵をひとつだけ授けられた。「鍵《かぎ》をたくさん持ち歩く男は大物に見えるけど、ほんとうの大物は雇った者に鍵を持たせるものよ」というのが、母親が短い生涯のあいだに息子に与えたその知恵だ。そこで、いまやブローニュの森に立つ売春婦たちを全員買えるほど裕福になったユゴー・ガスパールは、金を払って他人《ひと》に銃を持たせている。

肉がだぶついているガスパールの首にかかるゴールドの太いチェーンネックレスが陽光を受けてきらめいた。汗が幾筋にもなって胸をしたたり落ちていく。ガスパールが顎をしゃくって女から二メートルの場所を示して、そばに立つと、三人のボディーガードのうちの二人がそこにタオルを広げて置いた。それは特大のものだったので、横幅がかなりあるガスパールも砂に汚れずにすむ。格闘の経験が豊富で鼻がつぶれてブルドッグのような顔になっている、もうひとりのボディーガードが、疑わしげに若い女をにらみつけた。ファリンという名の男で、その射るような視線による威嚇《いかく》的な凝視は明らかにやりすぎだった。女のほうから近づいてきたわけではないのだ。四人の男たちのほうが彼女の近くにまでやって来て、そこに勝手に居座ろうとしているのである。それに、危険な女であるはずがなかった。ずいぶん若いし、とっても……か弱そうなのだ。

「そうとんがるなって」ガスパールが若い女にも聞こえるように大きな声で言った。最初におれがボスであることを女に知らせておくのも悪くないと思ったからだ。「あのステキな女性はほとんど素っ裸なんだぞ。おれに危害なんぞ加えられるはずがないじゃないか」

女はペイパーバック——表紙に上半身裸の筋骨たくましい男が描かれているところを見ると、英語で書かれた愚にもつかないロマンス小説にちがいない——から目を上げ、ガスパールを見やったが、それは一瞬のことで、すぐに目をそらして無視するふりをした。タオルに身を横たえようとさらに近づいたガスパールは、女の大腿《だいたい》上部に平行に走る幾筋かのかすかな傷跡に気づいた。それには何らかの物語があるにちがいない。夜が終わるまでにはそれを知ることができるだろう。

ガスパールはタオルの上に腹ばいになると、低くうなりながら体をもぞもぞ動かして砂にくぼみをつくり、できるだけ水平に横たわれるようにした。そして、重ねた両手の上に顎をのせた。これで背中を均等に焼くことができる。だが、そうしながらも、横目で若い女を見つめつづけていた。

「アメリカ人？」目を半分閉じて訊《き》いた。頑張ってビーチまで一五メートルほど歩いて疲れていたうえに、太陽が放射する熱に打たれ、眠くなっていた。

女は帽子のつばを上げ、ガスパールを長いこと見つめた。答えようか答えまいか迷っているかのようだった。

「オランダ人」女は答えた。「なぜ知りたいの？」

「それはだね、きみが英語で書かれた本を読んでいたからさ」ガスパールは返し、笑いを洩《も》らした。「ロマンスについてアメリカ人やイギリス人がどれほど知っているというのかね？　色恋沙汰《いろこいざた》ならフランス人のほうがずっと上手《うわて》だ、小説に書くのも——実技でも」

「では、あなたもロマンス小説をたくさん読むのね？」若い女はさらに訊いた。

ガスパールは肩をすくめた。「いや、論理的に考えるとそうなるということ。フランス語は〝舌のロマンス小説〟なのさ。数語話すだけでわかる」

「ということは、あなたはフランス人なのね？」

「ウィ」ガスパールは答えた。「チュ・パルル・フランセ？」きみもフランス語を話すの？

女は何も持っていないほうの手の親指と人差し指を立てて見せた。「アン・プゥ」すこしだけ。「英語で話すほうが楽」

「残念」ガスパールは言った。「だって、英語で『背中に日焼け止めオイルを塗ってください』と言ったら、とてつもなく大胆で、厚かましすぎるように聞こえちゃう」

若い女は笑いを抑えこんだ。「いいえ、あなたは大胆。間違いなく」

こりゃ脈があるな、とフランス人は思った。

「二時間後にとっても重要な会合があるんだ。だから、きみと知り合いになり、くだくだ社交的な会話をかわし、しかるのちに『ディナー前に別荘に来ないか』と誘う、なんて七面倒くさいことをしている暇はない」

女はひらいたままの本を胸まで下げ、首をかしげた。日焼けした両肩に軽くふれる完璧な焦《こ》げ茶色の髪の房が見えるようになった。金髪ではなかったのだ、とガスパールは思った。いや、しかし、鼻にはステキな雀斑が散らばっているぞ。

「ディナー前に？」若い女はスッと上体を起こして座る姿勢をとり、このうえなく美しい膝《ひざ》をだいた。

腿《もも》に走るたくさんの傷跡がはっきり見えるようになった。ガスパールは想像した。自動車事故？　いや、スポーツ時の傷かも。近所の少年たちとサッカーをする雀斑だらけの少女の映像が眼前に浮かび上がった。ガルソン・マンケ——おてんば娘——だったのかもしれない。だが、いまは立派に育って、すっかり女になった。

「時間のむだ使いなんてしてられないんでね」ガスパールは答えた。「繰り返すが、二時間後に会合があるんだ」

　女はついに本を閉じたが、それをつかんだままだった。「『重要な会合』と言ったわね？」

「正確には『とっても重要な会合』と言ったんだ」ガスパールは〝征服の対象〟をもっとよく見られるように、体を回転させてすこし横向きになった。ビーチ・タオルからはみ出していた自分の腹のはしに筋状にくっついた砂も見えた。彼はソーセージのような指でそれを払い落とした。二個の金の指輪が陽光を受けて輝いた。「もったいぶった遠回りのやりかたなんてやってられないんで――」

「時間のむだということね」若い女は相手の言葉をさえぎって言った。

「そのとおり」ガスパールは応《こた》えた。「おれはすでに金持ちだが、今日話し合う取引でさらに大金を手にすることになる。まあ、それでたぶん、きみがこれまでに会った誰よりも金のある富豪になると言っていい」ガスパールは身を乗り出し、海と崖を交互に見やったあと、小声でそっと言った。「これから会う連中はロシア人なんだ」

「ロシア人？」若い女は目を大きく見ひらいて驚きをあらわにし、ほんのすこしあざ笑った。「全員？」

「きみは実に無遠慮な女だな」ガスパールは返した。

女は悪戯《いたずら》っぽく微笑《ほほえ》んだ。「遠回りの会話なんて意味ないじゃない」

そう言うと、素早く砂浜に両膝をついて、何も持っていないほうの手を差し出した。

「わたし、リュシル」

ガスパールは顔を輝かせた。「素晴らしいフランスの名前じゃないか！」横向きになったまま、上体をすこし起こし、女の手をとってそこにキスをした。腹と胸の肉が垂れ下がった。「おれはユゴー。エンカンタード」ポルトガル語の〝お目にかかれて嬉しい《エンカンタード・ポル・ヴェーロ》〟の短縮形を口にして挨拶《あいさつ》した。

「あら、フランス人かと思っていたんだけど？」

「そうだよ、ローマとかリスボンとかにいるときは……」ガスパールは答えた。

ボディーガードたちは色めき立っていた。とくにファリンが自分とボスのあいだのものや人間に例外なく激しい敵意を向けるタイプの男で、いまも頭に血をのぼらせて近づこうとしたのだが、ガスパールは手を振ってボディーガードたちに遠ざかったままでいるように指示した。彼は女を見るや――実はその瞬間、籠絡《ろうらく》する気になったのだが――邪魔にならないように少なくとも二〇メートル離れて目を光らせているようにとボディーガードたちに命じていた。警護の者をしたがえていれば金持ちなのだと思われるが、そいつらにいつ粉々に砕けてもおかしくないもののように扱われたのでは、びくびく怯《おび》えた弱虫と思われてしまう。そのへんのバランスがなかなか難しい。

リュシルはいまや匂《にお》いを嗅《か》げるほど近い。素朴で自然な香り、とガスパールは思った。暖かな雨のような匂い。

「ポルトガルへは観光で？」ガスパールは訊いた。

「雑談するの？」リュシルは訊き返した。「そういうのはなしにしたんだと思っていた」

「トゥシェ」ガスパールはあわてて〝一本とられた〟という意味のフランス語を口にした。

「ものすごい大金持ちって、ほんとう？」

フランス人は笑みを浮かべた。「きみなんかにはとても想像できないほどの金がある」

「あら」リュシルは雀斑が散らばる鼻をしわくちゃにした。「お金ということになると、わたし、もういっぱい想像できちゃうの。ほんとうに背中にオイルを塗ってほしい？」

「うん、そうしてほしい」ガスパールは答えた。

「で、ディナーをごちそうしてくれるのね？」

「そう」

リュシルはビーチバッグのほうへ身をかたむけた。「オイルならここにあるから——」

ガスパールはとっさに彼女の足——爪《つめ》がマニキュアでピンクになっている小麦色の指——をつかんだ。反射能力はまだまだ衰えていないな、と彼は思った。「おれのオイルを使ってもらわないと困る」

と、すぐさまファリンがやって来て、プラスチックのボトルに入った日焼け止めオイルを女に突き出した。たれたオイルでべとべとになっているボトルだった。よく使うのだ。

「ありがとう」ガスパールはファリンに言った。「よし、また離れていてくれ」女の足をはなすと、上体をふたたび倒して顔をタオルに近づけた。そして、顔をすこしだけリュシルのほうへ向け、声を押し殺して言った。「きみに理解してもらうのはなかなか難しいのかもしれないが、毒入り日焼け止めオイルで人を殺すのは可能なのでね」太い眉《まゆ》を勢いよく上下させた。「わたしにまたがるだけで簡単にできる」

「マジで?」リュシルはガスパールのそばに両膝をついた。「毒入り日焼け止めオイル?」

ガスパールは腹を砂のなかに押しこもうとするかのように動かして安定させると、もとどおり重ねた両手の上に顎をのせ、目を細めて太陽のほうを見た。「わたしをあまり好きじゃない人間もいるんだよ」

「それ、やっぱり、信じるの難しい」若い女は言い、片脚を振り上げてガスパールの尻《しり》の向こう側に下ろし、馬乗りになった。そして、ユゴー・ガスパールの毛深い肩甲骨の下の、襞《ひだ》がいくつもできた動物の革のような背中にオイルを一筋たらしていった。

本は女の右膝のそばの砂の上――手を伸ばせば瞬時にとどく位置――に置かれたままになっている。

5

ドミンゴ・〝ディング〟・シャベスはプライア・デ・ベナジル（ベナジル・ビーチ）の東端にある石灰岩の崖《がけ》っぷちに立ち、バルトーシュ・〝ミダス〟・ジャンコウスキーの胼胝《たこ》だらけの両手のなかにあるコントローラーの小さな画面を見つめていた。

「女に見られた」シャベスは歯ぎしりした。

「大丈夫、ボス」ミダスは言った。「もうすこし信用してくださいよ」

「いや、見られた」

「それは絶対にないです」ミダスは声に力をこめて言った。「太陽のなかに入るように操縦しつづけています。あの女にはギラギラする光しか見えません」陸軍デルタフォース退役大佐は、下まで七〇フィートもある断崖《だんがい》絶壁のふちではなくボート用の桟橋に座っているかのように、両脚をブラブラさせながら、スナイプ・ナノと呼ばれるポケットサイズの偵察用ドローンを操っていた。たしかにミダスの言うことはもっともだったが、それだけではシャベスの胃のむかつきはあまり収まらなかった。

「ちがったら、ただじゃすまんぞ」シャベスは返した。「おれたちが空から監視していることを、あのビーチ娘がターゲットに教えるという展開になったら、最悪だ」

シャベスは耳が隠れるまで髪を伸ばしていた。元陸軍下士官に見えないように、作戦活動にあたるときにはそうしたヘアスタイルにしていることが多い。だが、ミリタリーカットにしていなくても、シャベスが〝戦闘畑〟を歩いてきた男であることは、戦闘経験がある者にはすぐにわかった。ただ、今日《こんにち》ではシャベスのような男は珍しい存在ではない。戦闘経験豊富な帰還兵はかなりいるので、少なくともショッピングモールのようなところではシャベスも目立たずにいられた。

ドミンゴ・シャベスは、長身の者には背が低いと言われ、短身の者には背が高いと言われる微妙な背丈で、すでに四〇代後半――「若くして悲劇的な死をとげるなんてもうできないね」と息子に言われてしまう年齢――であるにもかかわらず、優良な遺伝子とずっとつづけているトレーニングのおかげで運動選手のような体格を維持していた。息子のJ・C（ジョン・コナー）はいい子だが、ちょっと生意気なところがあって、利《き》いた風なことを言うこともある。でも、父親が日常的に直面している〝ほんまもんの〟危険を知っていたら、あのようなことは言えないだろう。

シャベスとミダスはボディーガードが四人いることをすでに把握していた。三人はビーチにいて、もうひとりは車――ガスパールのリムジンとして使われているグレーのメルセデスとそのあとを追う警護車両と思われる黒っぽいプジョー――を護《まも》っている。

シャベス率いるチームの残りの者たちは、今朝はボルダリングをしながらガスパールを監視していた。ありふれた風景のなかに潜むというのが、一日に何十回もターゲットに出会うにちがいないこうした小さな町で監視作戦をおこなう唯一《ゆいいつ》の方法だった。岩の崖をよじのぼって楽しんでいるふりをしていれば、このリゾート地に溶けこめて目立たず、〈ザ・キャンパス〉工作員であるという正体がばれる心配はない。言うまでもないが〈ザ・キャンパス〉は、金融取引会社ヘンドリー・アソシエイツを隠れ蓑《みの》にして活動する極秘民間情報組織で、本部はワシントンDCから見てポトマック川の対岸のアレクサンドリアにある同社の社屋のなかにある。

下が海という場所でのフリー・クライミングはかなり安全である――その心得がある者にとっては。シャベスはそんな心得などなかったので、崖のてっぺんに立ち、ビーチを見下ろしていた。やはり、地面にしっかり立っていられるというのは嬉《うれ》しい。シャベスの場合、手も指も、引き金《トリガー》を引いたり悪党どもをぶちのめしたりするためのもので、崖の側面にできた乳首のような小さな突起にしがみつくためのものではない。

それでもシャベスは、フリー・クライミングをする一団のひとりに見えるような服装をしていた。ナイロンのランニング・ハーフパンツ、タンクトップ、滑《スティッキー・ソール》りにくい靴底をそなえたスカルパのアプローチ・シューズ、小さなクライミング・チョーク用バッグがついたハーネスという出《い》で立《た》ちだ。ミダスもほぼ同様の服装だった。一方、崖の岩壁を苦労してのぼっているジャック・ライアン・ジュニアは、ぴったりしたライクラのクライミング・ハーフパンツをはいただけの上半身裸、先の尖《とが》ったスポルティバのクライミング・シューズという格好で、なんだかバレエダンサーのようにも見えた。もしシャベスが同じ格好になったら、歳《とし》をとったせいで、自転車用短パンをはいた気味の悪いおっさんにしか見えなかっただろう。ジャックといっしょにのぼっていたリーサンヌ・ロバートソンもライクラのハーフパンツを身につけ――着こなしは彼女のほうが上――黒いスポーツブラで胸をおおっていた。

元海兵隊員で元警官でもあるリーサンヌは、〈ザ・キャンパス〉の新しい輸送部長であり、正式な工作員ではなく、おもな仕事はヘンドリー・アソシエイツ社機ということになっているガルフストリームG550の輸送調整と客室乗務だった。ただ、ガルフストリームが危険な状況に置かれるということもよくあり、そのときはリーサンヌが機の警備を担当しなければならないので、工作部長のジョン・クラーク――〝デイング〞・シャベスの義父でもある――は彼女にも戦術戦闘訓練や射撃練習をやらせていた。リーサンヌは実際に監視や尾行の任務につくのは初めてだったが、シャベスにはこれまでに会ったうちでは最高に機転の利く女性に思えた。彼女はまた、クライミングにも熟達していた。夜のチーム・トレーニングのあと、シャベスはつい、いちばん近いソファーを見つけて冷たいビールを一杯飲んでしまうのだが、リーサンヌの場合はベセスダにあるボルダリングジムに行くことが多いのだ。

リーサンヌが監視チームの通信ネットワークを通して言った。まるでいまシャベスが彼女のクライミングの腕前を考えていたことに気づいたかのようなタイミングだった。「二人のどちらもドローンには気づいていないと思います」

「ほら、そうなんですよ」ミダスは掌《てのひら》サイズのコントローラーから目を上げずに言った。「いまもクソ武器商人野郎をカメラで捉《とら》えたまま――女はまったく気づいていない。大丈夫、問題ありません、ボス」

リュシル・フルニエは日焼け止めオイルを塗るのに左手だけを使い、右手は乾いたままにしていた。両腿《りょうもも》でユゴー・ガスパールの体をしっかり挟むと、上体を前に倒して、肉がたっぷりついているフランス人の背中に左右の前腕と肘《ひじ》を押しつけた。そして、そうやって、肉が醜くたるんでいる首にとりわけ注意を向けた——頭の付け根に目をやり、いちばんいい場所を探した。ガスパールの髪はきちんと整えられていたが、やや長めだった。シャツを着れば、黒い巻き毛が襟の下まで達するはずだ。《よし》とリュシルは思った。これからやることを隠すのに都合がよい。

ガスパールは女の少々荒っぽい奉仕を受けて低いうめき声をあげた。鰐革《わにがわ》のような皮膚がブロンズ色に輝いている。

《プルック》とリュシル・フルニエは思った。垢抜《あかぬ》けしない野暮野郎を意味するフランス語。こいつは金を持っているかもしれないが、気品というものを獲得するのは絶対にむり。だが彼女は、この〝太った豚〟にまたがれるのはとってもラッキーと思っているかのように笑い声をあげた。そして、肘の下からうしろへチラッと視線を投げ、三人のボディーガードの位置をチェックした。思ったとおり、三人とも自分の後方にいて、砂浜に引き上げられた二艘《そう》の小型漁船の船縁《ふなべり》にだらりと寄りかかっている。そこまで二〇メートル以上もある。しかも、リュシルが身につけているビキニの尻《しり》の左側には小さな裂け目があって、それが引き締まった尻の筋肉が動くたびに開いたり閉じたりしている。三人の男どもはみな、ファァリンとかいう抜け目なさそうなやつも含めて、尻の裂け目のその開閉に完全に目を奪われているにちがいない、とリュシルは確信していた。

「ポルトガルにはもう長いの？」彼女は訊《き》いた。

ガスパールは背中をこねるように揉《も》まれるのに合わせて気持ちよさそうにうめいていた。

「おや……また……雑談かい……」

リュシルはひやかしを無視した。「セバスティアニズモって知っている？」

「いや、正直なところ、知らない」

「ポルトガル王のセバスティアン一世のお話」リュシルは言った。「一六世紀のことだけど、彼も大金持ちだった。そして、あなた同様、重要な会合があった。まあ、正確には会戦ね、ムーア人たちとの。結局、残念ながら、北アフリカの砂漠での戦いで惨敗《ざんぱい》して行方不明になり、それっきり遺体も発見されなかった。そこで、セバスティアンはいつか戻ってきてポルトガルを救ってくれると人々は信じるようになった。それがセバスティアニズモなんだけど、要するにその言葉の起源は、セバスティアンが実現不可能な夢をいだいて冒険し、大失敗したという事実なわけ」

「やめろ」ガスパールが不快そうな声を出した。「そんな歴史の講釈、気が滅入《めい》る」

「はい、はい」リュシルは返した。「でも、好きなのよ、この言葉。セバスティアニズモ……」

彼女はさらに上体を前に倒して、左腕でガスパールの背中を揉みながら胸をそこに押しつけた。そして、右手を膝《ひざ》のそばにあったペイパーバックのなかに滑りこませ、くり抜いたページに隠しておいたMSP（マーラガバリトヌイ・スピツィアーリヌイ・ピスタリエート＝小型特殊拳銃《けんじゅう》）をとりだした。と、そのとき、頭上からトンボが飛翔《ひしょう》――あるいは弾丸が通過――するような音が聞こえてきて、リュシルはもうすこしで拳銃をつかみそこねるところだった。なんとか落ち着きを取り戻し、ボディーガードたちに見られる前に素早く拳銃を引き上げ、左の掌でおおった。そうやって拳銃を両手のなかに収めて安全を確保すると、頭をうしろへまわして音のしたほうへ目をやった。《メルド！》くそっ！　ファリンがすぐそばに立ってこちらに銃口を向け、頭を吹っ飛ばそうとしているのではないか、という恐怖がふくれ上がっていた。だが、ギラギラ輝く太陽しか見えなかった。リュシルは押し殺した安堵《あんど》の溜息《ためいき》をついた。《もしかしたらほんとうにトンボだったのかもしれない》力を抜け、しなやかに動けるようになれ、と自分の体に命じ、いますぐやらなければならない仕事に戻った。

ソ連時代に設計・製造されたMSPはリュシルの手にぴったりフィットした――実は彼女が通常携行するベレッタよりもフィット感がよかった。この小型特殊拳銃を最初に使用したのはKGB要員たちで、一九七〇年代前半のことだった。弾薬は真鍮《しんちゅう》の薬莢《やっきょう》内部にピストンが入っているという特殊な7・62×37（口径が7・62ミリで薬莢長が37ミリ）。引き金《トリガー》が引かれて装薬が発火すると、ピストンが前に押し出され、AK-47自動小銃のものと同じ形状の弾丸が短い銃身から秒速五〇〇フィート弱ではじき出される。そして、火薬の爆発で生じたガスは――それに爆発音もほぼすべて――ピストンについている蓋《ふた》のせいで薬莢内に閉じこめられ、発砲音はきわめて小さくなり、〝ハリウッド映画に登場するサイレンサー付き拳銃〟のそれに非常に近くなる。ただ、弾丸の威力はかなり弱く、小さな32口径弾の半分ほどしかない。それでもロシア人たちは、この四〇年のあいだに幾度となく、至近距離から発射されたMSPの尖頭弾《せんとうだん》には威力の弱さを補って余りある高い静音性があることを証明して見せた。

リュシルはまたしても上体をすこしだけ前へ倒し、肘でガスパールの背中を揉んだ。彼はふたたび歓《よろこ》びのうめき声を洩《も》らしはじめた。リュシルはかすかにうなずいた。よし、これなら小さな銃声をおおい隠せる。

ガスパールは気持ちよさそうに声を洩らした。「うまいねえ、きみ。ほんとうはフランス人じゃないの？」彼はちょうどリュシルの股間《こかん》の真下にあった自分の尻をキュッと締め、彼女に吐き気をもよおさせた。「ふつうはおれのほうが上に乗るんだけどね」ぼそぼそつづけた。「どういう意味かわかるよな」

拳銃はいまや胸の谷間にすっぽり入って見えない。リュシルは両腿でガスパールの体をしっかり挟んでバランスを失わないようにしてから、上体をさらに前に倒し、唇を彼の耳にふれさせた。汗の臭《にお》いにまた吐き気がこみあげてきた。

「……チュ・ム・クール・スュル・ル・アリコ」思わず声に出してしまった。逐語訳すると〝おまえはインゲン豆の上でわたしを追いかけまわす〟となるこのフランス語の表現は、実際には〝もう、うんざり〟という意味だ。

ガスパールはハッとして凍りついた。リュシルが嘘《うそ》をついていたことにやっと気づいたのだ。

「チュ・エ・フランセーズ！」彼は顔をタオルにうずめたまま〝おまえはやっぱりフランス人だったのか！〟とつぶやいた。

応《こた》える代わりにリュシル・フルニエは、左肘をユゴー・ガスパールの背中の筋肉のなかへグッと深く埋めこみ、右手でＭＳＰの銃口を頭の付け根のくぼみに強く押しつけた。そして、肘を背中に埋めこまれてガスパールが発したうめき声に完璧《かんぺき》に合わせてトリガーを引いた。

ガスパールの全身が砂のなかに沈むかのようにグニャッとなり、肺から一気に吐き出された空気が立てるゴボゴボという苦しげな不快音がはっきり聞こえ、頭の付け根の脳幹が切断された。《フィニ》完了。

リュシルはそしらぬ顔をしてガスパールの柔らかくなった筋肉を揉みながら、愛想よくしゃべりつづけた。この男は生きているときだって中身が空っぽのアホ野郎でしかなかったのだから、死んだいま、こいつとこうやってしゃべりつづけるのはまったく難しいことではない。

だが、リュシルはガスパールに何か言われたかのように突然話すのをやめた。そして、ビキニの尻の部分をグイッと引っぱって、ボディーガードたちの視線をそこに引きつけ、〝豚野郎〟の下顎《したあご》があったところのタオルに広がる血と骨に気づかれないようにした。リュシルは顔を上げて首をうしろへねじり、ファリンを見やった。

「ワインが欲しいんだって」ガスパールがうとうとしはじめたのを邪魔しまいとするかのように、わざと声を低めて言った。

ファリンは嫌な顔をした。

リュシルは肩をすくめ、〝勝手にすれば〟という気持ちを伝えた。「わたしの車のなかに一本あるんだけどなあ」

ボディーガードは〝自分でとってこい〟と言わんばかりにブルドッグのような顔を

丘のほうへ振って見せた。リュシルが予想していたとおりの仕種《しぐさ》だった。裂け目のあるビキニ姿のわたしが歩き去るのをながめるためだけにでも、そうするはずだ、と彼女は思っていた。

〝ディング〟・シャベスとミダスが監視拠点とした崖っぷちのわずか二〇フィート下で、ジャック・ライアン・ジュニアは指をくっつけてナイフのような形にした手の先を岩の割れ目に突っこみ、そのまま力をこめて拳《こぶし》をつくり、それで生じた摩擦を利用して自分の体を崖の側面に近づけた。手が痛くなったが、それは歓迎すべき苦行だった。彼はしばらく〝女性を断つ〟ことにしていた――少なくとも女性に言い寄ってものにしようという気を起こさないようにしようと心に決めていた。だが、その決意は、すぐ上をのぼっているリーサンヌ・ロバートソンのせいで揺らぎはじめていた。彼女のハーフパンツの背中のくぼみに接する部分にきれいな三角形の汗の跡がついていて、それがなんともセクシーなのだ。だから、リーサンヌといっしょに――彼女のうしろについて――クライミングをするのは楽しいことではあった。ただ、リーサンヌは仕事仲間、友人でもあって、親密になってはいけない女性であることも確かだった。ドミニク・カルーソーとアダーラ・シャーマンが出来てしまって以来、ジョン・クラークは露骨に「自分のペンを会社のインクにつけるな」と全員に注意しつづけていた。だからどうだということはまったくなかった。ジャックはここのところ女性と付き合うと何かしら問題が起こっていたので、ともかくしばらくのあいだは〝独身〟でいることにしたのだから。

クライミングの腕はリーサンヌのほうが上なので、彼女が先にのぼり、ルートを選んだ。リーサンヌは楽々と上へと移動し、ジャックのためにゆっくりのぼっていった。ジャックのほうもトレーニングは欠かさず、かなりの運動能力があった。なにしろ、週に二〇マイル以上もアレクサンドリア旧市街《オールドタウン》の自宅周辺をジョギングしているし、週に少なくとも二晩は地元のサッカーリーグの選手たちと走る。もしクライミング能力が力と体のサイズで決まるのなら、ジャックはこの小柄な女性にまったく引けをとらなかったはずである。たしかに、トレーニングで体の調子を上々にたもつのは極めて重要なことだし、ジャックが両手を横に広げたときの六フィート以上もある幅は役に立ちはする。だが、実際にやってみると、クライミングというのは単なる力ずくの運動ではなく、バレエとの共通点が多く、それなりの技が必要となることがわかる。

リーサンヌは岩の表面に抱きつくようにしがみつくと、爪先《つまさき》をかけるところを探して、驚くほど長い足を腰の高さまで上げた。ライクラのクライミング・ハーフパンツが限界まで引き伸ばされた。すぐ下にいたジャックは、〝戦う修道士〟のように振る舞い、紳士がやるべきことをし、目をそらしてビーチに横たわるターゲットに目をやった。

ユゴー・ガスパールはここベナジルで二人のロシア人と会うのだと、ジャックはほぼ確信していた。問題のロシア人たちは、海沿いに西へ五キロほど行ったところにあるカルヴォエイロの町に到着したばかりだった。ドミニク・カルーソーによると、そいつらは額にＧＲＵ（ロシア軍参謀本部情報総局）のタトゥーを入れているも同然の男たちだったという。どういう場所で会うのかということについては、まだはっきりしない。いまもドミニクとアダーラがロシア人たちを見張っているし、ジョン・クラークがさらに仲間の監視チームのまわりに目をやり、逆に二人が監視の対象になっていないかどうかたえず確かめている。

〈ザ・キャンパス〉の作戦ではだいたいそうなるように、今回もまた行動を起こす前に、大量の資料の読みこみ、緻密《ちみつ》な分析、そしてたっぷりの推測――知識や経験に基づくものもあれば、根拠のない憶測、勘に近いものもあった――がおこなわれた。

ヘンドリー・アソシエイツ社は国防総省《ペンタゴン》に近いため、〈ザ・キャンパス〉のＩＴ専門家たちはＮＳＡ本部《フォート・ミード》からペンタゴンへ毎日電波送信される暗号化通信――極秘情報の生データ――を何テラバイトも傍受することができた。国家情報長官でライアン大統領の友人でもあるメアリ・パット・フォーリは、〈ザ・キャンパス〉が作戦活動を幅広くおこなっていることを充分認識していたが、活動の詳細については知らされていなかった。〈ザ・キャンパス〉は活動内容についてては組織の外にいっさい洩らさないので、何か問題が起こっても、国家情報長官室《リバティ・クロシング》もホワイトハウスも知らなかったと言い訳することができる。まあ、あるていどは。

クリーチ空軍基地からの送信も〈ザ・キャンパス〉が傍受したもののなかにあって、そこにはアフガニスタンのヘルマンド州上空を監視飛行したMQ‐9リーパー軍用無人機が撮影した一一秒間の映像記録もあった。画質は粗かったが、画像分析の結果、そこに映っていた男がフランス製のMICA対空ミサイル六発ほどを手に入れた者であることはほぼ確実だった。

ジャック・ジュニアは映像記録を詳しく調べ、そのIS（過激派組織「イスラム国」）のリーダーがサウジアラビア人のファイサル・アル＝ザミルであることをつきとめた――といっても、そいつはたちまちMQ‐9が発射したヘルファイアⅡ空対地ミサイルをくらい、黄褐色の砂漠の砂と化してしまった。アル＝ザミルは裕福な家に生まれ、ヨーロッパのさまざまな場所の銀行に口座を持っていた。ジャックはインターネット博士と言ってもよい〈ザ・キャンパス〉ＩＴ部長ギャヴィン・バイアリーの助けを借りて、アル＝ザミルのアムステルダムの口座からの金の流れを追うことができ、金がダミー会社をいくつも通過して――素人《しろうと》ならそれでだまされてしまうのだが――中レベルのフランス人武器商人にたどり着いたのを確認した。その武器商人は自分を大物だと勘違いしているユゴー・ガスパールという男だった。早速、そいつのパリの家の電話を盗聴した。それでそのフランス人がポルトガルでロシア人たちと会う約束をしていることを知った。

ジョン・クラークはフォーリ国家情報長官と非公式に外で会って、互いの活動が衝突するのを回避するため、一六もあるアメリカの情報機関のどこもユゴー・ガスパールを監視していないということを確認してから、配下の小チームをアルガルヴェ地方の海沿いの町に送りこんだ。こうして今日、〈ザ・キャンパス〉チームは、すっかり日焼けしセイウチのように肉がたるんだフランス人武器商人を見張っている、というわけである。そしてそいつは寝そべりにビーチへやってきて、黒いビキニ姿の魅力的なブルネット――焦《こ》げ茶色の髪の女――に出遭った。

「女が立ち去ろうとしている」ジャック・ジュニアは唇のそばにくるように装着した携帯電話用マイクに言った。「われらが好色野郎はそろそろロシア人たちと会うのでは？」

「かもな」シャベスは答えた。

ジャックは一瞬、崖っぷちから下をのぞきこむシャベスの姿を捉えた。

下のビーチでは、ブルネットが道路へと向かう通路を小走りでのぼりはじめた。

「バッグもタオルも置いたまま」リーサンヌが指摘した。

雑音まみれのシャベスの声がジャックの耳に響いた。「女はドローンを見たと思う」

「いいかげんにしてくださいよ、ボス」ミダスが言った。「見ていませんたら――あっ、何だこりゃ！」

ジャックは女とガスパールを交互に見やった。女はいまや完全に走っている。ガスパールのほうはタオルの上に寝そべったまま動こうとしない。ボディーガードたちは三人ともひっくり返された小型漁船にだらりと寄りかかっていた。

「えっ？」

「ジャック」ミダスは返した。「きみとリーサンヌは女から目を離さないように」

「了解です《ラジャー・ザット》」ジャックは応えた。

「どうした？」シャベスは問うた。「何を見たんだ？」

ミダスはコントローラーを掲げて画面を見せた。「画面のここ、上の角、見えますか？　ユゴー・ガスパールの顔——だったところ——のそばの砂に何かあります。それ、やつの脳の一部じゃないかと」

片足と拳状にした片手で岩にしがみついていたジャックは、リーサンヌのあとについて急いでのぼり、崖の上へ体を押し上げた。そして腹ばいになり、ビーチを見下ろした。ちょうど、ボスのところへ走り寄る二人のボディーガードが見えた。もうひとりのずんぐりした男は町へと向かう小道を全力疾走している。手に拳銃を持って。

「女はいまバイクに飛び乗った」リーサンヌが報告した。

「視認」シャベスが応答した。「赤のドゥカティ。西へ向かっている。カルヴォエイロ方面」

カルヴォエイロにはクラーク、ドミニク、アダーラがいる。

ジャックは自分の装備一式が入っているデイパックをひっつかむと、レンタカー——ミッドナイトブルーのアウディA4——へ走った。

「いっしょに行け」と言うシャベスの声をジャックは聞いた。その数秒後にはもう、リーサンヌ・ロバートソンは助手席に身を滑りこませ、ドアを勢いよく閉めていた。

シャベスはつづけた。「無線をオンにしたままにしろ。リアルタイムのCOPがほしい」

COPは共通作戦状況図《コモン・オペレーショナル・ピクチャー》。彼らの無線装置にはシャベスとクラークのスマートフォンに情報を自動的に送信するGPSロケイターがついていて、それで二人はチーム・メンバー全員の現在位地が表示される地図をスマホで見ることができる。

ジャックは車のエンジンをかけ、リーサンヌは彼のデイパックから薬瓶サイズのプラスチックケースをとりだし、蓋をポンとあけた。そしてケースをかしげ、肌色の小さなイヤホンを掌に落としこみ、それをジャックに差し出した。ジャックはイヤホンをとって素早く耳にはめた。と同時に、アクセルペダルを強く踏みこんだ。後輪が急激に回転し、砂利がまるで雄鶏《おんどり》の尾羽のように噴き上がった。リーサンヌはさらに、マイクがついた銅の輪をジャックに手渡した。マイクはトランプ一組ほどの大きさの無線機に接続されている。ジャックは車を運転しながら、輪を首にかけ、クリップ付きの無線機のスイッチを入れ、それをハーフパンツにとめた。

「音声チェック」

ミダスの声が耳のなかに響きわたった。

「よし、はっきり聞こえる」

「女をしっかり尾《つ》けろ」シャベスは言った。「だが、交戦するな」

「了解《コピー》」ジャックはアクセルペダルを踏みこみ、左へ急ハンドルを切って、アウディ

Ａ４を横滑りさせ、一瞬のうちに駐車場から本道へ飛び出させた。そのときにはもう角度を調整する必要もなかった。「二分で追いつけるはずだ」

ジャックが横をチラッと見やると、リーサンヌは自分の無線機を使えるようにしている最中だった。

アウディＡ４はふたたび猛スピードで角をまがった。急ハンドルのせいで、またしても車体が右へ、左へ、そして右へと振れ、タイヤが舗装道路に激しくこすられ、けたたましい悲鳴をあげた。赤のドゥカティはまだまったく見えない。

ジャックはハンドルをまっすぐ戻すと、もういちどリーサンヌをチラッと見やった。

「こういうの、大丈夫？　きみは工作員じゃないからね」言った瞬間、見下したような物言いと思われたかも、と気づき、後悔した。

「すごい運転テクニックじゃない」リーサンヌはジャックの言葉を無視し、イヤホンを耳にはめた。「特殊な訓練をいろいろとやらされたのね？」

「そういうこと」ジャックは答えた。

タイヤを滑らせて、もうひとつ角をまがると、一瞬だったがついにオートバイの姿を捉えた。その後方のグレーのメルセデスも見えた。二台とも、前方の丘のてっぺんを越えて、見えなくなった。

リーサンヌは自分の身をシートのなかにしっかり収めると、スマートフォンを手にとって地図をひらき、それをジャックのほうに向け、両眉《りょうまゆ》を上げて無言で問うた。ジャックはその問いを理解し、軽くうなずいた。自分は運転に専念し、彼女が地図を見て全体の動きを教える、ということだ。

「われわれはまだ１２７３号線上を北西へ向かっている」リーサンヌはジャックをはじめチームの全員に向けて言った。「ガスパールのボディーガードたちが女のすぐうしろにいる。ダークグレーの新型メルセデス、セダン……われわれの一キロほど前方。女の選択肢は豊富。内陸部へ向かおうとしているのか、それとも途中で方向転換してカルヴォエイロへ向かおうとしているのか、不明」

ジャックは白い小型犬を連れて生け垣のそばを歩いていた高齢の男性をあやうく轢《ひ》きそうになった。とっさに車を左へそらせ、かろうじてよけた。男性は持っていた郵便物の束を振り、通り過ぎるジャックに大声をあげて悪態をついた。ジャックは車を幅の狭い道路の中央にとどめ、今後同様の起こりうることに対処できるようにした。

「女は暗殺を遂行し、どうやら逃げ切りそうだが、もしロシア人の配下なら、援軍がいるところに向かおうとしているのかもしれない。だとすると、みんな、そちらに向かっている可能性大です、ミスターC」ジャックはクラークに伝えた。

6

何列にもなってビーチをとりかこむ、白漆喰《しろしっくい》のホテルやタパス・バルは、カルヴォエイロの断崖《だんがい》からこぼれ落ちてきたか、海から這《は》い上がってきたのではないかと、つい思えてしまう。

ドミニク・カルーソーとアダーラ・シャーマンは、ビーチへと下る道沿いにあるたくさんのレストランのひとつ『ピウ・グランド・カフェ』のクロスのかかったテーブルについていた。頭上のスピーカーから悲しげなギターの調べが降りそそいでいる。ポルトガルの民族歌謡、ファドだ。ドミニクは思わず溜息《ためいき》をついた。

「ポルトガル人は悲しくなるのが好きなのか」

「わたしも好きよ」アダーラは返した。「ファドの核にあるものをポルトガル人はサウダージと呼んでいる。癒《い》やせぬ喪失感、憧憬《しょうけい》、郷愁などさまざまな感情を意味する複雑な言葉」

「うそっ！」ドミニクは驚きをあらわにした。「おれの場合、こんなの聴いていると昔懐《むかしなつ》かしいロックが無性に聴きたくなる。いますぐAC／DCの曲を聴かせてくれ！」

二人はいまカップルを装《よそお》って監視作戦を実行している最中だったが、実際に付き合っていて恋人同士だったので、演技をする必要はなかった。ドミニク・カルーソーはいまもなお正規のFBI特別捜査官であり、その身分のまま〈ザ・キャンパス〉に〝出向中〟ということになっていた。今日の服装はいたってカジュアル。ゆったりした綿のシャツの袖《そで》をまくり上げて逞《たくま》しい前腕を剝《む》き出しにし、下はカーキ色のズボン、靴は履き心地がよくて走りやすい編み上げのロックポート。

アダーラ・シャーマンは三〇代半ばで、金髪を耳がかろうじて隠れるくらいのショートカットにし、白いショートパンツにネイヴィーブルーのポロシャツという格好だった。クロスフィット（高い運動能力をめざすワークアウトで有名なフィットネス団体）好きがわかるような出で立《た》ちだ。アダーラはつい最近までヘンドリー・アソシエイツ社／〈ザ・キャンパス〉の輸送部長を務め、工作員の旅行時の兵站《へいたん》・物流を担当するとともに社機ガルフストリームG550の客室乗務をもこなし、さらに駐機中の同機の警備をも受け持っていた。いまその地位にはリーサンヌ・ロバートソンがついている。というこ とはやはり、このまま工作員への昇進が確定するのだと、アダーラは大いに期待できた。彼女は元海軍衛生兵だったので、いまでもつねに小さな戦場用救急キットをすぐ使えるように準備している。ドミニクとは自然に男女の関係になり、少なくともいまのところ二人はいっしょに働いても何の問題も生じないということを証明して見せている。ときには、まさに今日のように、実際にそういう関係にあることで作戦に必要となる偽装がいっそう真実味のあるものになる場合もある、とドミニクは自分に言い聞かせてもいた。クラークとヘンドリーは二人の職場恋愛を歓迎したわけではなかったが、どちらもそれをやめさせようとはしなかった。情報機関コミュニティでも、恋愛感情だけはどうすることもできない。そういえば、これまでにFBIにもCIAにも、現場の捜査官や工作員のカップルはたくさんいた。もっとも、二人そろって同じ捜査や作戦に携わるのはまれだった。実は、メアリ・パット・フォーリ国家情報長官と、CIA長官にまでのぼりつめ現在は引退している夫のエド・フォーリも、その昔ともにスパイで、いっしょに活動することもあった。

いまアダーラとドミニクがいる『ピウ・グランド・カフェ』のテーブルからは、タパスを供するバルでレストランでもある『カーザ・イベリカ』の二階の屋根付きバルコニーを直接見ることができた。そこに盗聴器を仕掛ける時間はまったくなかった。実のところ、そこをこんなによく見える位置につけたのは単なる幸運でしかなかったと言ってよい。二人のロシア人は三〇分ほど前にあらわれ、最初、ドミニクとアダーラがいるところからは通りを挟んだ向かい側になる『バル・ヘストランチ・ウ・バルコ』という名の小さなレストランのテーブルについた。ジョン・クラークはその前を歩いて通りすぎた。たぶんロシア人たちはそうやって尾《つ》けられていないかどうかチェックしようとしたのだろう。その推測が正しかったことが五分後に証明された。ロシア人たちが腰を上げ、好きなものを見つけられなかったかのようにメニューをテラス席のテーブルにポンと置いたからだ。彼らは、ドミニクとアダーラから数フィートしか離れていない歩道上をビーチまで歩いて下りていったが、すぐにUターンして、カルヴォエイロ・ビーチの上の商店やレストランが立ち並ぶ遊歩道を逆戻りし、右へ折り返す坂道をのぼって、『カーザ・イベリカ』のテーブルについた。ロシア人たちがまた〝急な方向転換〟をしないともかぎらなかったので、クラークはドミニクたちがいるところと同じ高さにある店のテーブルに近づき、そこの椅子《いす》に腰を下ろした。やはりロシア人たちがいるレストランは通りの向かい側になる。

「よし、しっかり観察しろ」クラークがシャツの下に隠された首の輪についているマイクにそっと言った。メニューをぶつぶつ読んでいるようにしか見えない。

ドミニクはカタプラーナ——魚介類と豚肉の蒸し煮——の海老《えび》をナイフとフォーク

でもてあそびつつ応《こた》えた。「了解《コピー》。われらが友は腰を落ち着け、ビールを飲みながらしゃべっている」

アダーラはしばし待って、クラークからのさらなる指示や、逃げるオートバイを追っているリーサンヌからの現在の位置情報に関する連絡がないことを確かめてから、発言した。

「どうなのかしら、彼らはユゴー・ガスパールが殺されたことを知らないのか、それとも暗殺の共犯者なのか？」

ジャックの声が雑音とともに聞こえた。「女はそちらへまっすぐ向かっている。たぶん共犯なんじゃないかと思う」

「かもな」クラークが不満げなうなり声をかすかに洩《も》らして言った。「対監視要員をまだ見つけられない。あいつらのような野郎はかならず何人かまわりに配置している。おれたちだってそうしている」

アダーラは自分のスマートフォンをとって掲げ、海を背景にしたドミニクの写真を二枚撮った。次いでスマホを彼に渡して、自分の写真を何枚か撮らせた。まさに休暇を過ごしにポルトガルの海辺にやって来たうわついた無害なカップルがやりそうなこと。アダーラとドミニクはスマホを二人のあいだのテーブル上に置くと、撮ったばかりの写真をスクロールして、自分たちのうしろに場違いのように見える者がいないか注意して調べていった。ドミニクのうしろに写っていた二人の男たちがどこか変だった。どちらも若く、痩《や》せこけ、むさくるしいくしゃくしゃの金髪。さらに、いちども会ったことがない伯母さん——かSVR（ロシア対外情報庁）の補給担当将校——に買ってもらったかのような体にまったく合わない服を着ている。しかも、ひとりはメニューで顔を隠し、もうひとりはあらぬ方向に顔をそむけていた。

「こっちを見て、ジョン」とアダーラは言ってから、手を振ってウエイトレスを呼び寄せ、自分たちの写真を撮るよう頼み、椅子を滑らせてドミニクに寄り添った。と、男たちはふたたび、頭をひょいと動かし、顔が写りにくいようにした。

「よし、見つけた」クラークは応えた。「なんだ、あの慌《あわ》てようは」

ファリン・ガルはベルトに差したシュタイアーGB拳銃《けんじゅう》の床尾《バット》を右手でさわりながら、左手でダッシュボードをバンバンたたいた。彼はベルギー生まれで、凶悪な暴漢だったが、フランス外人部隊の精鋭である第二外人落下傘《らっかさん》連隊に七年間所属してさまざまな戦闘術をたたきこまれ、車での追跡中は拳銃を引き抜いてはいけないということくらい心得ていた。拳銃をにぎっていれば、軽度の衝突でも、暴発させてしまう可能性が大いにある。それに、射殺ではあのクソ女《あま》には甘すぎる。彼がほんとうにやりたかったのは、女を小さく切り刻み、その肉片ひとつひとつを踏みつけてから牛に食わせる、ということだった。ボスを殺したからではない――ユゴー・ガスパールの死を悼《いた》む気持ちなどファリンにはまったくなかった。そうじゃなくて、自分の目の前でガスパールを殺す度胸があったということがどうにも許せないのだ。そうしたことは絶対に秘密にしておけない。かならず噂《うわさ》になる。そうなったらもう、いい仕事なんて来やしない。小物の麻薬密売人の警護くらいしかできなくなる。いや、気難しい俳優のボディーガードにまで落ちぶれてしまうかもしれない。そう、だから、あのブルネットのクソ女はなんとしてもぶち殺さなければならないのだ。うまく殺すことができれば、地に落ちようとしている自分の評判を引き上げることができるだろう、少なくともすこしは。

「あの女、轢《ひ》き殺しましょうか、ボス?」ハンドルをにぎっていたイヴが言った。

「そりゃ大歓迎だが」ファリンは顎《あご》をしゃくって、逃げるドゥカティを示した。バイクは次第に遠ざかっていく。「そうするには追いつく必要があるんじゃないのか?」

イヴは答える代わりにアクセルを踏みこんだ。

ファリンはサイドミラーに目をやった。ミッドナイトブルーのアウディが見えた。

すこしずつ近づいてくる。たぶん殺し屋の女の仲間なのだろう。ルイとアランがすぐに片付けてくれるはずだ。

ファリンの両脚のあいだのシート上に置かれた黄色いFRSトランシーヴァーから雑音混じりのアランの声が飛び出した。ファリンはトランシーヴァーをつかみとった。

「何だ?」

「追いつきました、攻撃可能です、ボス」アランは答えた。

「よし、殺《や》れ」ファリンは命じた。「見せしめにするんだ」

「黒のプジョー」リーサンヌは言った。「ぐんぐん近づいてくる」

「わかってる」ジャックは歯を食いしばって言うと、プジョーが真横に来ないように、レンタカーのアウディを左右に振りはじめた。デイパックのなかにスミス&ウェッソン・M&Pシールド・9ミリ口径自動拳銃があったが、走る車から拳銃で走る車を撃つのは、最後の手段であるばかりでなく、わずかな弾薬の浪費でもある。さらに、三〇〇〇ポンド（約一三六〇キロ）の金属を自由に操れるというときに、一二八グレイン（約八・三グラム）の鉛に頼るというのは馬鹿《ばか》げている。

だが、プジョーに乗っていた男たちにはそれがわからなかった。だから、助手席の男が窓ガラスを下げ、身を乗り出し、濃いサングラスをかけたままSMG（サブマシンガン）をぶっぱなしはじめた。幸運な二発の弾丸がトランクにバシッという音を立てて潜りこみ、リーサンヌもジャックも反射的に頭を下げた。

「銃撃されている」リーサンヌが落ち着いた淡々とした声で無線のマイクに言い、撃ってきたプジョーの特徴をチームの他のメンバーに伝えた。

ジャックは肩をまわしてほぐし、ハンドルをにぎりしめないようにして、なんとか柔軟に手を動かし、アウディを左右の車線に振りつづけた。「これじゃあ目立ちすぎだ。警察に通報する者がいるにちがいない」

「なんとか辛抱しろ」〝ディング〟・シャベスの有無を言わせぬ厳しい声が返ってきた。「おれたちは四分の三マイル後方にいて、さらに距離を詰めつつある」

「やつらは〝運任せ乱射〟戦法をとっています」ジャックは言った。「でも、弾薬が豊富ならそれも功を奏するかもしれないという気がしてきました。そちらが追いつくまでに不運にも一発食らう可能性は充分にあります」座ったまま尻《しり》の位置を変えてシートに深く身をおさめ、まっすぐハンドルに向かい合った。「ちょっとこちらから仕掛けようかと思います」

シャベスは息を深く吸いこんだ。不満げなうなり声が洩れ、マイクがそれを拾った。

「ジャック……」

「大丈夫」ジャックは返した。またしても後方からサブマシンガンの連射音が聞こえ、今度はアウディのリアウインドーが粉々に砕けた。「やつら、ＰＩＴしようとしているのだと思う」

ＰＩＴ（追跡介入テクニック《パシュート・インタヴェンション》）は、要するに、高速で走行中に自分の車のフロント・クォーター・パネルを使って相手の車の後輪を横滑りさせることで、これをうまくやると、やられたほうは文字どおりスピンして道の外に追い出され、やったほうはそのまま走りつづけることができる。まあ、プジョーに乗っている男たちの場合は、走り去るのではなく、戻ってきて、溝にはまって立ち往生しているジャックとリーサンヌを殺すということになるのだろう。

リーサンヌは首を伸ばしてまわし、肩越しにうしろを見やってから、隣に座るジャックに視線を戻した。首をかしげ、黒に近い眉《まゆ》をつり上げた。「で、どうするわけ？」

ジャックは彼女のほうに顔を向け、素早くウインクして見せた。

「やつらのやりたいようにやらせる」

イヴはカルヴォエイロのはずれに達したときメルセデスのスピードを落とした。

「女を見失いました、ボス」顔にかかっていた金髪の塊《かたまり》を払い、突き上がってきた失敗のうめき声を抑えこんだ。

「そんなことは見ていればわかる」ファリンは大きな手をダッシュボードにたたきつけた。ほんとうはイヴの顔にお見舞いしたい一撃だった。だが、そんなことをしたら、この能なし野郎は車を電柱に激突させてしまう。「降りろ！」

「えっ、ボス？」

ファリンの声が穏やかになった。「車から降りて席を交代しろ。おれが運転する」

「実際にはやつらがわれわれをＰＩＴできる可能性はない」ジャック・ジュニアは口をポカーンとあけているリーサンヌ・ロバートソン――それに固唾《かたず》を飲んで無線から飛び出す声を聞こうとしている他のメンバーたち――に説明した。

「そうね」リーサンヌは応えた。「やつらにできるのは、われわれの頭に弾丸を数発撃ちこむことくらい」

「そのとおり」ジャックはバックミラーに目をやった。左への急カーブでスピードをいったん落としたところで、背後のプジョーがどんどん大きくなってくるのが見えた。プジョーの男たちが得られるチャンスはたったの一回のみ、というようにしないといけない。そうするには、ひとつの間違いも許されない。

リーサンヌは身を前に乗り出し、首を伸ばして前方の白漆喰の建物の左右に素早く目をやった。そこは1273号線が124‐1号線に突き当たるT字路だった。右はラゴア、ポルティマン方面で、左はカルヴォエイロ、そして海へと至る。「左側は見えないけど」リーサンヌは言った。「ラゴアへ向かう右側はだいぶ遠くまで見える。そっちにバイクはいない」

ジャックはアクセルペダルを踏みこみ、アウディを左へと急回転させた。黒のプジョーは五〇メートルうしろの角をまがったところだった。

「124‐1号線をカルヴォエイロ方面へ向かう」リーサンヌは無線で報告した。その穏やかな声とは裏腹に、目を大きく見ひらいていた。

ジャックはこの日何十度目かの急カーブを切って、直線に近い124‐1号線に出ると、アクセルペダルを床まで踏みつけた。立ち並ぶ家々が消え、道の両側とも樹木におおわれた石灰岩の丘になった。何かやるなら、いまだ。「OODAループ、知ってる？」ジャックは顔を前方に向けたまま訊《き》いた。

「もちろん」リーサンヌは答えた。

OODAループとは、行動をとるさいに人間の脳が通過しなければならない四つの段階――観察、状況判断、意思決定、行動――を説明する理論である。このプロセスが妨害されると、最初からもう一度やり直さなければならない――それが高くつくミスにつながりかねない。うまく状況判断できないように敵を混乱させられれば、そいつはふたたび観察からはじめて、新たな意思決定をしなければならなくなる。その段階でさらに状況を変えてしまえば、最初の行動がそのまま――たとえそれが間違ったものでも――とられる確率が高くなる。

「よし」ジャックはつづけた。「やつらのループにレンチを投げ入れてやろう」

シャベスの声がふたたびイヤホンから飛び出した。「町までもつんじゃないか？あとわずか二キロだ」

その問いに答えたのはサブマシンガンの新たな連射だった。弾丸がまたしてもアウディのトランクにバシバシ潜りこんだ。

「もちそうもないです」ジャックは言った。

彼は何度かブレーキペダルを軽くたたくように踏んで、スピードを時速七〇マイル（約一一三キロ）弱にまで落とした。そして、それまで蛇のように身をくねらせ、緩やかなカーブしかない二車線の道いっぱいに右へ左へと動きつづけていたアウディをすこしおとなしくさせ、プジョーがじわじわと左側まで来られるようにした。

リーサンヌは体を下へ滑らせてシートのなかに沈めた。もはやサイドミラーでしかまわりを見ることができない。「さあ、〝勝負のふんばりどき《ナット・カッティング・タイム》〟ね――父がよく言っていた。ジャック……右側に乗っている男が撃とうとしている」

「望むところ」ジャックは返した。プジョーの動きをしっかり追いつづけ、息をとめて待った。プジョーの助手席の男が窓から身を完全に乗り出して、強くたたきつける風のなかでなんとか狙《ねら》いを定めようとした。そいつは、敵は逃げようとしているのだから全速力で走りつづけると信じきっているようだった。

二〇フィート、一五フィート、一〇フィートと距離が詰まり、そいつは胴の半分まで窓の外に出した。

その瞬間、ジャックはブレーキペダルを一気に踏みこみ、タイヤをほとんど停止させた。即座に足をはなし、なんとかコントロールを失わないようにしたが、すでに衝突がはじまっていた。プジョーは勢いよくアウディを追い越しはじめた。金属と金属がこすれ、ぶつかり、甲高い衝突音があがった。撃とうとしていた不運な男はアウディの後部に強打され、ドンという気味の悪い音とともにプジョーの窓から外に払い落とされた。

ジャックは次の行動の意思決定をすでに終えていて、敵のドライヴァーが新たな状況を把握できずにいるあいだにアクセルペダルをふたたび床まで踏みつけ、アウディの先端をプジョーの後輪のすぐそばにまで近づけた。そして、ブレーキペダルをほんのすこしだけ踏んで行き過ぎないようにしつつ、ハンドルをプジョーのほうへと切った。ほぼ時速七〇マイルというスピードでは、アウディを軽く接触させるだけでプジョーを道路の外にはじき飛ばすことができたが、ジャックはもっと攻撃的なＰＩＴを開始し、敵の車体をしっかり突き、すぐさまハンドルをもとに戻した。プジョーは右へ尻を振り、アウディのすぐ前でスピンしつづけ、反対車線の向こうの低い石灰岩の壁に激突し、横向きにひっくり返った。ラジエーターから蒸気が噴き出した。

「はい……一丁上がり」リーサンヌは外をよく見られるように腰をすこし浮かした。アウディはそのままカルヴォエイロに向かって疾走した。

「クソ野郎！」ミダスの声が無線の通信ネットワークに響きわたった。きっと銃撃しようとした男の遺体の一部の横を通りすぎたのだろう。「まあ、痛かっただろうな」

「大丈夫か？」次いでシャベスが訊いて、部下たちの状態をチェックした。

「まったく問題ありません」ジャックはようやくまともに息ができるようになって答えた。三〇秒ほどほとんど息をとめていたのだ。「でも、ドゥカティを見失いました」

7

ジャック・ジュニアが運転するアウディA4は、カルヴォエイロの町の直前で左に折れて石畳の道に入り、なだらかな丘をのぼりはじめた。遠くからサイレンの音が聞こえる。国家警備隊がさまざまな方向から事故現場へ駆けつけようとしているのだ。アウディの車体には銃弾の穴が何十もあいているうえ、リアウインドーもないとなると、もし警察官に見つかったら、とめられて事情を聞かれるに決まっている。

どちらかというと穏やかな時間がしばし訪れたので、そのあいだにリーサンヌはぴっちりしたクライミング・シューズをぬいで、自分のデイパックからとりだしたブルックスのランニング・シューズにはき替えた。二人は無線で仲間に話しかけることなく、しばらく黙ったまま、静かな休暇用貸別荘地区を慎重に通り抜け、町へ向かって丘を下りはじめた。カルヴォエイロ署に所属する二、三台の国家警備隊車両が、事故現場から離れて、黒っぽいアウディを探しに町に戻ってくるまでに、少なくとも一五分はかかるにちがいない、とジャックは考えた。ズタズタになった死体があれば、ほんの短いあいだでも、じっと見つめたくなるのが人間というものなのだ。

ジャックはスピードをしっかり落として右折し、セーロ通りに入った。閑静な住宅街で、通りにそって並ぶ木々は春の新緑に萌《も》えていた。石灰岩の低い壁、厚い生け垣、目もくらむほど真っ白な別荘……仕事ではなく休暇で来たかったなあ、とジャックはつい思ってしまった。

「すごいわね、ここ」リーサンヌが教会にいるかのように声を押し殺して言った。

ジャックは丘を下りきったところでアウディをとめた。より広いファロル道路との交差点のすぐそばだった。ミダスとシャベスは現在、ジャックとリーサンヌを拾えるように東のほうで待っていた。偽《にせ》の身分証を使って借りたアウディに二人をいつまでも乗せておくわけにはいかない。

「どう思う？」ジャックはリーサンヌのほうに顔を向けた。

「捜しつづけるか、それとも左折して拾ってもらうか？」

リーサンヌの代わりにシャベスが答えた。「こっちへ来い」

「了解《コピー・ザット》です」ジャックは応《こた》えながら左折した。

だが、まがって半ブロックも進まないうちに、リーサンヌが突然うーんと驚きと歓《よろこ》びが入り交じった声をあげ、興奮してシート上で体を弾ませた。

「左側に」リーサンヌは言った。「赤のドゥカティ」

　ジャックはスピードをゆるめ、白い三階建ての建物の前にある石畳の駐車スペースに目を凝らした。一階がバル／レストランで、二、三階がマンションになっている建物だ。黒い石壁のうしろにそれはとめられていた。前輪と燃料タンクしか見えなかったが、赤いドゥカティ・モンスターであることは間違いなかった。

「あの女を見つけたかもしれない」ジャックは無線で場所を連絡した。「上階のマンションのひとつにいる可能性あり」

「隣の建物かもな」シャベスが言った。「通りの向かい側という線も排除できない。あるいは、バイクを捨てて、いまごろリスボンへ向かっているのかもしれない」

「ええ、そりゃまあ、いろいろ考えられますよね、ボス」ジャックは返した。「でも、もうすこしここを調べてみます。バイクのナンバーくらい押さえておかないと。リーサンヌに降りてもらい、歩いて建物の前を観察してもらいます。わたしは車で移動しながら目であたりを調べるだけで、すぐに丘を下ります。そして、リーサンヌを拾い、ここから離れる。それをぜんぶ二分のうちにやります。いや、そんなにかからないかも」

「二分だぞ」シャベスは言った。「おれたちはそちらへ向かう」

ドミニク・カルーソーはウエイトレスを呼び、彼女お薦めの地元産の高価な赤ワイン、フォラル・デ・ポルティマンをもう一杯注文した。アダーラが手を伸ばして、テーブル上に置かれていたドミニクの手を一回ギュッとにぎり、自分の視線を追ってロシア人たちがいるバルコニーを肩越しに見やるよううながした。

「監視対象のわれらが友人たちがそわそわしはじめた」ウエイトレスがワインを注いで去ると、アダーラは声をひそめて言った。

クラークの声がイヤホンから聞こえた。「おれも気づいた」

アダーラはドミニクに微笑《ほほえ》みながら、天気やビーチのことをしゃべりつづけた。むろん、そうやって比較的大きな声で話すときは、二人のロシア人スパイたちの監視のことは一切しゃべらない。ドミニクが首をまわさないですむように、彼女はふたたび声を落として〝実況中継〟をはじめた。「いま、ひとりが嫌なものを見たかのように顔を曇らせた……立ち上がった。外に出ようとしているのではないか……いや。ちがった。また腰を下ろした」

「仲間のロシア野郎たちと連絡をとっているにちがいない」ドミニクは言った。バルコニーのほかのところに目をやり、妙な点がないか調べはじめた。「どういうことかわかったと思う」

「よし、言ってみろ」クラークは命じた。

「新しいプレイヤーがひとりいるんです」ドミニクは応えた。「長身、ジーンズ、黄褐色のスポーツコートの袖《そで》をまくり上げている。まるで『特捜刑事マイアミ・バイス』リメーク版のオーディションを受けにきたような男。耳をおおう長めの黒髪。ここからでも見える馬鹿《ばか》でかい腕時計。一分前にはドア口に突っ立って、店内の様子をうかがっていた。そのときは、だれかを捜しているのだろうと思った。いま、ロシア人たちのテーブルに向かって歩いている。バルコニーのそのあたりに座っている者はほかにいない。われらが友人たちを不安にさせたのはそいつにちがいない」

「ガスパールの部下のひとりか？」クラークはいちおう訊《き》いてみた。

「かもしれません」ドミニクは答えた。「いま、ロシア人たちのテーブルの椅子《いす》に座るところです。遠くて確信は持てませんが、ロシア人たちはそいつと会って楽しくはないようです」


ウルバーノ・ダ・ローシャはリュシル・フルニエからの電話を受けるや、ただちに行動を開始した。リュシルの能力を疑っていたわけではない。ただ、この世は何が起こるかわからないのであり、ユゴー・ガスパールやその友人になろうとしていた二人のロシア人に惨殺《ざんさつ》されるリスクをゼロにしておきたかった。

「ハロー」ダ・ローシャは二人のロシア人に微笑みかけた。それは懸命に努力すれば彼のような男にも浮かべて見せられる〝柔和な笑みにいちばん近いもの〟だった。

「英語で話すというのは非常に困りますか？　わたしはロシア語もなんとか話せるのですが、このようなあれこれ交渉しなければならない取引では、言葉上の間違いで不幸なことが起こりかねません」

二人のロシア人はどちらも笑みを浮かべなかった。驚いたというより不機嫌そうな顔をしている。堆肥《たいひ》の山にたかっていた蠅《はえ》が一匹飛んできて、自分たちのプディングにとまった、というようなことが起こったときの表情。

「どなた？」年嵩《としかさ》のほうのロシア人が嫌悪《けんお》をあらわにして弧を描く上唇をゆがませ、訊いた。唇が長く、鼻の下もずいぶん広い。

「ダ・ローシャと申します」

「存じ上げませんなあ」ロシア人は言った。

「それはですね」ダ・ローシャはまだ微笑んでいる。「まだ知らないということです」

「われわれにちょっかいを出さないほうがいいですよ」若いほうのロシア人が手で何

かを払うような仕種《しぐさ》をして言った。髪を滑稽《こっけい》なボウル・カットにし、体に合わないスーツを着こんでいる。おかげで、保育園の窓から脱走した子供のようだ。

ロシア人たちとの取引は油断のならない難しい仕事だ——とくに粗暴なロシア人を相手にしている場合は、とダ・ローシャは思った。いや、ロシア人はみな粗暴だと思っていたほうがいい。どんなロシア人のDNAにもそういう遺伝子がすこしは組み込まれている。このアホ野郎どもも、繊細な言葉のやりとりなど苦手にちがいない。だから、ダ・ローシャはいきなり本題に入ることにした。

「ユゴー・ガスパールは死にました」

ロシア人たちは互いに顔を見合わせた。ボウル・カットの男が舌を突き出し、空気を味わうような仕種をした。

「そのガスパールがわれわれとどういう関係があるのですか?」

ダ・ローシャは肩をすくめ、話をはぐらかそうとするロシア人の問いを無視した。

「わたしは彼の代わりをしに来たのです。それも、ガスパールよりもずっとよい条件を提示できます……神よ、彼の卑劣で邪悪な心を休ませたまえ。わたしはあいつが都合できたものはすべて提供できます。そのうえさらに——」

年嵩のほうの唇も鼻の下も長い男がぞんざいにうなずいたかと思うと、数枚の紙幣をポンとテーブルに置いた。まだ食べかけの食事の代金のようだ。「あなたが去らないのなら、われわれが去ります」

ダ・ローシャは突然、顔を明るく輝かせて勢いよく話しはじめた。「念のため言っておきますが、わたしの力を保証できる軍関係の協力者《コンタクト》が何人もいます」

長唇の男は椅子から立ち上がった。「ミスター・ダ・ローシャ、興味があるなら、われわれのほうから接触します。あなたのほうからの接触の試みは、どのようなものであれ、重大な過失ということになります」

「わかりました」ダ・ローシャは溜息《ためいき》をついた。「あなたがたはもうすこし物分かりのよい方々ではないかと期待していたのですが」

「いま言ったとおりです」〝長唇〟は返した。「二度とわれわれに接触しないように」

ダ・ローシャはテーブルからスティックパンを一本つかみ上げると、近くにあった食べかけのパスタの椀《わん》のなかに突っ込んだ。「おおっ」含み笑いを洩《も》らしてから、食べものを口いっぱい含んだまま言った。「では、間違いなくそのようにいたしましょう。次回お会いするときは、あなたがたのほうがわたしの条件を聞かせてくれと懇願することになるでしょう」

ウルバーノ・ダ・ローシャはそれ以上何も言わず、ロシア人たちを去らせた。いまは強要しようとしても得はない。彼は何も注文しなかったが、二〇ユーロをテーブルに置いた。ウエイターの歓心をすこし買っておきたかったからだ。ロシア人たちのテーブルに座るのをウエイターに見られているのだから。

鼻唄《はなうた》を歌いたくなったが、なんとか自制して店内を歩き、素早く階段を下りて一階に達した。シルヴァーのポルシェ911Rが坂道になっているセニョーラ・ダ・エンカルナサン通りを下りてきて、警察署の真ん前を通りすぎ、縁石に寄ってとまった。ダ・ローシャはドアをあけ、助手席にスルリと乗りこむと、運転席のほうへ身を乗り出してハンドルをにぎる金髪の女にキスをした。女は大きなサングラスをかけ、ビキニの上に純白の布をはおっている。そして、二人のあいだのコンソールボックスにはブルネットのかつらがかけられていた。

リユシル・フルニエはギアをセカンドに入れて、轟音《ごうおん》を立てる四リッター・エンジンの力を抑えこみつつ、124‐1号線に入って北進し、町を通り抜けた。「ロシア人たち、提案を受け入れなかったの？」

「受け入れなかった」ダ・ローシャは答えた。「だが、おれはたいして驚かなかった。あいつら、おれたちを知らないんだからな。まあ、時間の問題だ。じきに、あいつらが必要とするコネクションを持っているのはおれひとりになる」

「わたしがきちんと仕事をすればね」リュシルは言った。

「そう、そのとおり」ダ・ローシャはかつらをシートのうしろに押しこんだ。「仕事と言えば、今日のはうまく行ったんだろう、ダーリン？」

「楽なもんだった」リュシルは唾《つば》を吐く真似《まね》をした。「ユゴー・ガスパールって、とってもいやらしい男だったの」

ダ・ローシャは片眉《かたまゆ》を上げた。そして、ポルシェの黒革張りのインテリアのなかで手を伸ばし、リュシルのうなじを愛撫《あいぶ》した。「ああいう連中はみな、とってもいやらしいのさ。でなかったら、きみの仕事もそう楽に行くかどうか？」

「そうね、マイ・ラヴ」リュシルは肩をすくめた。ちょうど町のはずれにさしかかったところで、彼女はギアを4速に入れた。ポルシェ911Rのエンジンがうなった。

「実はわたしもとってもいやらしい女なの」

「うん、まさにね」ダ・ローシャは手をリュシルの剝《む》き出しの膝《ひざ》まで下げた。「まあ、そこがいろいろと素晴らしいところなんだけどね」

リュシルは無意識に頭のてっぺんに手をやって搔《か》いた。金髪の地毛の上にブルネットのかつらをかぶっていたので、むれて痒《かゆ》くなったにちがいない。「何だと思う？」

「何だと思うって、何?」ダ・ローシャは指でリュシルの太腿《ふともも》を小刻みにたたきはじめた。

「アレット!」リュシルはフランス語で〝やめて!〟と言い、ダ・ローシャの手を押しやった。「そういうのはいまはなし。まずはちゃんと考えて。わたしはね、仕事の話をしているの。ロシア人たちは何をしたいのか?」

「正直なところ、おれにはわからない」ダ・ローシャは答えた。「だが、ユゴー・ガスパールがそれで一生贅沢《ぜいたく》に暮らしていけるくらい大儲《おおもう》けできると思った、ということだけで充分じゃないか。あのロシア人どもは、途方もない利益をもたらす何かを運ぼうとしているにちがいない」

ミハイロフ大佐を殺害するのはたやすいことではなかったが、それとて、いまの果てしなくつづく時間潰《じかんつぶ》しよりはましだった。チェレンコはパイロット、それもとても優秀な操縦士なのだ。飛行機に乗って空を飛ぶのが本来の仕事であり、オマーンという国の地上にいて、ガタガタ音を立てる冷風機の下の簡易寝台にずっと横たわっているのは耐えがたい苦行だった。荷のお守りなんて、パイロットの仕事ではない。泳ぎに行くこともできるのだが、この国の人々はたぶんトイレの汚水を海に垂れ流しているにちがいなく、その気になれない。いや、そもそもチェレンコは海が好きになったためしがないのだ。たとえ真っ青なきれいな海であろうと、気流のほうが好きなのである。おまけに、ここの海は茶色で、まるで流しこんだばかりの生コンクリートのように薄汚れて泡立ち、遠くからだと、どこで砂浜が終わり海が始まっているのかわからない。さらに、強い風が吹けば、大量の砂が舞い上がって、空気も地面も海も区別がつかなくなり、のっぺりした醜いものと化してしまったように見える。飛行機に乗っていれば、そうした不快なものの遥《はる》か上にいることができるのだ。

人が読めるニュースの量はたかが知れている。どのみち、ニュースの大部分は嘘《うそ》だから問題ない。祖国からのニュースだって嘘ばかりなのだ。もうほんとうに笑わざるをえない――とくに祖国から流れてくる嘘ニュースには。しかも、明らかにされるわずかな真実はどれもこれも、なんとも気が滅入《めい》るものばかりときている。ロシアにはすでに憂慮すべきことなどたいしてないかのように、チェレンコは日々、祖国から伝わる行方不明児や女性虐待《ぎゃくたい》のニュース、それに世界のあらゆるところからもたらされる多種多様な感染症流行の最新情報に襲いかかられていた。北米で猛威を振るっている死亡率の高いインフルエンザのニュースはとりわけ恐ろしかった――まあ、それが真実であればの話だが。もしかしたら、オマーン沖に浮かぶ島はそんなに悪い場所ではないのかもしれない。

いまのところ今回の任務でいちばん大変だったのはやはりモスクワの南での〝空中バレエ〟だ。そのあとはもう、飛行経路をわからなくさせるための着陸、離陸の繰り返しにすぎなかった。イラクのアルビールに着陸したときは、フライトの目的を偽装するために木箱を数箱下ろして一晩とどまり、アメリカの情報機関に駐機中の機体の写真を何枚か撮る機会まで提供した。ロシアはT‐90主力戦車を含めた多数の武器をイラクに売っていたので、同国の飛行場にアントノフAn‐124大型輸送機が一機駐機していても別に注目されることもない。〝システム・チェック〟のためにサラトフに着陸したときには機体記号を2967に変えた。そのさい、待っていたGRU（ロシア軍参謀本部情報総局）の〝後片づけ係〟にミハイロフの遺体を引き渡すということもした。そこはまだロシアで、遺体は墜落現場と推定される場所に近い山岳地帯に移送されることになっていた。殺害したミハイロフを高空から投げ棄《す》てるという手もあったのだが、墜落現場とされる場所から一〇〇〇キロも離れたところで、ハイカーがロシア空軍大佐の死体を発見したりしたら問題だ。たとえ見つけたのが軍のパトロール隊であっても、厄介なことになる。航空機が消えると陰謀説というものがたくさん生まれる。とくに、核物質を運んでいたのではないか、と考えだす者たちが出てくる。だから、火に油を注ぐようなことが起こらないように細心の注意を払う必要がある。

オマーン領のマシーラ島にある空軍基地に着陸するのはそれほど難しいことではなかった。アントノフAn‐124が最近、電気系統のトラブルに見舞われたことが、しっかり記録に残っていたからである。緊急事態を宣言した航空機の着陸を認めない空港や飛行場は、この地球上にはほとんどない。オマーンはロシアの友好国ではないが、敵でもない。それに、二〇ポンド（約九キロ）もあるブリーフケースという贈り物――一〇〇万ドルは中額紙幣でおよそ一五ポンド――を渡されたうえ、買った貴重な古代美術品を輸送していると耳打ちされれば、たとえ友人でもなんでもなくても目をつむる。ロシア人が彫像など美術品をすこしばかりイラクからひそかに持ち出しても、オマーンの基地司令官にはどうでもいいことではないか。オマーン空軍の大佐は、単に立ち去れと命じるか、すこしばかりお節介を焼いて別の場所まで飛ぶよう強制するのでは、とチェレンコは半ば期待していた。そういうことであれば、島のこんな薄汚い場所で次なる指示を待ってくすぶっていることもなく、少なくともいまごろ空を飛んでいられたはずなのだ。ところが、老いぼれ司令官は貪欲《どんよく》で、金を数えるのに忙しく、まだ何の決定も下していない。

チェレンコは低くうなって不満をあらわにしたが、突然あることを思いついた。ベッドに横たわったまま体を半回転させ、黒革のブリーフケースに手を伸ばした。首にかけていた卵形の軍の認識票が横にたれ下がった。チェレンコはブリーフケースから小さなタブレット・コンピューターを引っぱり出し、認識票をTシャツのなかに戻してから、汚れた枕《まくら》に寄りかかって身を安定させた。自分の銀行口座のチェックも、暇つぶしにはなるだろう。その口座に書かれている数字を現金にしたら、一五ポンドよりもずっと重くなるはずだ。

ドミトリー・レスコフは長めの上唇にくっついていたパンくずをつまみとり、レンタカーのトヨタ・セダンの天井内張り《ヘッドライナー》をじっと見つめた。魚臭いレストランから出てこられたのが嬉《うれ》しかった。GRU隷下《れいか》の精鋭特殊任務部隊《スペツナズ》のひとつである第四五独立親衛特殊任務連隊に所属するレスコフ少佐は、生まれてこのかた魚介類が好きになったことなど一度もなかった。しっかりつくられたボルシチのほうが断然好きだった。いっしょにスメタナや玉葱《たまねぎ》が載ったそば粉のブリニを食べるのも大好きだ。口に入れるのに殻からほじくり出さなければならないようなものはどうしても好きにはなれない。レスコフとオシン大尉《たいい》はチェチェンとオセチアでいっしょに祖国を利する活動をした。そして、ロシアのウクライナ紛争介入時に一般市民に化けて目覚ましい働きをし、GRU司令官たちの信頼を勝ちとり、今回、祖国のための極めてデリケートな任務に投入されたのである。

「あのダ・ローシャとかいう野郎、あれほど大口をたたき、偉そうにしていられたんだから、うまく利用できるんじゃないですかね」オシンは金髪の前髪をわきへ押しやってから、車のエンジンをかけた。オシン大尉は、田舎の子供風へアカットを好むという変なところもあったが、優秀な兵士だった。

「かもな」レスコフ少佐は曖昧《あいまい》に応えて肩をすくめた。「だが、おれは気に入らない。まだドン・フェリペがいる。まずはやつと話し合わないと。ドン・フェリペはダ・ローシャという男ほど利口ではないが、あいつよりは信頼できる。一か八かあいつに賭《か》けるとしても、まずはスペイン野郎に会ってリストからはずすという手続きを踏まないとな」

「たしかにリスクは大きいですよね」オシンは言った。「少佐はこういうことには鼻がききます。もしかしたらダ・ローシャはCIAかアメリカ軍情報機関員かもしれません」

「うん」レスコフは返した。「だが、ガスパールを殺すなんて、アメリカの連中だってやらんだろう。ユーリーによると、ガスパールは間違いなくビーチで日光浴中に女に殺されたというんだからな。アメリカ人がそんなに公然と暗殺するというのはやはりおかしい」

オシンは顔をしかめた。「まあ、ともかく、あの豚野郎とはもう一分たりとも過ごさなくてよくなったわけです」言いながらトヨタを車の流れのなかに入れた。「それにしても、最後にどうなるかというところまで考えると、ダ・ローシャがわれわれの計画に関わろうと一所懸命になっているというのは、皮肉ですね」

レスコフはふたたび肩をすくめた。「ああ、皮肉だ、まさに」

レスコフはゆったりとシートに身をあずけ、目を閉じた。突然、激しい疲労感に襲われた。祖国のための今回の任務は、慎重さを要するデリケートなもので、どんどん面倒になっていく。何かにつけて後片づけが必要なのだ――しかも、少人数による極秘作戦のため、後片づけも自分たちでやらなければならない。

ジャックが車をとめると、リーサンヌ・ロバートソンは降りて、ファロル道路を渡った。まだシーズン初めなので、人通りはほとんどない。だが、ホテルの玄関ポーチの真ん前にあるバス停にいれば、目立つこともない。リーサンヌは白漆喰《しろしっくい》の柱に背を向けたまま、あたりを目で調べていった。その間も、オートバイに近づいていくジャックのアウディを目のはしで捉《とら》えつづけようとした。むろん、暗殺とは無関係の別のドゥカティである可能性はあるが、彼女もジャックと同意見だった。つまり、ここにいるのだから、チェックしようじゃないか？

リーサンヌはジャックのことを考えずにはいられなかった。いい人であることは間違いない。頭がよいうえ、優しい目をしていて、誠実——実はそういう男を捜しなさいと母から言われていた。いかつく、運動神経もよく、壮健というところも、またい い。でも、仕事仲間なのだ。

リーサンヌは南のほうに顔を向けた。と、その瞬間、一〇フィートほど離れたところにとまっていたグレーのメルセデスの助手席側のドアがひらき、金髪の男が飛び出してくるのが見えた。黒い拳銃《けんじゅう》を革のジャケットで隠すようにして持ち、もう一方の手を勢いよく振って車を示し、フランス語で怒鳴って乗るように命じた。

彼女は両手を上げ、前へ進み、命令に従うように見せて距離を詰めた。男はリーサンヌよりも頭ひとつ高かった。男はたぶんあなどっているのではないか、と彼女は思った。だとしたら、致命的なミスということになる。

リーサンヌは生まれつき父親から戦闘員に適した資質を受け継いでいて、パリス島海兵隊新兵訓練所と警察学校でのブートキャンプによってそれは見事に磨きをかけられた。男が近づいてきたとき、彼女は目を大きく見ひらき、できるだけ卑屈に見えるようにして頭を下げた。

「殺す相手を間違えやがったな、クソ女！」金髪の男はなおもフランス語で話しつづけ、彼女をメルセデスのなかに押しこもうと手を伸ばした。

　リーサンヌは一歩横へ移動し、車ではなく男のほうへまっすぐ突っ込んだ。左手で拳銃をそらすと同時に、右手を強く突き上げ、掌《てのひら》の付け根で男の鼻の下を捉えた。そしてそのまま、大柄の暴漢の渋面から鼻を剝《は》ぎ取ろうとするかのように、手を一気に上へ滑らせ、押し上げた。男はバランスを崩して後退し、横へ払われた拳銃を振り戻してなぐりかかった。リーサンヌはエネルギーを浪費するような無駄な動きを一切せず、素早く右手を下げて拳《こぶし》にし、すでに傷ついている男の鼻柱にきついパンチをお見舞いした。

　パンチは痛みを与えはしたが、相手を無力化するほどの威力はなかった——それに、男のほうも格闘の経験がすこしはあった。男は顔のそばまで飛んできたリーサンヌの手首をうまくキャッチし、彼女を横に引っぱり、うしろへ投げ飛ばした。彼女は激しく歩道に尻《しり》もちをついたが、愚かにも上体を起こしたままにしようとして手をついてしまった。手首の何かが折れる音がし、吐き気がこみあげてきた。

「サロップ！」男はフランス語で〝すべた！〟と吐き棄てるように言い、銃口をリーサンヌの顔に向けた――と、そのとき、ジャックが運転するアウディが道の反対側から轟音をあげて男に突進してきた。

アウディはとまらなかった。はねた男を引きずってバス停を通過し、ホテルの玄関ポーチを抜けて中庭に突っ込んだ。メルセデスは大柄のフランス人を見捨てて猛然と走り去った。ジャックはギアをバックに入れ、タイヤを軋《きし》らせてアウディを逆走させ、道へ飛び出させた。透かさず、手を伸ばして助手席側のドアを勢いよくあけた。リーサンヌが転がりこむと、アウディはファロル道路を東へと走りだした。

ジャックはすぐさま無線を通して起こったことを全員に説明した。それが終わると、ジョン・クラークの声が通信ネットワークに響き渡った。

「ドムとアダーラは、ひきつづきおれといっしょにロシア人たちの監視だ。ガスパールが死んだいま、残された手がかりはやつらしかいない。ディング、きみたちはジュニアたちを拾い、アウディの乗り捨てを完了したら即、おれたちに合流しろ」

「了解《コピー・ザット》です」〝ディング〟・シャベスは応えた。「ミダスがミニ・ドローンの映像記録から女のショットを抜き出しました。ギャヴィンに送って、身元割り出しを試みてもらいます」

「やっと」クラークは言った。「いいニュースがひとつあったな」

リーサンヌは無線機のスイッチをはじき、プッシュ・トゥ・トーク（ＰＴＴ）モードにした。これで自分が発する音をみんなに聞かれずにすむ。彼女は歯を食いしばり、顔面蒼白《そうはく》だった。ひと目で苦痛にさいなまれているとわかる。彼女は痛そうに右手首を膝に載せてかばったが、左手を伸ばし、ハンドルに置かれたジャックの手にふれた。

「ありがとう、ジャック」リーサンヌは言った。「やっぱり、あなたって、そばにいてくれると頼りになるわ」

生まれつきのスパイという者もなかにはいる。海外旅行の魅力に惑わされてスパイになる者もいる。エリク・ドヴジェンコの場合は、母親にさんざん尻《しり》をたたかれてスパイになった。

8

はき古してすり減ったドヴジェンコの靴が立てる足音が、階段のコンクリートの壁にあたって何度も跳ね返り、反響した。まるで、コインを投げこむと願いが叶《かな》うという井戸に、ひとつかみの硬貨がばらまかれたかのような音だった。だが、イランはテヘラン近郊のエヴィーンにあるこの刑務所では、願いなど叶ったためしがない。情報省がそれを確実にたたきつぶすからだ。そして、彼らが見逃した希望も、イスラム革命防衛隊に踏みつぶされる。

ドヴジェンコは階段の途中で立ちどまり、コーヒー——三分の一はミルク——をひとくち飲んで思いをめぐらし、不気味な静けさのなかでなんとか歯を食いしばって気持ちを引き締めた。すでに疲れ切っていて、その場に座りこみたかったが、監視カメラに写っているので、そうするわけにはいかない。足をとめてコーヒーを飲むくらいなら問題ない。階段に腰を下ろして何やら考えだすというのは、それとは別で、疑問を生じさせるにちがいない。ドヴジェンコはそんな疑問にいちいち答えたくはなかった。イランはロシアの同盟国だったが、イスラム革命防衛隊は配下の隊員たちさえ信用していなかった——とりわけいまは。弱さや優柔不断さをすこしでも見せたら、やる気がない証拠と解釈されかねない。だから、ドヴジェンコはもうひとくちコーヒーを飲むと、金属製の手すりにつかまりながら、ふたたび体を下へと押しやりはじめた。エヴィーン刑務所・地下二階4の2A区画は、容易に行けるようなところではなかった。得られるかぎりの〝助け〟が必要になった。

ドヴジェンコは精神的に不安定ではあったが、ロシア対外情報庁（SVR＝スルージバ・ヴニェーシニイ・ラズヴィェエートキ）にもう一五年もいる経験豊かな情報機関員だった。SVRは旧ソ連KGB（国家保安委員会）の二つある後継機関のひとつで、おもに海外を担当する。もうひとつの国内を担当する機関は連邦保安庁（FSB＝フィヂラーリナヤ・スルージバ・ビザパースナスチ）であり、それをアメリカのFBIに相当する組織と言うなら、SVRはさしずめCIAということになる。

ドヴジェンコはアゼルバイジャン人の母親から譲り受けたウェーブのかかった黒髪

をポマードでオールバックにしていた。顔立ちは父親似で、やや陰気ではあるが整い、ハンサムなロシア人に見える。にもかかわらず、肌は黄褐色《オリーヴ》で髪は黒ときているので、世界のどこの国の出身なのか正確に言い当てるのは難しい。そして、そうした民族的な曖昧《あいまい》さは情報機関員には役立つのである。もしかしたら母は、世界のどこへ行こうと簡単に人々のなかに溶けこめるような子供を持ちたいという目的のためだけに父と結婚したのではないか、とドヴジェンコはときどき疑ってしまう。体重は一九〇ポンド、壮健、身長は六フィート弱というドヴジェンコは、肩も怒っていて、手もボクサーのそれのようにとても大きい。親指も太くて、それを見たチェロビチエヴォにあるスパイ学校——対外情報アカデミー——の格闘教官が、こりゃ、敵の目玉をえぐり出すのに向いているぞ、とつい口走ってしまったほどだ。ただ、SVRで働いてきた一五年間に、陰惨なこともすこしはしたが、これまでのところドヴジェンコは親指でだれの目もえぐり出してはいなかった。

一五年ものキャリアがあるのだから、もっと出世していてもいいはずだった。いまごろはもう、糞《くそ》とカビの生えたパンの悪臭がただようイランの刑務所の奥でイスラム革命防衛隊の暴漢どもの凶行を監視するなんて仕事はやらされていないはずだった。そもそも母がスパイで、一九八〇年代にアゼルバイジャン語をはじめチュルク語族に属するいくつかの言語の知識を駆使してKGBの仕事をしていた。面白い話がいくつもあって、彼女はそれをよく話し、息子のエリクがまだ〝おっぱいにしがみついている〟ころから秘密情報活動生活に引きこみはじめた、というジョークさえ口にしていた。

エリク・ドヴジェンコが知るかぎり、KGBが消滅したときに母は失職し、以来その筋の仕事はしていない。だが、彼女がよく言うように、元KGB要員には失職ということはない。いつまでも現役であり、仕事に呼び出されるのを待っている状態にあるだけなのだ。ただ、いまのところまだ、だれにも声をかけられていない。母は秘密情報活動ができないことを淋《さび》しく思い、ふたたびあの興奮を味わいたいと思っているにちがいない、とドヴジェンコは思う。母親が自分の尻をたたいてSVRに入れた最大の理由はそれだったのではないか、と彼は推定している——息子に活躍させて、その興奮を自分のことのように味わいたい、ということなのだろう。

父は教師だった。控えめな優しい人で、彼が椅子《いす》に座って読書に没頭しているあいだ、妻のほうは古いマカロフをポケットに入れて、トゥトフカ——桑の実からつくられたアルコール度数のきわめて高いアゼルバイジャンの火酒——を飲みながら家のなかをこそこそ歩きまわっていた。栓がプルトップ式のロシア製の安ウォッカを飲むことさえあった。ザフラ・ドヴジェンコの場合、飲みはじめたら、ボトルにふたたび栓をする必要なんてないのだ。

　酔っ払った母の長広舌から逃れたい一心で、エリク・ドヴジェンコは家から出ていくことにした。そして、母には、情報機関に息子をスカウトさせられるコネがまだしっかりあった。ドヴジェンコは運動神経がよく、壮健で、頭も切れ、自分でもその種の仕事に向いていると思った。ただ、仕事を心底楽しむということは決してなかった。スパイ活動にはソシオパス（反社会性パーソナリティ障害者）でないと楽しめないような部分があって、彼はいつもそれによってすこし不愉快になった。犯罪者に近づいていって顔面にパンチを食らわすなんてことは――必要なら、そいつを撃ち殺すことだって――問題なくできた。だが、父親から受け継いだものがかなりあって、母親のようには〝嘘《うそ》つきゲーム〟を楽しめなかった。

　生活のために嘘をつく男や女は、真実を尊重する者のそばでは居心地が悪く、落ち着けない。エリク・ドヴジェンコはいちおう信頼されていたが、愛されてはいなかった――同僚や上司には。そして、SVRのような組織では愛されなければ昇進できない。だから、仲間の多くがすでに出世して、プラハ、ベルリンといったところの駐在官《レジデント》――支局長――になっているのに、エリク・ドヴジェンコはいまだに中位の工作担当官としての苦役に服する〝煉獄《れんごく》〟にはまりこんだままで、こうしてここテヘランのエヴィーン刑務所のような地獄の最下層にまで下りていかなければならない。

六メートル上のテヘランの街にはすでに春が訪れていた。雀《すずめ》たちが囀《さえず》りながらプラタナスや桑の新緑のなかをせわしなく飛びまわり、芝生は一夜にして茶色から緑へ変身し、トチャル山をおおっていた雪も解けはじめていた。だが、六メートル下の地下二階4の深奥《しんおう》部にある2A区画は、そんな地上の爽《さわ》やかさからはまったく想像できない陰鬱《いんうつ》で醜悪なものだった。小便と絶望の臭《にお》いが、よどんだタバコの煙の臭気だけでなく、イスラム革命防衛隊・警備兵たちのオーデコロンがつくりだす圧倒的な悪臭とも混ざり合っていた。

エヴィーン刑務所――知識人や学生運動家が収容されるためエヴィーン大学とも呼ばれる――は、夏は耐えがたいほど暑く、冬は一転して途轍《とてつ》もなく寒くなることがあり、収容者たちの悲惨さはいや増す。

ドヴジェンコは雨降りの駐車場をすこし歩かなければならなかったので、白いシャツが濡《ぬ》れてしまっていた。ここのところふつうは茶色い馬革のジャケットを着ている。そうしていると、いかにもロシアのスパイという感じになってしまうのだが、気にしていなかった。しかし、上等なジャケットを古着のように気軽に着るというのはなかなか難しい。今日は、刑務所の悪臭を革に染《し》みこませたくなかったので、馬革のジャケットは車に置いてきたのだ。

マリアムは染みこんだ悪臭に気づくはずだ、とドヴジェンコは思った。彼女はおれが喫《す》ったタバコの残臭だって嗅《か》ぎとってしまうのだ。そういうものには敏感なのである。

最下階に達すると、ドヴジェンコはふたたびカップを口に運んでコーヒーをしっかり飲んでから、重い鋼鉄の扉を引いた。ロックされておらず、ひらいた。正気な人間は、そうせざるをえなくならないかぎり、こんなところに来ようとは思わない。ふとそう思って、ドヴジェンコは笑みを浮かべそうになった。イスラム革命防衛隊少佐パルヴィス・ササニはできるだけここにいたがったが、それはドヴジェンコの考えを裏付けることでしかなかった。ササニ少佐は職務遂行という点では有能だったものの、正気な人間では絶対になかった。

ドヴジェンコが階段の扉をあける前から、収容者たちのうめき声やすすり泣く声が聞こえていた――いや、聞こえていたのはそれだけではない。

同じようなことが行われているモスクワのレフォルトヴォ刑務所では、収容者は外界の刺激から完全に隔離されている。だが、イランのこの刑務所は、アルゼンチンの軍事政権が〝汚い戦争〟中に用いたルールブックを手本にしてきた。トチャル山のスキー・リゾート地からとどく車の走行音、上空を通過する飛行機の音、芝刈り機の音などが、はっきり聞こえるようにしてあるのだ。天井に落とし戸がある中世の地下牢《ウブリエット》――〝忘却の穴〟――に入れられた囚人のように、収容者は自分がいなくなっても変わりなく動きつづける世界の音を聞くのである。それで彼らは、もう自分は存在していないのではないかという錯覚さえおぼえる。むろん、そうした音はマイクとスピーカーを通して外界から刑務所内へ一方通行で流され、収容者の訴える声や拷問《ごうもん》そのものの音が地上に達することはない。最高指導者のアヤトラは、エヴィーン刑務所では拷問のようなことは一切やられていないと世界に断言しつづけてきたし、イラン政府は施設内に水泳プールやジャグジーをつくったとさえ言っている。イランでは、と言うより、これは世界中どこでもそうなのだが、嘘というのは大きければ大きいほどそれだけ簡単に信じられてしまう。

ドヴジェンコの頭のなかに、これから会う少佐の尋問時のようすが浮かんだ。目をギラつかせ、一語一語唾《つば》を飛ばして訊《き》くのだ。音量は狂乱の絶叫からかすれた小声まででさまざまだが、どれもこれも同等の力をもっていて強烈きわまりない。だが、最悪なのは押し殺されたささやき声だ。そうやって発せられる一つひとつの言葉が肌を鞭《むち》打《う》つ。

そして同じ問いを何度も何度も繰り返す。《抗議しているのはだれだ？》《そいつらはどこにいる？》《レザ・カゼムの居所は？》

ドヴジェンコは苦悶《くもん》の声に導かれて右へ向かった。もうひとつ扉があって、それはロックされていたので、今度はブザーを鳴らして解錠してもらわなければならなかった。最後にもうひとつ深呼吸してから扉を抜けてなかに入った。思わず歯を食いしばり、目を細くして2A区画の尋問室を見まわした。まるで、そこの光景、音、臭いを鈍らせるものがどこかにあるかのような仕種《しぐさ》だった。情報省の要員だとわかっている二人の男が、左手のコンクリートの壁のそばに立ってタバコを喫っていた。その二人の仕事ぶりは見たことがあり、彼らが残酷な拷問をやれるということもドヴジェンコは知っていた。だが、二人とも素人《しろうと》というわけではないから、情報を引き出す必要があると判断したときや、反体制活動家を精神的にコントロールしなければならないと思ったときにしか、拷問はしない。情報省の男たちがみな同じかどうかはドヴジェンコにはわからなかったが、その二人は、木製の棒やスプリングケーブルを使うことに尻込みしなかったものの、そういう拷問具の使用に熱心ではなかった。この刑務所を運営しているのは、イランの諜報《ちょうほう》機関／秘密警察である情報省だったが、プロ集団である情報省よりもイスラム革命防衛隊の力のほうがずっと大きかった。彼らの力は政府内にもビジネス界にもしっかり浸透していた。イスラム革命防衛隊は最高指導者の指示で抗議行動をする者たちを取り締まり、情報省の要員たちとは一定の距離をおいて、手の内をあまり見せないようにしていた。

イスラム革命防衛隊少佐パルヴィス・ササニは仕事を楽しんでいた――それは顔に浮かぶ笑みや残忍な表情を見ればわかった。まるで、他人《ひと》を傷つけると、なぜか自分の痛みが消える、とでもいうようだった。一種のカタルシス。

二人の若者が天井のアイボルトから吊《つる》されていた。肩が不自然な形になり、手首に食いこむ細いケーブルのせいで手が紫色になっている。足はコンクリートの床から数インチしか離れていない。人間というより食肉のよう。ジョギングパンツに似た灰色の囚人用半ズボンしかつけておらず、全裸に近い体には血をはじめ、ありとあらゆる汚れがついている。ケーブルで吊された二人の体は、眠気を誘う振り子のように揺れていた。イスラム革命防衛隊の三人の男たちに手で殴られたばかりなのだろう。吊された若者たちの足の親指から血がポタポタたれているのは、ササニに爪《つめ》を引き抜かれたせいだ。木製の机にプライヤと爪がきれいに並べられている――血だらけの歯も二本ある。

ドヴジェンコは首を振った。歯を引き抜くというのは新手だ。

いまやイスラム革命防衛隊の粗暴な男たちはもうひとりの収容者を痛めつけていた。そしてその収容者は少年にすぎなかった。名前はジャヴァド――一七歳だが、一三歳くらいにしか見えない。ほかの者たちよりも泣き叫び、母親に助けを求めてわめきまくる。しかし、それでいっそうササニは怒りに駆られ、少年をもっと痛めつけたくなるようだった。

ジャヴァドは手をうしろで縛られて仰向けにされていたので、両の拳《こぶし》の上に乗っかって不安定な姿勢しかとれず、ぺたんと横たわることができない。両脚とも上げられ、二本の柱のあいだに設置された板に足首を縛りつけられており、足の裏が上を向いたままになるように硬いひもで固定されている。両足ともすでにしたたか打たれ、腫《は》れて青黒く変色していた。ササニ少佐みずからが長さ三フィートの柳の枝をピシッと打ち下ろしたのだ。その枝の太さは少佐の小指ほどもあった。

〝足の裏たたき〟は世界中の秘密警察が大好きな拷問だ。足というのは、そういう必要があって、かなりの力にも耐えられるようにつくられている。ただ、小さな骨とか指とか、比較的簡単に折れてしまう部分もある。だから、エキスパートになると〝足の裏たたき〟だけで、見た目には足がすこしピンク色になって腫れているくらいというダメージしか与えずに、凄《すさ》まじい苦痛を味わわせることもできる。むろん、手加減せずにやれば、足を使いものにならないようにすることも可能だ。〝足の裏たたき〟を受けたことがない者たちは、もっとはっきりした傷や跡が残る拷問ではなく足の裏を打たれるだけだと知ったとき、奇妙な安堵《あんど》感をおぼえることが多く、「ちょっと足をたたかれて帰してもらえるのではないか……」などと思ったりする。だが、そんな思いは、最初の二、三発を食らって苦痛にさいなまれれば、たちまち吹き飛んでしまう。

ササニ少佐は、肋骨《ろっこつ》を折ったりタバコの火を肌に押しつけたりするのにも飽きたので、この〝足の裏たたき〟をはじめた。言わば最後のよりどころだった。うしろへ引いた柳の枝を頭の上へ大きく振ってビュンとうならせる。それで、哀れな少年は、これから打たれることを知る。この残酷な間《ま》で苦痛は倍加する。

三人の収容者はもう一週間近くもここにいた。彼らがこの部屋に連れてこられ、ガチャンと扉が閉まった瞬間から、ササニはすぐさま仕事にとりかかった、と言ってもいいほどだった。一時間もしないうちに彼らは知っていることをすべて話した。訓練を受けたプロの工作員だって結局は口を割る。三人の学生の場合は、拷問室を見ただけで、知っていることをぜんぶ吐き出した。まるで割れた器のように情報をすっかり洩らしてしまった。涙と鼻水をたらし、恐怖ですすり泣きながら、小学生のころからの罪をひとつ残らず白状した。

そして、ついにはすべてがどうでもよくなった。

ジャヴァドは足の裏を五回たたかれると身をのたうたせることもなくなり、静かになった。両足とも、指のついた大きな紫色の風船のように見える。ササニはさらに二回たたいて、完全に意識を失っていることを確認した。ジャヴァドが何の反応も示さないことを見とどけると、ササニは柳の枝を隅の机の上へほうり投げた。そして、イスラム革命防衛隊の二人の部下にうなずいて合図し、親指を肩越しに突き出して、吊されている男たちを示した。

「こいつはしばらく休ませる」ササニは言った。「別の野郎を連れてこい。太っちょのほうにしよう」

吊されている二人の学生のうちの肉づきのいいほう、ババクという名の二〇代前半の男が、しくしく泣きはじめた。腫れた瞼《まぶた》がふるえながらひらいた。

「同志エリク」ササニは家蠅《いえばえ》のように胸の前で両手をすり合わせた。「いやいや、申し訳ない、待たせちゃって」

ロシア人は相手の言葉を払いのけるかのように手を振った。ササニはドヴジェンコに見下されていることにちゃんと気づいていた。二人は間違いなく互いに軽蔑《けいべつ》し合っていた。別に驚くようなことではない。ササニはすべての者を憎んでいるようなのである。

ササニはドヴジェンコよりも五、六歳若かった。たぶん、三四、五歳といったところ。イスラム革命防衛隊での出世は早かった。隊内では、残忍さも、好ましい方向のものでありさえすれば見返りを得られるのだろう、とドヴジェンコは推測していた。自分が所属するSVRも、その点はそうたいしてちがわない。だから、おれはパルヴィス・ササニのような男と仕事をさせられているのではないか。きっと上の連中は、おれには残忍さが欠けていると判断し、それを実行する方法をいくらかでも学ばせたいと思ったにちがいない。

ササニの経歴についてはドヴジェンコはほとんど知らなかった。父親はイラクとの戦争中に殉教したらしく、聖職者《ムッラー》やイスラム革命防衛隊の幹部たちに高く評価されていた。母親の再婚相手の義父がまた、イスラム革命防衛隊幹部の将軍だった。英語はイギリスか英連邦の国で学んだにちがいない。イギリス訛《なま》りの英語を話すからだ――それも、アメリカ映画に出てくる悪魔のような口調で。

背はドヴジェンコよりもほんのすこし高い。黒髪にはウェーブがかかり、漆黒の顎《あご》鬚《ひげ》はファイブ・オクロック・シャドー——朝剃《そ》っても午後五時ごろには伸びてしまう髭《ひげ》——よりもすこしだけ長めに整えられている。尋問のときも上等なスーツを着てくるが、上着は扉のそばに並んでいる金属製のロッカーのなかにかけておく。そして今日もまた、白い襟なしシャツには撥《は》ねかかった血の斑点《はんてん》がいくつもついていて、柳の枝で足の裏をたたくときには必ずそうするようにシャツの裾《すそ》をズボンの外に出していた。

ササニはまくり上げていた袖を下ろすと、グレーのウールのズボンのポケットから金のカフスボタンとダークブルーのゴロワーズの箱をとりだした。そして箱からフランス製のタバコを一本飛び出させてくわえ、そのまま口を動かし、カフスボタンをはめながら言った。

「何か新しい情報、ありますか、マイ・フレンド?」ササニはポケットの奥にまで手を突っ込み、使い捨てライターを見つけた。

ドヴジェンコはババクの足を板に縛りつけるのに忙しいイスラム革命防衛隊員たちから目を離さなかった。

「爆弾テロの噂《うわさ》があります」ロシア人は言った。「ターゲットはどこかの政府庁舎」

ササニは使い捨てライターのレバーを押したが、カチッという音だけして、火はつかなかった。「それなら、わたしも耳にしました」火をつけるのをあきらめ、ちょっと笑いを洩らした。「まあ、ともかく、われわれはアメリカのインフルエンザには苦しめられていません。あれは〈大悪魔〉が神に戦いを挑んでいるためにこうむった疫《えき》病《びょう》ですからね」

イラン人は自国に襲いかかる地震や伝染病をどう説明するのだろうか、とドヴジェンコは思ったが、口には出さなかった。

ササニは火のついていないタバコをくわえたまま身振りをまじえて言った。「そちらの政府が約束した携帯電話追跡アプリやコンピューター・ソフトはどうなりました？　わが国のテクノロジーは立派なものですが、そちらの国のそれのほうがまだずっと精密です。いまさら言うまでもありませんが、現在われわれは国家的危機に見舞われているのです」

「まもなく提供できます」ドヴジェンコは答えた。そして、自分のポケットからライターをとりだし、パチンとふたをひらいた。それは母方の祖父からの贈り物だった。〝真ん中に炎がある八芒星《はちぼうせい》〟というアゼルバイジャンの国章がついた金のライター。

ササニが火をつけてもらってタバコの煙をひと吹きすると、顔が雲におおわれたようになった。少佐はタバコをつかんで脇《わき》へやり、長いあいだドヴジェンコをじっと見つめた。「そちらのテクノロジーの精密さは、売国奴どもを捜し出すのにたいへん役立つのです」

「ですから、まもなく提供できます」ドヴジェンコは顎をしゃくって収容者たちを示した。「あの三人からは、すでに利用可能な情報を引き出せたんでしょう?」

ササニは肩をすくめた。「と思います。でも、こいつら弱くてね」イラン人はクルリと向きを変えると、いまや板にしっかりくくりつけられた大柄の男のところまで歩いていき、剝《む》き出しの足の土踏まずにタバコの火を押しつけた。男は足をばたつかせ、嗄《しわが》れた悲鳴をあげた。ササニは一歩うしろへ下がった。

男の口のはしから血の混ざった唾液《だえき》がたれ、頰を伝って耳のそばの汚いコンクリートの床に落ち、小さな水たまりをつくった。ササニはふたたび近づき、男におおいかぶさるようにした。

「もういちど訊く」イスラム革命防衛隊の暴漢は言った。「レザ・カゼムはどこにいる?」

収容者はうめいた。「知らない——」

ササニはタバコの火を男の瞼に押しつけた。男はまたしても悲鳴をあげ、苦痛から逃れようと無駄な努力をした。

「言え！　言うんだ！　どこにいる？」
収容者は咳《せ》きこみ、顔をゆがめた。
「知らない――」
ササニはもういちどタバコの火を押しつけようと手を上げた。
「エスファハーン！」収容者は叫び、身を縮こませた。まるで体を一気に収縮させて
床のコンクリートのなかに入りこもうとしているかのようだった。をなんとしても避けたいのだ。「エスファハーンにいる」すすり泣きはじめた。「ほん
とうだ。エスファハーン」
ササニはタバコの火が消えてしまったことに気づいた。顔から笑みが消えた。
緑色の制服を着て野球帽をかぶった、一目で青二才とわかる看守が、拷問室のなか
に入ってきて、金属製のロッカーのそばの扉の左側に立ち、部屋のなかを見物しはじ
めた。ドヴジェンコは髭が生えはじめたばかりという感じのこの若者を知らなかった。
こんな拷問室にいるのが苦痛だったとしても、若者はそれを表に出さなかった。それ
くらいの利口さはあった。
ササニは背筋を伸ばし、警戒心をあらわにして片眉《かたまゆ》を上げた。まるで卑《いや》しい行為に
ふけっているところを弟に見つかってしまったかのようだった。「何だ？」

若者は壁にもたれかかった。「法廷が判決を言い渡しました」

若者がフォルダーを差し出すと、ササニはそれをひったくるようにしてとった。そして読みあげた。「公開絞首刑《こうしゅけい》」納得して、ゆっくりとうなずいた。

ジャヴァドという名の少年にいちばん近いところにいたイスラム革命防衛隊のならず者が声をあげた。「こいつは絞首刑執行人をだましやがった」その男が命の失《う》せた少年の体をひと突きすると、吊された遺体が大きな弧を描いて揺れた。

ササニはあざ笑った。「ほうら」ドヴジェンコに言った。「言ったとおりでしょう。弱いんです。でも、死んでも同じ。こいつも仲間の売国奴どもといっしょに絞首刑に処せられます。見せしめとしてね」

ササニはふたたびズボンのポケットからタバコの箱をとりだし、新たに一本を口にくわえた。そして毒のある笑みを浮かべた。「申し訳ないが、また火を貸してもらえませんか?」そのいやらしい笑みにドヴジェンコは吐き気をおぼえた。

ドヴジェンコはイラン人のタバコに火をつけてやりながら目の焦点をぼやけさせ、考えた。どうも何かありそうだ。はっきりとはわからないのだが、何かある。

レザ・カゼムはトラブルメイカー。それは間違いない。カゼムは不満をもつ数万人の学生やその他のイラン人の顔だ。街頭に出て抗議する彼らの数は、この国のあらゆるところで日に日に増している。だから、ササニがカゼムの居所を知りたがるのは自然なこと――しかし、それを見つけるのは難しいことではない。

9

ジャック・ライアン大統領の瞼《まぶた》がピクピク動いて目がひらいた。午前五時二七分、アラームが鳴るいつもの時間の直前だった。ライアンは疲れきっていた。あと二分四五秒、眠ることもできたのだが、今朝は妻のキャシーが家にいた。すぐ横に。いまも。しかも目を覚ましている。どちらも重要な仕事をもつ、ひときわ注目を集める著名人で、スケジュールがなかなか合わず、最近では短時間でもいっしょにいるということさえ、ほとんど不可能になっていた。だから、こういう時間は当たり前のことではなかった。ライアンは枕《まくら》を軽くたたいてふくらませると、ナイトテーブルの上の眼鏡をつかみ、アラームをオフにした。そして、体を転がし、もう四〇年近くも連れ添っている妻のほうを向いた。キャシーもジャックと同じくらい眼鏡を必要としていたが、まだかけていなかった。それはライアンにとってはありがたいことだった。自分の老いつづける顔、かすみ目、寝癖を妻にはっきり見られずにすむからである。さらに妻にすり寄ると、口内洗浄液《マウスウォッシュ》とクリスチャン・ディオールの香水ディオレサンスの匂《にお》いがした。これは途轍《とてつ》もなく良い兆《きざ》しだ、とライアンは思った。

エジプト綿の上掛けを顎《あご》まで引き上げ、金髪を枕の上に扇形に広げていたキャシー・ライアンは、長い睫《まつげ》を瞬《しばたた》かせた。ジャックが自分のほうに向くとすぐ、キャシーは歌いはじめた。ベティ・ブープとマリリン・モンローを足して二で割ったような歌声だった。

「……ハピィ・バースデイ、ミスター・プレジデント……」

キャシーが歌い終えると、ライアンは笑いを洩《も》らし、妻の鼻にキスをした。「今日はわたしの誕生日ではないよね？」

ドクター・ライアンの目がパッと広がった。彼女はすねたように唇をすぼめて見せた。「ええっ、ほんとう？」世界でも指折りの眼外科医にしては、キャシーはハッとするほどセクシーな〝おつむの弱い美人〟を信じられないほど巧みに演じることができた。いまも、かわいらしく尖《とが》らせた口の両側に手をやり、上掛けをしっかりつかんでいる。爪《つめ》にはアイム・ノット・リアリー・ウエイトレス（わたし、ほんとはウエイトレスじゃないの）という名のディープ・レッドのマニキュアがきれいに塗られていた。

驚くべきことに、ホワイトハウス報道官室はそのマニキュアの名前を秘密にしておくことにいまのところ成功している。

キャシーはわざと大げさに溜息《ためいき》をついた。上掛けの下の乳房が大きく上下した。

「どうしよう！　今日があなたの誕生日じゃないのなら、こんなプレゼントをしちゃって、わたし、どうしたらいいのかしら？」

一八分後、ライアンは首をほんのすこしまわして、ベッドサイドの置き時計にチラッと目をやり、今度は自分が盛大な溜息をついた。キャシーの腕がジャックの胸をのろのろと這《は》った。彼女の脚はライアンの太腿《ふともも》の上にのっていた。温かかった。二人とも、もう上掛けなどいらない。キャシーの柔らかな息がジャックの首筋をくすぐっている。

キャシーはふふふっと笑いを洩らした。

「何？」ジャックは訊《き》いた。

顔を見ることはできなかったが、ずいぶん長くいっしょに暮らしてきたので、首筋に感じるキャシーの肌の張り具合から、妻が微笑《ほほえ》んでいることはわかった。

「まさにいま、このままで世界はすぐに破滅してしまうという危機が訪れ、シークレットト・サーヴィスの警護官たちがアーニーといっしょにこの部屋に飛びこんできたら、いったいどうなると思う？」

「五分前よりはいまのほうがいいんじゃない？」ライアンは答えた。だが、実際にいま途方もない脅威が見つかり、首席補佐官が大統領の寝室に駆けこんでくる確率はどのくらいだろうかと、考えずにはいられなかった。

「そうね、すこしはいいかもしれない」キャシーは言った。「でも、たいしてちがわないわ」

ライアンは肩をすくめた。「うーん、きみにはやっぱり困ったことだろうな。サッと上掛けで体をおおうことになるだろうね。でも、わたしのほうは、ちょっとばかり誇らしい気持ちになってしまうかも。『ほら、自由世界のリーダーはいまだに現役だぞ』と宣言する罪のない方法になるからね」

「ええ、たしかにまだ現役だわ」キャシーはジャックの顔に鼻をこすりつけ、ちょっと身をふるわせた。「ともかく、一日中ここでごろごろしてはいられないの。病院に行かないと」

「そうだね」ライアンは返した。「今回の流行についてはわたしもあとで報告を受けることになるが、きみたち医者はいますぐそれについて話し合わないといけないわけだ。この疫病《えきびょう》についての専門家の最新の意見を詳しく教えてくれないか」

キャシーは手を伸ばして上掛けをつかみ、胸まで引き上げてから、お気に入りの

〝ダウンの枕三つ重ね〟の上に仰向けに倒れこんだ。いま妻の頭のなかには、アメリカの地図とそれぞれの地域の死者数が浮かんでいるにちがいない、とライアンは思った。死者のなかに子供がいれば、その子の名前も見えているはずだ。キャシーの脳はそのように働く。とりこんだ情報——読んだページや目にした画像——を思い出そうとすると、それが写真のようになってよみがえるのだ。それほど正確な記憶力の持ち主なのである。専門は目の病気や傷の治療だったが、キャシーは夫に頼まれて、今回の強毒型ウイルスによるインフルエンザ蔓延《まんえん》に関する情報伝達と啓発をするメディア・キャンペーンの顔になっていた。

「一三七人」キャシー・ライアンは言った。「アメリカとカナダの死亡者数の合計。でも、入院が必要なほど重篤《じゅうとく》な人が二〇〇人強いる。抗ウイルス剤が効いている人もいるし、それでこれ以上の流行を阻止できるかもしれないけど、いまの段階ではまだ確かなことは言えない。救急隊員、消防隊員、警察官、軍人、病院スタッフ、その他、今回の事態への対応に必要となる人々……全員に、今週末か来週の頭までにワクチンを接種させないと。CDCは手の内にあるすべてを投入して素晴らしい仕事をしている」CDCは疾病《しっぺい》予防管理センター。「要するに、バケツで砂をかけ、火を一気に消そうとしている。でも、ジャック、困ったことに砂が尽きようとしているの、まあ、近いうちにね。ふつうワクチン接種は子供と高齢者に勧められるのだけど、今回の流行でいちばんやられているのは、働き盛りの健康な人たち。これは一九一八年の世界大流行のときと似ている」

「スペイン風邪」ライアンは言葉を挟んだ。

「ええ。でも、スペインは濡《ぬ》れ衣《ぎぬ》を着せられたの」キャシーはつづけた。「そのときも発生源はアメリカだったのだから、ほんとうはアメリカ風邪と呼ぶべきだった。だから、今回はアメリカ風邪と呼んだほうがいいわね。こうやって、できるだけ多くの人がかからずにすむように、アメリカが最初に流行の発生を世界に知らせているわけだから。一九一八年の大流行のときは、もちろん他の国々も同じインフルエンザの猛威にさらされたのだけど、当時スペインは第一次世界大戦中にもかかわらず情報統制しておらず、流行がおおっぴらに報じられ、そのため汚名をかぶることになったというわけ」キャシーは枕にのせていた頭を横に転がし、夫の顔をまっすぐ見つめた。「繰り返すけど、今回のウイルスはきわめて重要な働き盛り——いつもは対インフルエンザ戦を主導する医師、看護師、薬剤師——にも襲いかかっている。一九一八年の大流行では、両大戦の死者数を合わせたよりも多くの人——世界の人口のほぼ五％——が命を落とした。とっても毒性の強いウイルスだったの、ジャック。でも、今回のウイルスはさらに強毒なものになりうる。うまく抑えこまないと、数カ月のうちに最も優秀な人材が壊滅してしまう。いえ、数週間のうちにそうなってしまうかも……」

ライアンはうめいた。

「えっ、それって?」

キャシーは肘《ひじ》で夫の腕を軽く突いた。「ほら、それなのよ」

「わたしの話を聞いてパニックになったでしょう」キャシーは答えた。「それがね、ジャック、今回のインフルエンザの流行がとてもひどいものになりうる最大の理由なの。この流行の深刻さを見くびるつもりはないけど、一九一八年とくらべ、いまは医療も発達し、人々の健康状態もおおむね良くなっていて、スペイン風邪のときには夥《おびただ》しい数の人々を死なせた二次感染と戦う能力も増している。でも、その一方、残念なことに、現代ではニュースが無責任に二四時間たれ流されていて、扇情的ジャーナリズム《イエロー》が我が物顔でのさばっている。今回のインフルエンザは史上最悪で、死者数も最大になる、と考えるのは間違い。それはまさに混じり気のない純粋なでたらめ。それでも、死者が新たにひとり出るたびに、ニュース番組の画面のいちばん下に速報が流れるのだから、人々はたえず不安に駆られることになる。正直なところ、医学的見地からすると、わたしとしては、ルイジアナ州とミシシッピ州の洪水も、このインフルエンザの流行と同じくらい心配だわ」

ライアンはうなずいた。

「言っておくけど、ジャック、このインフルエンザに殺《や》られるよりも暴動で負傷する確率のほうが高いわ。それに、あのいけすかないミッシェル・チャドウィックという女、事態を悪くしているだけ」

ライアンは妻の太腿をポンとたたいた。「その〝高潔な上院議員〟へのきみの感情はわれわれだけの秘密にしておいたほうがよさそうだ」

キャシーは上掛けを持ち上げると、自分たちの体の下に目をやり、わざと大げさに調べた。「いまここにいるのはわたしとあなただけ、大丈夫」彼女は言った。「それに、夫にあんな辛辣《しんらつ》な言葉を吐く者にすこしばかりの怒りを覚えても許されると思うわ。彼女、昨日も記者会見をひらいて、何もしていないと言ってあなたを責めた。あなたをよ。信じられる?」

ライアンはふたたび妻の太腿をポンとたたいた。今度は自分の気持ちを落ち着かせるためだった。「恥ずかしい話だが、わたしも政治というものに慣れてきたようだ。ごみはいまだにものすごい悪臭を放っているが、わたしはもうそれをほとんど嗅《か》ぎとることができなくなってしまった」

「気づいていた？　チャドウィックの記者会見はちゃんとしたニュースにもならなかったのよ」キャシーはこだわった。「ソーシャルメディアが大騒ぎしただけ。そうやってミッシェル・チャドウィックは国中をふるえ上がらせているの、ジャック。満員の映画館で『火事だ！』って叫ぶのは違法じゃない？」

ライアンは肩をすくめた。「実際に燃えているんだと、彼女は言い張るだろうね」

「仮にそうだとしても」キャシーは返した。「彼女はその火にガソリンを注いでいる」

ライアンは話題をもとに戻した。

「きみがＣＤＣといっしょにやってくれた公共広告を見たよ」ライアンは言った。

「政府の方針にそってファーストレディーの信頼できる顔を貸してくれてありがとう。そう、調子が悪くなった人を家から出さず、職場や学校に行かせないようにすべきだし、できれば、そうなる前に医者のところへ行って、予防接種を受けてもらう。そうだ、いいことを思いついた。きみ、わたしのところで働くというのはどうかな？」

「わたし、高いわよ。そんな資金ないでしょう？」

「召集令を出す」ライアンは応じた。「医療を国営化する。医師はすべて強制的に公務員にする、美しい眼科医は真っ先に」

「おや、まあ」キャシーは笑いを洩らした。「それは有権者には気に入ってもらえないわ。わたしが眼外科の専門医になったのには二つの理由があるの。ひとつは、たまたま目の手術がうまかったこと。そして、もうひとつは――」

ライアンはにやっと笑い、キャシーが口にしようとした言葉を先に言ってしまった。

「GBSだね」

キャシー・ライアンは天才的な眼外科医だったが、ほとんどの医師と同様、医大在学中に学生たちがGBS――ねばねば不快病変《グーィ・バット・ソーア》――と呼んでいたものを学ぶのが苦手だった。GBSはいくらでもあるようで、ライアンもこの歳《とし》になるまでに医学書に載っていたそれらの写真をいやというほど見てきた。それだけでも、妻が眼科を選んだ理由はわかる。

キャシーは両脚を振ってベッドから出した。弓なりにカーブした背中と、優美にふくらんだヒップが、上掛けの外に完全に出て、剝《む》き出しになった。「それもあるわね」キャシーは言った。「でも、わたしは〝ところで〟というのも好きではなかったの」

「なるほど」とライアンは言いはしたものの、それがどういうことなのかは明らかにわかっていなかった。

キャシーはピンクのテリークロスのローブを膝《ひざ》に置いたが、まだ着ようとしなかった。ほんのすこし体をうしろへねじり、片腕で自分を支え、まだ上体をすこし起こしただけのライアンをじっと見つめた。

「だから」キャシーは肩をすぼめるようにしてローブをはおりながら説明した。「何かほかのことで来た患者さんが、診察が終わっていざ帰ろうという段に、刑事コロンボさんみたいに足をとめ、こう言うの。『ところで、先生、わたしが今日来たのは、睡眠時無呼吸症候群の治療のためとわかっているのですが、ついでにと言ってはなんですが、友だちのボブから聞いたあの小さな青いピルをいくらか処方していただけないものでしょうか？』」もちろん、その患者はバイアグラが欲しいのだ。

「なかなか賢いやりかただね」ライアンは言った。

キャシーは立ち上がり、首をしきりに振った。「ところで、大統領、あなたは何の問題もありません。ともかく、あなたならうまくやれるわ、頑張って。わたしの助けを借りる必要なんてない」

ライアンは横へ跳び、キャシーのローブの裾《すそ》をつかんで引っ張り、妻をベッドに引き戻そうとした。

「ジャァァァァーック」キャシーは思わず声をあげた。いちおう逃げようと試み、その場で足踏みした。「わたし、ほんとうに行かなければならないの。あなただって、税率の引き上げとか、そういったことを話し合う会議があるんじゃないの？」

ライアンはさらに半秒ほどキャシーのローブをつかんでいた。それでベッドに戻ってきてほしいという思いを妻になんとか伝えられたが、二人にはもう時間がないということには同意せざるをえなかった。それはデリケートな求愛ダンスだった。まず、とても聡明《そうめい》な女性に〝あなたなしではとても生きていけない〟ことを知らせ、次いでしつこいくらい長くそれをしっかりとつづける、という愛のダンス。

ライアンはふたたび置き時計をチラッと見やった。朝の六時までベッドにとどまっているだけで、すごい怠け者のように感じてしまうというのは、やはり嘆かわしい状況ではあった。ライアンが頭をうしろへ落として枕にのせるのとほぼ同時に、キャシーが振り返り、自分をじっと見つめる夫の視線に気づいた。

キャシーはローブをしっかり自分の体に巻きつけ、襟元もしめ、おずおずと顔を前に戻した。「何なの？」

「いや、ちょっと考えていただけ」ジャックは答えた。「ジャック・ジュニアもわたしのように良き伴侶《はんりょ》をうまく見つけてくれたらな、って」

10

ロシア人たちはスペインのセビリアのホテルに着いて一時間もしないうちにプールへ行くことにした。

ジャック・ライアン・ジュニアはミダスのホテル・ルームの床に座り、白漆喰《しろしっくい》の壁と同じように真っ白な暖房用ラジエーターが取り付けられている隅にもたれかかっていた。そばのラグマットの上に、ページの角が折れたペイパーバック版のピーター・ホップカーク著『ザ・グレート・ゲーム――内陸アジアをめぐる英露のスパイ合戦』が置かれている。部屋はまあまあだったが、世界中のホテル・ルームの大半がそうであるように、インスタントコーヒーと最後に泊まった人――今回の場合は、ココ・シャネルの香水を偏愛する女性――の臭《にお》いがした。ここのようなブティック・ホテルでも、目を覚ましたときにはいとも簡単に、型にはまった月並みなスイートルームにいるような気になってしまい、自分がいまどこにいるのかわからなくなる。

正午になろうとしていた。ミダスは数ブロック離れたところにあるクラークのホテル・ルームに配置されていて、監視をつづけていた。ミダスこと、陸軍デルタフォース退役大佐バリー（バルトーシュ）・ジャンコウスキーによると、ロシア人たちはいま、屋上のプールでのんびりくつろぎ、青白い肌をスペインの太陽にさらしているとのことだった。だれかを待っているのだ。

静止監視を尾行へ切り替える必要がいつ生じるかわからなかったので、一時的に動きがとまっているいまが、チームの再編成とこの数日のＡＡＲ（アフター・アクション・レヴュー＝作戦活動後再検討）を素早くやる最初の機会だった。ひとり離れたところで監視にあたっていたミダスは、無線を通してこのＡＡＲに参加した。

クラークはＡＡＲが大好きだった。むろん、ジャックもその必要性はわかっていたが、いまのところまだあまり好きになれない。ただ、その場の勢いでやってしまうことのなかには……そう、あとでよく考えてようやく愚かなことだったと思えるものもある。それでも、クラークはみずからもたくさんのミスを重ねてきた才能も経験もたっぷりある優秀なリーダーだったので、ＡＡＲを利用して部下に恥をかかせるような真似《まね》はしなかった。せいぜい、温厚なからかいの言葉をひとつふたつ投げるていどだった。率直で正直な批判のほうがチーム全体を向上させる、とわかっていた。厳しく叱責《しっせき》しなければならなくなった場合は、こっそりとやった。口に出して認めることはめったになかったが、クラークもシャベスも単なる判断ミスについてはほぼすべて許すという立場をとっていて、ジャックもそのことには早い時期に気づいていた。だが、心的ミス——精神的弱さ、気力の欠如によって生じたことが明らかなミス——は、二人とも決して許さなかった。

クラークはベッドのはしに腰を下ろしていた。ドミニクとアダーラは革張りの二人がけソファーの真ん前の床にあぐらをかき、〝ディング〟・シャベスは手帳を手にしてデスク用の回転椅子《いす》にぐっと身をあずけている。ジャックはトランプのカードをシャッフルするかのように、ぼんやりと親指で本のページをパラパラめくっていた。クラークもシャベスも、読むことも仕事の一部だと強く信じるようになっていて、地政学、文化、リーダーシップに関する本はもちろん、小説にまで目を通すようになっていた。この仕事に無関係なものなどひとつもないのだ。とくに諜報《ちょうほう》活動や戦術を論じるものが二人のお気に入りだった。二人ともCIAにいたときにいろいろといっしょに仕事をしたことがあるメアリ・パット・フォーリ国家情報長官も、『ロシア人〝資産《アセット》〟運営方法』と題する綿密な調査報告書を書いた。彼女は諜報活動をするために生まれてきたような女性だ。祖父が最後のロシア皇帝ニコライ二世とその息子の乗馬指導係を務めたヴァーニャ・ボリソヴィッチ・カミンスキー大佐だった。彼女の調査報告書にはジャックの父親の証言さえ含まれていた。ジャック・ジュニアはそれを読んだとき、父の声が聞こえてきたような気がした。

ドミンゴ・〝ディング〟・シャベスによると、優秀な諜報機関員は鮫《さめ》のようなものだという——つまり、泳ぎつづけないと死んでしまう。たとえば、外国語も、いちど覚えてしまえばよいというのではなく、たえず練習・実践しつづけなければならない。さもないと錆《さび》ついてしまう。身につけた戦闘・格闘の手法や技術も、畳やマットが敷かれている〈道場《ドージョー》〉、射撃練習場、あるいは街頭での訓練や実戦によって維持しないといけない。生まれつき得意というものがある人もいるが、そうした天賦《てんぷ》の才に恵まれた人々も練習と実践をたくさん重ねて技量をみがく必要がある。《うまくできるようになるまで練習する、というのではだめ。間違えようがなくなるまで練習せよ》この格言は、それを無視して友を死なせてしまったとき、途轍《とてつ》もなく大きな意味を持つようになる。本物の諜報員はプレイボーイではなくて本の虫なのだ。とはいえ、諜報活動の一部である〝人間操作〟のほうが、アダーラがいつも持ち歩いている漢字やキリル文字でいっぱいのフラッシュ・メモリカードよりも面白い、とジャックは思わずにはいられない。

むろんジャックも読書をいといはしなかった。何もすることがないときの暇つぶしにもなる。だいたいいつも、そういう時間はかなりあるのだ。当然、ふつうの人間の心臓なら爆発してしまうほど大量のアドレナリンが放出されるときはあるが、それ以外では、どうしようもなく退屈な時間がずいぶんある。

ロシア人たちは『カーザ・イベリカ』というバル／レストランで謎《なぞ》の人物と会ったあと、カルヴォエイロからすぐ北のラゴアへ向かい、そこの小さなホテルに二日間滞在した。ラゴアは海沿いに連なる小さい町々よりは大きく、クラーク率いる〈ザ・キャンパス〉の面々は目立たないようにするのがすこしは楽になった。無理な監視をしないかぎり、怪しまれる心配はあまりない。二日目の午後、ロシア人たちはホテルを出て、あちこち動きまわってＳＤＲ（尾行や監視の発見・回避のための遠回り）をおこない、車で東へ二時間半のところにあるスペインのセビリアまで六時間かけて行った。そして、髪をボウル・カットにしたほうは屋外風呂《ぶろ》でゆったり過ごし、その相棒のほうはプールサイドに座り、本を読んだり電話で話したりした。カルヴォエイロで対監視、つまり見張りをやっていた二人は、ホテルの部屋にこもったままで、作戦と作戦のあいだは必要とされないことに満足しているようだった。

シャベスとミダスはポルトガルにいるときにすでに、監視対象の車に小型のＧＰＳ追跡装置を付けることの利益とリスクについて議論していたが、結論はなかなか出なかった。その装置をうまく付けることができれば、携帯電話の無線通信方式であるGSMでターゲットの位置情報が〈ザ・キャンパス〉の工作員たちに送られてくるので、尾行はたやすくなる。結局、ロシア人たちが代わりに結論を出してくれた。彼らは初日の終わりに外出したさい、携帯電話の電波を捉《とら》える小型携行装置で使用する二台の車を調べたのだ。それほど徹底的に調べたわけではなかったが、指向性アンテナ付きの高性能装置を使ったので、それで充分だった。

だから、〈ザ・キャンパス〉チームは追跡装置の利用をあきらめ、少なくとも一台の車をたえず視認していなければならなくなった。

〈ザ・キャンパス〉の三台の車は、ターゲットがEMEカテドラル・ホテルに着くまでずっと、位置を交代しつづけて尾行し、セビリア大聖堂に隣接するヒラルダの塔の陰になっている歩行者専用の通りに突っ込んだ。グアダルキビール川からすこし離れた運河沿いにある闘牛場から数ブロックのところだった。

クラークは同じホテルに予約の電話を入れ、ロシア人たちの部屋と同じ廊下にあるダブルルームをとった。ほかの者たちは近くの小さなホテルに腰を落ち着けた。そのいずれも、ターゲットを直接見られない場所にあったが、それは仕方なかった。そもそもドミニクとアダーラはやつらに見られないように気をつけていなければならない。

ポルトガルで対監視の任務についていたロシア人たちに、カフェにいたカップルだと見破られる恐れが大いにあったからだ。

「おい、聞いているか?」クラークが声をあげ、ぼんやりしていたジャックを現実に引き戻した。

「……はい?」ジャックは弱々しい笑みを浮かべた。いまおれは何をしゃべっていた、とクラークにテストされませんように!

「未解決問題」クラークはジャックの頭のなかを見通していた。「今回の作戦ではユゴー・ガスパールが最大の調査対象だった。だが、いろいろあって、われわれはいまここにいる。だから、しばらくはロシア人たちを監視しつづけたほうがいい。ディング、ギャヴィンが見つけたことをパパッとみんなに伝えてくれないか?」

スナイプ・ナノと呼ばれるポケットサイズの偵察用ドローンのカメラは、画像の鮮明さという点ではいまどきの安い市販のものにもかなわなかったが、暗視能力とズームができるという点でその弱点を補って余りあった。ミダスは映像記録から女の暗殺者の顔がわかる静止画像をいくつかつかみ出した。そして、たくさんあるアダーラの自撮り写真のなかには、遠くに小さくだが『カーザ・イベリカ』にいたロシア人たちと彼らに話しかけた男が映っているものもあった。ギャヴィン率いるITチームが急いで画質向上をおこなってから、顔認識のためのソフトとデータベースを利用して、人物たちの身元割り出しに懸命に取り組んだ。

〝ディング〟・シャベスは手帳を繰って一ページ前へ戻した。

「ガスパールを殺したのはリュシル・フルニエという名の女。フランス人。アヴィニョン近郊の小さな町の生まれ。父親は薬剤師だったが、娘に商売用の薬を文字どおり盛られ、ローヌ川に投げ棄《す》てられた。リュシルは殺人罪でフランス人が『閉鎖教育センター』と呼ぶ未成年犯罪者用の施設に二年間収容された。そこで数人の同房者からとても悪いことを教わったようだ。結局、成人になって女子刑務所へ移され、そのあとテロリスト監視対象リストに二度載せられた。ギャヴィンはリンク解析で、同房者に〝ロシア人たちに会いにきた例の男〟の異母妹がいたことをつきとめた。例の男はウルバーノ・ダ・ローシャという名のポルトガル人、三流の武器商人だ。世界各地で何度か警察に逮捕されたが、有罪になったことはいちどもない。スペインのガリシア州を拠点にする犯罪組織のオチョア一家とつながりがあるのではないか、とポルトガルの国家警備隊は考えている。だが、これに関しても、動かぬ証拠は皆無。ほかに情報はほとんどない。ただ、こいつ、最近ビジネスを拡大しているようではある。ロシア人たちにまでつながるものは、ギャヴィンもまったく見つけられなかった」

ミダスが口をひらき、声が無線を通して伝わった。「するとわれわれは、ロシア人たちと謎の取引をしようとしていた陰謀をめぐらす国際武器商人のデブ男、ユゴー・ガスパールを監視していて、そいつがある女に暗殺されるところを目撃し、その女の仲間の別の武器商人がガスパールの取引相手のロシア人たちのところへ行って、何やら話し合った、ということですか」

「そういうこと」シャベスはうなずいた。むろんミダスは数ブロック離れたホテルの部屋にいるのでシャベスの仕種《しぐさ》など見えない。

「ようし」クラークは立ち上がり、両手を上げて胸の前で合わせた。これは法執行機関で〝現場尋問〟姿勢とか〝準備完了〟の構えと呼ばれるもので、クラークがこれをやると、いまにも銃を引き抜くか、だれかをぶったたこうとしているようにしか見えない。なにしろこれまでの人生、戦闘と格闘の連続で、こういう姿勢をとるのがすっかり癖になってしまっているのだ。

「もうひとつ」とクラークはつづけた。「これは言っておかねばならないことだが、一回しか言わない。われわれは小さな組織だ。だから、信頼し合うことが不可欠で、そうでないと何事もうまくいかない。きみたちの何人かは……いや、全員が……テキサスでのマグダレナ・ロハス救出作戦で、ほんとうのところ、いったい何があったのだろうか、と思っているはずだ。おれが言わば〝いささか遠慮なく〟やってしまったことは、みなもよく知っていて、もはや秘密でもなんでもない」

マグダレナ・ロハス救出作戦とは、ほかの者たちが別の作戦でアルゼンチンに行っていたときに、クラークが単独で、少女たちを売り買いする人身売買組織と激烈な戦いを繰り広げ、悪党どもを文字どおり容赦なく殺しまくり、一三歳にしかならないマグダレナ・ロハスを救出した作戦のことだ。

ドミニク・カルーソーは何かを払うように手を振った。「それについては、みんなに言いました。聞くべきことは何もない、と」

「きみがそう言ったことはおれも知っている」クラークは返した。「感謝している。だが、それが事実でないことは、きみもおれも知っている。きみたちはみな、たぶん、おれの過去について知るべきことくらいは知っていて――」

「ええ、伝説になっていますからね、ミスターC」ドミンゴ・〝ディング〟・シャベスが言葉を挟んだ。

クラークは鼻で笑った。「おれは真面目《まじめ》に言っているんだ」

「ドミンゴも真面目に言ったんです」ミダスが割って入った。

「要するにだ」クラークは言うべきことを話しはじめた。「おれは嘘《うそ》をつくつもりはなく、あのときあそこでは何も起こらなかった、なんて言うつもりはない。だが、起こったことを事細かに語るつもりもない。おれが過去にやった後味の悪いことはすべて、たぶん、極秘にされるべきだろう。少なくとも語られるべきではない、そう、万人の利益のために。と言っても、何も起こらなかったのだと言い張ろうというのではない。ドムはおれがやったことの一部を知っているが、すべてを知っているわけではない。おれはジェリーに一切を明かし、徹底的に話し合った。それをきみたちに打ち明けるだけで充分ではないかと思う。そして、それ――ジェリーとの徹底的な議論――が実は肝心なことであり、おれがこの話を持ち出した最大の理由だ。ジェリー・ヘンドリーはおれのボスで、ボスがやるべきことをやってくれた。それはジェリーとおれとのことで、きみたちとおれとの関係は、おれがボスだということだ。ルール違反をすることにした者は、ジェリーではなく、おれとことこん話し合わないといけない。言っておくが、おれはとっても思いやりのあるジェリーとはちがって、ずっと物わかりが悪い」

「うわっ、ボス」ミダスが無線を通して言った。離れた場所にいてクラークに殴られる心配がないのは彼だけだった。「温かいご警告、胸がいっぱいになります」

クラークはぐずぐず同じ説明を繰り返すような男ではなかったので、先へ進んだ。

「リーサンヌの具合はどうだ？」

「数分前に電話で彼女と話しました」アダーラが答えた。「いま、リスボンの居心地のいいホテルにいて、解熱鎮痛剤《タイレノール》をおいしいポルトガル・ワインで胃に流しこんだりしています。手首の骨折、二箇所。すっかり元気をなくし、こちらへ来ることはできませんが、よくなります。スナイプ・ナノが撮ったリュシル・フルニエの画像をよく見ました――ガスパールの手下たちがリーサンヌを暗殺者と勘違いしたと考えてもいいのではないでしょうか。髪の色がいっしょで、どちらも小柄」

　ジャック・ジュニアはスマホの画面をスクロールして画像を調べた。「うん、そうだね」

　シャベスがうなだれた。「リーサンヌを追っ手に加えるべきではなかった。彼女は工作員ではない――」

「闘いの最中の判断だ」クラークは片手を上げて無益な後悔をストップさせた。「戦闘訓練なら彼女もたくさん受けていて、車に同乗するくらいのことは難なくこなせる。彼女の救出はいい仕事だった、ライアン」

「ありがとうございます」とジャックは言ったが、そもそも彼女をひとりにした自分が悪いのだと、内心悔やんでいた。ここのところのジャックの女性との交際成績は悲惨なものだった。なぜか、問題のある女性ばかり選んでしまうのだ。彼をスパイしたがる女だったり、祖国のためにスパイするのに忙しい女だったり、正真正銘の悪女だったりするのだ。ジャックだって、ふつうの若者と同様、精力旺盛《おうせい》だったが、自分を同時に何人もの女性と付き合うタイプだと思ったことはいちどもなかった。落ち着いて、ひとりの女性と付き合いたかった。きれいで、かわいらしくて、格好いい……健全な女性とデイトしたかった。リーサンヌ・ロバートソンは間違いなくそういう女性のひとりだ。だが、彼女をデイトに誘おうと考えるのは馬鹿《ばか》げている。確実にルール違反になるからだ。そんなことをしたことがわかったら、即刻、クラークに撃ち殺される。そう、絶対に……射殺される。

11

サラ・ポーターはモンキーレンチを手にしたまま立ち上がり、キッチンカウンター上でブーブー音を立てはじめたスマートフォンを見やった。シンクの下のパイプの水漏れを直そうとしていたのだが、なかなかうまくいかなかった。ふと、外に目がいった。ちょうど通りを走る三両の装甲戦闘車が見えた。クーガー（ピューマ）と呼ばれているＭＲＡＰ《エムラップ》（耐地雷・伏撃防護車両《マイン・リジスタント・アンブシュ・プロテクティッド》）だ。このあいだの週末にヤウンデの中心街でおこなわれたカメルーン軍・警察のパレードのさい、夫のロッドから教わったのである。

頑丈で重い車両がガラガラ、ゴロゴロ大きな音を響かせて通過していき、彼女は首を振った。道が悪くなるのも当然だ。夫がもう二一年も外交官をやっているので、サラは軍用車両をたくさん見てきた。だが、クーガーという名だと教えられたことはこれまでいちどもなかった。少なくとも、そう呼ばれているこの種の車両に出遭ったことはない。彼女はクーガーという名の車両を頭のなかにある〝日々新しいことを学ぶ〟リストに加えた。そのリストは、ロッドが新しい国に転任するたびにどんどん膨らんでいく。

カメルーンへの転任は昇進だった——いちおう書類上。ロッド・ポーターはＤＣＭ——デピュティ・チーフ・オブ・ミッション、つまり大使に次ぐ地位の公使——だった。その前の任地はクロアチアで、そこでは政治部長というポストにあった。クロアチアには大好きなものがたくさんあった。たとえば、食べもの、アドリア海。そう、それにコブラはいない。だが、ロッドの仕事に転勤はつきもので、しかも、運良くステキな任地で快適に過ごしたあとは昇進して……あまりステキではないところへ飛ばされる、というのがふつうなのだ。そしてサラは、トレイリング・スパウス——外交官の配偶者について世界中をまわる妻または夫をさす一般的な言葉——として、そうした転勤には慣れていた。まあ、どちらかといえば。

外から聞こえてきていた車両のうるさい移動音がとまった。だが、隣の通りに沿ってならぶ家々のあいだから別のクーガーの姿がチラッと見えた。サラは以前、まだ子供たちが小さいころ、うっかり車をデモのなかに突っ込ませてしまったことがあったので、今回もそれかなと思った。

「あなたも見ている、ロッド？」サラは声をひそめて独りごちた。ずっしりと重いモンキーレンチをにぎっていたので、ほんのすこしだが安心できた。彼女は外のようすをよく見ようと、上体をかたむけて窓に寄った。と、そのとき、玄関の呼び鈴が鳴り、危うく失禁しそうになった。

モンキーレンチを太腿《ふともも》のうしろにまわして、カーテンのあいだから玄関を見やった。ジューン・キムだった。韓国大使館員の妻のひとり。ここヤウンデのバストス地区はミニ国連のようなもので、カメルーンに駐在する世界各国の大使館員の家族が暮らし、働くところだった。

ジューンの哀願するような目が、サラから装甲戦闘車のほうへ飛んだ。いまやクーガーは通りのはしでじっとしており、薄気味悪い。「あなたの電話、使える?」

サラはモンキーレンチをキッチンカウンターに置いた。内向的なサラは、いつもなら煩《わずら》わしく思うところだが、いまはそばに他人《ひと》がいてくれたほうが嬉《うれ》しかった。「入って、いまチェックするから。これ、どういうことなのか見当つく?」

「ぜんぜん」ジューン・キムは答えた。「電話で夫と話していたら、突然通じなくなっちゃったの」ふたたび通りのほうへ視線を移した。「そしたら兵員輸送車が見えて……。いやだわ、こういうの」

「大使館なら知っているわ」サラは腕時計に目をやった。「ロッドはいま会議中だから、ポスト・ワンに電話してみる。何かわかるかもしれない」彼女はアメリカ大使館警備隊の短縮ダイヤルを押した。サラも子供たちも、海外にいて警察や消防を呼びたくなる事態に直面したらそこに電話しろ、とロッドに言われていたのだ。彼女は笑みを浮かべて電話がつながるのを待った。ともかく、安心したかったし、友を落ち着かせたかった。「公使と結婚していていいこともあるのね」話し中。サラはもういちど短縮ダイヤルを押した。やはりつながらない。

ジューン・キムはドアのほうを向いた。「うちの大使館へ行くわ。たぶん何でもない」

「ええ、たぶんね」サラは返した。「でも、わたしもあなたといっしょに行く」

軍用車両が近づいてくる音が聞こえるやいなや、二人の少年は走りだし、家のあいだに飛びこんで、ぼろぼろになった柘植《つげ》の木のうしろに隠れた。彼らはムビダ将軍の部下たちが配置されている競技場のゲートを通り抜けたくなかったので、フェンスの外からサッカーの試合を観《み》ていたのだ。通りの向かい側、競技場の北東の位置にアメリカ大使館があった。そして、二人の二、三軒うしろには、韓国とチュニジアの大使館があり、通りの向かい側、アメリカ大使館から西へ半ブロックのところにはサウジアラビア大使館がある。ジャン＝クロードはあとすこしで一六歳、リュシアンはぎりぎり一歳年上。鶏の血と、最近料理したさいについた汚れだけが、二人が着ている鮮やかな黄色いTシャツのカムフラージュだった。

狭い路地の両側にある化粧漆喰《しっくい》の家は、アメリカだったら中流階級の住居といったところだが、年収が二〇〇〇ドルにも満たない人々がたくさんいるここカメルーンでは宮殿だった。

「ビヤント」リュシアンが声を押し殺して言った。カメルーンでは国民の大半がフランス語を話す。

ジャン＝クロードは耳をそばだてた。装甲戦闘車の大きな移動音がとまった。いま聞こえるのは、すぐそばのサッカー場から断続的にあがる歓声や落胆のうめき声、それにコッコッコッ、ピヨピヨという鶏の鳴き声だけ。ジャン＝クロードのうしろに、雛《ひな》たちをしたがえて地面をひっかいている雌鶏《めんどり》がいるのだ。空気がなんとなく重苦しい。いまにも静電気でバチバチいいそうなほど緊迫しているように感じられる。リュシアンは正しかった。何かが起ころうとしているのだ――すぐに《ビヤント》。

やんでいた軍用車両のエンジン音がふたたび聞こえだした。ガラガラ、ゴロゴロという移動音がサッカー場のほうへ近づいてくる。通りの向こう側、アメリカ大使館のフェンスの前の歩道に、ゆったりした白いシャツを着たカメルーン人の男がひとりいて、掃除をしていた。大使館事務棟はひらいていて、ヴィザ取得の事務手続きをしに来た人々を受け入れている。ジャン＝クロードはピヨピヨ鳴きながら家の裏側へ姿を消していく雛たちを見つめ、一瞬、自分もいっしょに逃げようかと本気で思った。

大使館のフェンスの内側に立っている二人のアメリカ海兵隊員に視線を移した。二人とも若い。自分よりも上だが、二、三歳しかちがわないのではないか、とジャン＝クロードは思った。彼らはさっぱりした清潔な感じがし、陰険なようには見えなかったが、背筋をピンと伸ばして立ち、顔に真剣な表情を浮かべていた。その表情を見て、ジャン＝クロードは緊張し、胃がむかついた。さらに身を低くし、ずんぐりした椰子《や》の木《し》の陰にしっかり入って向こう側から見られないようにし、グリーンマンバや黒《くろ》後家蜘蛛《ごけぐも》がいないか素早くチェックした。やはり猛毒をもつ蛇や蜘蛛のほうがアメリカ海兵隊員よりも恐ろしいが、ほんのわずかだけだ。

ジャン＝クロードは低木のはしから目を出して様子をうかがった。すでにここにいることに気づかれているのだろうか？　だとしたら、無視されていることになる。いや、あのアメリカ海兵隊員たちは、こそこそ隠れている者を無視するようなタイプには見えない。もっと目立たないシャツを着てくればよかった、とジャン＝クロードは思った。

「何が起こると思う?」

「だから言っただろう」リュシアンは答えた。「兄さんの隊がムビダ将軍を逮捕し、あいつは裁判にかけられるんだ」

「でも、アメリカ人たちがあそこにいるんだよ」ジャン＝クロードは返した。「アメリカ人たちが将軍と仲良しなら、助けようとするんじゃないの?」

「かもしれない」リュシアンは言った。「だが、兄さんはそうは思っていない。アメリカ人どもは自分たちの安全を考えて、われらが軍に立ち向かうことはできない、と兄さんは言っている」

リュシアンの兄はフュジリエ、つまりカメルーン版海兵隊員、いま通りの向こう側にいるアメリカ人と同等の兵士だ。大統領に忠実であり、それゆえ高給を得ている。「アメリカ人というのは、歓迎されていないところで出しゃばらずにはいられないというやつらなんだ。で、いまのアメリカの大統領は、ムビダに味方して、選挙で選ばれたわれらが大統領を打倒しようとしている。兄さんはその証拠となるビデオを自分の目で見たんだってさ」

ジャン＝クロードは鼻に皺《しわ》を寄せて考えこんだ。「将軍がクーデターを起こそうとしているのなら、なぜいま娘たちといっしょにサッカー場にいるんだろう？　おかしいじゃない？」

リュシアンは年下の友だちの側頭部をバシッとたたいた。「考え過ぎるな。もしかしたら、兄さんが裏切り者を逮捕するところを見物できるかも？」

と、そのとき、通りの角の向こうから、恐怖に駆られた女の悲鳴が飛んできた。そして、もう一回、今度はさらに大きく甲高い叫び声。ジャン＝クロードは思い出した。姉が通りかかったタクシーにぶつけられて腰の骨を折ったときにあげた悲鳴とそっくりだ！

リュシアンの肩が興奮でふるえだした。ずいぶん派手なふるえかたで、通りの向こう側にいる海兵隊員たちが柘植の葉の揺れに気づくのではないかと、ジャン＝クロードはハラハラした。

バキッ、バリバリという大きな音があたりを満たした。装甲戦闘車が木製のフェンスを突き破り、サッカー場に侵入したのだ。拡声器による大音声が響きわたり、ムビダの部下たちに武器を捨てるよう命じた。少年たちは腰を落としたまま家鴨《あひる》のように家のあいだを歩き、起こりつつあることをよく見ようと、破壊されたフェンスに近づいていった。

ジャン＝クロードは背後であがった騒音に気づき、振り向いた。大使館の事務棟からムビダ将軍が歩いて出てくるのが見えた。これならよくわかる。子供たちだけが通りの向かい側でサッカーをしていたのであり、将軍自身は陰謀をたくらみ、アメリカ人たちと策を練っていたのだ。

「兄さんが得た情報は不充分だったということだね。将軍の居所を間違えた」ジャン＝クロードは言った。たたかれた側頭部がまだ痛みを発していた。

リュシアンは声を尖《とが》らせた。「そんなこと、どうだっていい。やつはどのみち出てくるんだ。なにしろガキどもが捕まっているんだから」

銃声がいくつか間をおいて鳴り響いた。サッカー場のどこかでだれかが銃を撃ったのだ。女たちの悲鳴、男たちの叫び声が聞こえ、命令がまたしても拡声器から飛び出して響きわたった。

その直後、三人の若い女がバタバタ走ってサッカー場の角をまわり、アメリカ大使館のゲートへ向かって駆けはじめた。両腕を勢いよく振り、膝《ひざ》を懸命に上下させ、まるで野獣に追いかけられているかのように全力疾走している。いや、まさに野獣たちに追われているのだ。一〇人ほどの男たち――一分隊の兵士たち――が走って追いかけていく。兵士のひとりが小銃を上げて撃とうとしたが、ほかの男が銃身をバンとたたいて銃口をそらせた。ジャン＝クロードはフュジリエではなかったが、アメリカ大使館に走りこもうとしている者を撃つのはアメリカ大使館を攻撃するのと同じだということくらいはわかった。そんなことをしたら、警備にあたるアメリカ海兵隊員たちの怒りを買うことになる！

事務棟から出てきたムビダ将軍は、すでに走ってゲートに達し、猛然と手を振って女たちに早く大使館の敷地のなかに入るよううながしていた。女たちは三人とも若く──一四歳か一五歳ではないか？──みな、ぴっちりしたTシャツに短パンという姿だった。ナイジェリアとの国境地帯ではボコ・ハラムが子供たちを利用して自爆テロ作戦を実行していたので、たとえムビダ将軍がそこに立っていても、もし少女たちが爆弾を隠せる服を着ていたら、海兵隊員たちは絶対に三人をゲートに近づけないようにしたにちがいない。先頭の少女は出血していた。肩に傷を負っているのだ。走る彼女との距離がもうすこし縮まって、ジャン＝クロードはその少女のTシャツが裂けているのがわかった。ムビダの長女だった。

海兵隊員のひとりが片膝をつき、追ってくるフュジリエたちに小銃の銃口を向けた。もうひとりはしきりに手を振って、少女たちに早くゲートを走り抜けるようううながしている。

リュシアンは拳《こぶし》で地面をたたき、ふたたび声を尖らせた。「アメリカの野郎どもはいつもヒーロー気取りなんだ」

二両の装甲戦闘車のうちの一両が角をまわってきてとまり、アメリカ大使館にまっすぐ向き合った。大佐の軍服を着た男がトップ・ハッチから半身を出し、拡声器を使って呼びかけた。

「ムビダ将軍は人民に対する罪をおかした指名手配中の犯罪人、反逆者だ。ただちに引き渡せ」

アメリカ大使館のほうからの返答はなかったので、大佐は同じ言葉をもういちど繰り返した。フェンスのすぐ内側に立っていた海兵隊員たちは、いまや建物の列柱のうしろにまで退却していて、いつでも小銃を撃てるように準備していたが、何かに狙《ねら》いを定めるということはしていなかった。

大佐はしばらく双眼鏡で大使館のようすを調べてから、装甲戦闘車のなかの部下のほうに顔を向けた。そして、手で両耳をおおった。

と、すぐさま、クーガーの屋根に据え付けられていた50口径ブローニングM2重機関銃が火を噴き、短い三連射で大使館の屋根に設置されていたアンテナ群を破壊した。

大佐がまたしても拡声器で通告した。「犯罪者だとわかっている者をかくまうのはやめろ。即刻、引き渡せ。そうすれば、われわれも引き下がる」

次いでジャン＝クロードは女たちの声を聞いた。怒りの叫び声。英語と、ほかの言葉――韓国語？――で叫んでいる。命令する男の怒鳴り声がして、ドアが勢いよく閉まる音が響いた。

大佐は装甲戦闘車のなかにしばし引っこんでから、ふたたび上がってきてハッチから半身を出し、拡声器を通して言った。「繰り返す――犯罪者のムビダ将軍をただちに引き渡せ」大佐は思わせぶりに間を入れ、勝ちを確信したかのように満足げにつづけた。「それからポーター公使へのメッセージがある。本人にこう伝えてくれ。『奥さんを保護した。とりあえず預かる』」

12

　ジャック・ライアンがシャワーを浴び、着替えているあいだに、ホワイトハウスの給仕が朝食——スティール・カット・オーツに新鮮なブルーベリー——を運んできた。青緑色《シアン》のネクタイは好みからすると鮮やかすぎたし、いまからしていると窮屈だったので、ライアンはいよいよ結ばねばならないというときになるまでベッドの上に置いておくことにした。それはチャコールグレーの梳毛《ウーステッド》ウールのスーツによく合うとキャシーが太鼓判を押したネクタイだったが、ライアンがファッションについて気にするのは、上等な万年筆を差しているかどうか、すてきなカフスボタンをはめているかどうか、くらいのものだった。

　ライアンは折りたたんだ《ウォールストリート・ジャーナル》紙を膝《ひざ》の上に置いたまま朝食をとりはじめた。新聞を読みながら食事をとる、というのは、頭と体に養分を同時に与えるということで、ライアンにとってはごく自然なことだった——ただ、これは妻のキャシーがいっしょのときはできない。幸い今朝は、キャシーは病院からの電話で席をはずしていたので、ジャックはちょっとズルをして朝食を胃に流しこみながら経済ニュースをすこしばかり頭に入れようとした。ジャック・ライアンは、ボルティモア市警の刑事だった、いまは亡《な》き父からは、凄《すさ》まじい勤労意欲を持たないといけないという倫理観を植え付けられていたし、母からも、すこしでも時間の無駄のように思えることをするのは罪だという観念を吹きこまれていた。

寝室から戻ってきたキャシーが部屋のなかに入ってくる音が聞こえたので、ジャックはあわてて新聞をポンとわきへほうった。キャシーは疑わしげに片眉《かたまゆ》を上げた。アメリカ合衆国大統領はどちらなのか、と思いたくなるようなきつい非難の表情だったが、朝食のテーブルではキャシーが異論を挟む余地のない最高司令官なのだから仕方ない。

レジデンス（居住区）の中央を東西につらぬく廊下であるセンター・ホールに配置されていたシークレット・サーヴィス特別警護官は、ライアンがドアをあける前に、POTUS《ポータス》（アメリカ合衆国大統領《プレジデント・オブ・ジ・ユナイティッド・ステイツ》）が自分のほうに向かっているとわかっていた。

「〝剣士《ソードマン》〟、オーヴァルへ向かう」大統領が革のブリーフケースを持って廊下に出てきた瞬間、警護官はシャツの襟に留めていたマイクに言った。〝剣士《ソードマン》〟はシークレット・サーヴィスが用いるライアン大統領のコードネームで、オーヴァルはむろんオーヴァル・オフィス（大統領執務室）のことだ。USSS《シークレット・サーヴィス》指令センターからの応答は、イヤホンを通して警護官の耳に達したが、ライアンには聞こえなかった。

「おはよう、ニック」ライアンは言った。「子供たちはどうしているかね？」

「元気にしています、大統領」警護官は答え、廊下を横切ってエレベーターのなかに入った。

そうした答えしか返ってこないとライアンにはわかっていたが、彼には子供がいて、妻は看護師として働いていることもちゃんと知っているぞ、と本人にしっかり伝えておく手間が重要だった。ジャック・ライアンは親切な行為を自然にできる男で、何の見返りも求めなかったが、純粋に戦略的な意味でも、自分を護《まも》ってくれる人々を単なる弾丸《たま》よけ以上に扱うほうがいいことくらいわかっていた。

グラウンド・フロア（地階）のエレベーターの外に配置されていたシークレット・サーヴィスUD（制服警護官《ユニフォーム・ディヴィジョン・オフィサー》）のアンドリア・ヤングにも、ライアンは礼儀正しくうなずいて挨拶《あいさつ》した。UDはホワイトハウスのいたるところにいる。

ヤング警護官はライアンがそちらへ向かっていることを大統領担当医であるジェイスン・ベイリー海軍少将に知らせた。ドクター・ベイリーはエレベーターの向かい側でマップ・ルームの隣にある自分のオフィスから出てきた。陽気な男で、髪は黒く、頰は薔薇色《ばらいろ》、一日の大半を微笑《ほほえ》んで過ごしているのではないかと思いたくなるほど目のまわりに深い皺《しわ》がある。五、六人の医師、看護師からなるホワイトハウス医療班の監督が仕事だが、こと大統領の医療に関してはだれにも任せることなく、ほぼすべてを自分でこなしている。大統領の旅行時もかならず同行し、いつでも素早く治療をほどこせるよう近くに――だが、万が一大惨事が起こった場合に巻きこまれて必要な仕事ができなくなることを避けるため、あるていどの距離をおいて――待機していた。ライアンがレジデンスにいるときは、エレベーターから出てくる大統領の目視健康チェックを朝一でできるように、アナポリスにある自宅から車で国道50号線をひた走る早朝出勤をものともしない。

「おはようございます、大統領」ベイリーは乾杯するかのようにペパーミントティーが入ったマグを上げて見せた。そして、頭をかたむけ、まるでCTスキャナーになったかのように目を細めてライアンの健康状態を調べはじめた。「今朝はいつもよりもすこし足取りが軽いですね」

「そうかなあ？」ライアンは肩をすくめ、キャシーとのことがすぐに思い浮かんだが、すました顔をしていた。大統領のプライヴァシーなんてないに等しい。

エレベーターから出ると、ライアンは右へ向かい、外に出て、ローズ・ガーデンを左手に見ながらウェスト・コロネード（西柱廊）をオーヴァル・オフィスのほうへ歩きはじめた。彼は毎朝こうやって一、二分、外気と微風にさらされるのを楽しみにしていた。ウェスト・ウィング（西棟）のドアの外に立っていたシークレット・サーヴィス警護官が、ドアをあけ、わきへ退いた。

ライアンがオーヴァル・オフィスの執務机につくのと同時に、ブザーが鳴った。第一秘書官からのインターコムによる連絡だ。

「おはよう、ベティ」大統領は応《こた》え、用件を伝えるよううながした。ふつう秘書官は大統領が自席に落ち着くまで一、二分待ってから連絡をする。何か起こったにちがいない。

「モンゴメリー課長がいらしています。九時前に何分かいただけないでしょうか、と言っています」

「いいとも」ライアンは執務机の椅子《いす》をうしろへずらして立ち上がった。ふつうはその逆で、大統領であるライアンがオーヴァル・オフィスに入ってきたときに、そこにいた人々が立ち上がる。しかしゲアリー・モンゴメリーはシークレット・サーヴィス大統領警護課——ライアンおよびその家族の警護を担当する何百人もの男女——を指揮する課長だった。ライアンが従わなければならない者がいるとしたら、それはモンゴメリーだ。

　大統領警護課長がドア口を抜けて入ってきた。四八歳、身長六フィート三インチ（約一九〇センチ）、アメリカンフットボールのラインバッカーのような体格。着ているやや値段の張る黒っぽいスーツはゆったりしていて、ベルトに付けているSIGザウエル拳銃《けんじゅう》と予備弾倉《マガジン》は目立たない。〝事務職ボス〟ではまったくなく、いついかなるときも、大統領警護課のいちばん下っ端《したっぱ》と同じくらい――いや、もしかしたら、それ以上に――敵と戦う準備ができている。ミシガン大学ではボクシングをやっていて、ライバルのオハイオ州のチームと対戦する競技大会ではワイルドにもなったが、それ以外ではだいたい穏やかな物腰を維持している。モンゴメリーはライアンの父親が「静かな腕前《クワイエット・ハンズ》」と呼んでいた技量の持ち主で、その自信に満ちた立ち居振る舞いは、職務遂行能力を厳しく試されて合格した者だけが見せられるものなのだ。要するに、ゲアリー・モンゴメリーは有能で、つねに冷静、決してうろたえない男なのである。

　いまもニコリともしない。

　ライアンは手を振って執務机の前に置かれている椅子のひとつを示した。「おはよう、ゲアリー」

「おはようございます、大統領」モンゴメリーは立ったまま言い、すぐさま用件に入った。「ご存じのように、シークレット・サーヴィス警護情報課は、大統領、ご家族、政権要人に関する検索エンジン・アラートを設定し、インターネット上にあらわれた問題情報をたえずチェックできるようにしています」

「そりゃ、読むのがずいぶん楽しいだろうね」ライアンは首を振った。

モンゴメリーは腕時計にチラッと目をやった。それは、のんきに冗談を言い合う気分ではまったくない、という気持ちがあらわになった仕種《しぐさ》だった。「一時間ちょっと前に、七つもの自称報道機関ウェブサイトが、まったく同じビデオのほんのわずかしかちがわないと言ってよい四つのヴァージョンを掲載しはじめ――」

ふたたびブザーが鳴り、インターコムからベティの声が飛び出した。「邪魔をして申し訳ありません、大統領。フォーリ国家情報長官がいま到着されました。バージェス国防長官、デハート国土安全保障長官もすでにいらしています。司法長官からも電話が入り、こちらへ向かっているとのことです」

オーヴァル・オフィスの西のドアが、蝶番《ちょうつがい》がはずれたのではないかと思えるほど勢いよくあいて、アーニー・ヴァン・ダム大統領首席補佐官が飛びこんできた。きちんとスーツを着てはいたが、いままでフィットネスバイクで運動していたかのように、禿《は》げた頭は紅潮し、汗でテカっていた。抜け目ない経験豊かな政治工作エキスパートがこんなにあわてているということは、よほどのことが起こったのだ。

ヴァン・ダムはモンゴメリーをにらみつけるように見やった。「きみもやはり――」

「はい、そのとおりです」警護官は返した。


ジャック・ライアンは椅子の背にぐっと上体をあずけて両手を胸の上で合わせ、突き出した二本の人差し指の先を顎《あご》にあてていた。いまオーヴァル・オフィスで座っているのは大統領だけだった。ほかの者たちはみな、立ったまま足をもじもじさせている。全員がなんとも落ち着きがなく、しばらくはこの状態で話し合いが進行しそうだった。

「わがシークレット・サーヴィス警護課長のゲアリー・モンゴメリーはみんなも知っているね」ライアンは言った。「いま、警護情報課が見つけたことを彼から知らされたばかりなんだ」

フォーリ国家情報長官はモンゴメリーのほうに顔を向けた。「インターネット上の戯言《たわごと》？」

「はい、そうです、マーム」モンゴメリーは答えた。

メアリ・パット・フォーリはジャック・ライアンの腹心の友のひとりで、大統領への忠誠心がきわめて強かった。だから、すこしばかり〝息子をかばう母親〟のようになってしまうことがよくある。今日も、オーヴァル・オフィスに入るやいなや、まるで自分の翼でライアンを護ろうとするかのように、執務机のすぐそばまで移動した。

フォーリは現在、国家情報長官として、一六にものぼるアメリカの情報機関を統括し、組織間コミュニケーションの円滑化をはかっている。ライアンがまだＣＩＡの分析官だったとき、フォーリは現場の工作担当官《ケース・オフィサー》で、リスクを承知で汚れ仕事をするのを恐れない凄腕《すごうで》の諜報員《ちょうほういん》という正当な評価を得ていた。

フォーリ国家情報長官はシークレット・サーヴィス警護官を長いことじっと見つめてから、溜息《ためいき》をつき、半歩後ずさりして執務机からすこしだけ離れ、文字どおり引き下がった。

「大統領」モンゴメリーは〝差し出されたバトンをつかみ、そのまま走りだした〟。「一時間ほど前、いくつかの自称ニュース・サイトが、ワシントンのあるホテルで大統領が支持者の小グループに話したときのものと称するビデオを掲載しました」

「と称する？」

「はい、大統領」モンゴメリーはつづけた。「話している人物は声も容姿も似てはいるのですが、絶対にあなたではありません」

「いつもそばにいるシークレット・サーヴィスがそう判断するのだから間違いないだろうね」ライアンは言った。「で、わたしはどんなことを言ったことになっているのかね？」

「そこで話を聞いていた人々をも含む自分の取り巻きグループにはインフルエンザ・ワクチンを特別に確保しているから安心しろ、と言ったのです。その動画は二四秒しかつづかない断片にすぎませんが、掲載したウェブサイトの大半が『すぐにまた、もっとひどいビデオを公開する』という匿名《とくめい》情報源の言葉を引用しています」モンゴメリーは虫歯が痛むかのように目を強く瞬《しばたた》かせた。「さらに、それらのサイトは、ルイジアナの洪水とそこでのコレラのアウトブレイクを見て見ぬふりをしていると、大統領を非難し――」

　ライアンは上体を起こして背筋を伸ばした。「ちょっと待ってくれないか、ゲアリー」そう言って、デハート国土安全保障長官のほうを見た。「コレラ？」

「わたしはその件でここに来たのです、大統領。中部標準時・午前五時の時点で、確認された発病者は三名です」

　ボブ・バージェス国防長官が顔をしかめた。「コレラ？　アメリカでは撲滅されたと思っていた」

「そうたびたび発生するわけではありません」デハートは返した。「上下水道を分離できるようになって激減したのです。ということはつまり、大洪水に見舞われたり大型ハリケーンに襲われたりするたびに、あるていどのリスクが生じます。今回、発病者が出たのは、多くの住人がいまだに井戸水、屋外トイレを使用している極貧地域です」

バージェスは鼻をつんとそらし、小馬鹿《こばか》にしたような言いかたをした。「ありえんよ、屋外トイレがいまだに存在するなんて」

「だから驚いちゃうんです」デハートはライアンのほうに顔を向けて言った。「バトンルージュの貧困地区から帰ってきたＦＥＭＡ《フィーマ》職員がいま入院中です」ＦＥＭＡはアメリカ合衆国連邦緊急事態管理庁。「いまＣＤＣチームが現地へ向かっています。一時間以内にさらなる情報をお届けします」ＣＤＣは疾病《しっぺい》予防管理センター。

「しかし、死者は出ていないんだろう?」ライアンは訊《き》いた。

「はい、まだ」デハートは口を一文字に結んで厳しい表情をつくった。「でも、発病者のうちの二人が子供なんです。治療後の経過予想がよくありません」

ライアンは目を閉じた。「コレラのアウトブレイクか……」

「アウトブレイクではありません」ヴァン・ダム首席補佐官がモンゴメリーをにらみ

つけた。「発病者は三人だけですから」

「わたしはウェブサイトの言葉をそのまま使ったのです、大統領」モンゴメリーは言い訳をした。

「つづけて」ライアンはうながした。「ウェブサイトはほかにどんなことを言っているのかね？」

「非難の上乗せです」モンゴメリーは言った。「たとえば、大統領はライアン・ドクトリンにしたがって超法規的殺人を実行する個人暗殺チームを抱えていると思われる、という非難。圧政に抗議するイランの学生たちから『自分たちへの支援を〝無慈悲に嫌っている〟』と言われていることに関する批判もいろいろあります。しかし、いちばん問題なのは、なんといってもこのワクチン・ビデオです、シークレット・サーヴィスとしましては」

「つまり、それが、わたしを殺したいと人々に思わせるのにいちばん効果的なビデオというわけだね？」

「露骨に言いますと」モンゴメリーは答えた。「はい、そのとおりです、大統領」

ヴァン・ダムはタブレット・コンピューターを執務机にのせ、ライアンのほうへ滑らせた。「見られるようにしておきました、ご覧になりたければどうぞ」

ライアンは二四秒間の動画をじっと見つめた、四度も。そんなスピーチは絶対にしていない。それはわかっている。だが、自分でも本物かもと不安になるほど本物っぽい。

「この動画は、わたしが二年前に公共政策を学ぶメリーランド大学の学生たちにしたスピーチの一部《クリップ》だ。だれかがＹｏｕＴｕｂｅ《ユーチューブ》に投稿したものだろう」ライアンはタブレットを首席補佐官のほうへ押し返した。「声はわたしの声のようだし、唇の動きも言葉に合っている。だが、わたしの記憶では、そのスピーチはヨーロッパとの貿易に関するものだった」

「残念ながら」メアリ・パットが声をあげた。「現在、音声・画像の加工はいたって簡単になりつつあります。そういう加工はディープフェイクとか呼ばれていて、ＦａｋｅＡｐｐといったアプリを使えばいともたやすくできちゃうわけです。ソフトウェアにはいくつかのタイプがあって、それらをうまく使えば、本物と信じこませられる加工ができてしまいます。数年前、ＣＩＡ《エージェンシー》でその技術をいろいろ試したことがあります。必要なのはもととなるビデオと、見本を得るためのオーディオ・ファイルだけです。あとは、俳優にカメラとマイクの前に座ってもらい、用意した台本を読んでもらうだけでいい。そして、ソフトウェアを使って、捉《とら》えられた口の動きや顔に浮かんだ表情のデータと合成された音声をひとつにまとめ、思いどおりの動画をつくる。CGI——コンピューター生成映像——とAIを巧みに利用するわけです」

「しかし、たやすく反証できるはずだ」ライアンは言った。「もととなったビデオがユーチューブに投稿されているのだから」

「いや、それが問題なのです」メアリ・パットは返した。「本物のビデオではあなたは善く見えます。でも、細工されたほうでは悪く見えるのです」

「で、人々は悪いほうを信じる、というわけか？」ライアンは頭に浮かんだことをそのまま口にした。

「そういうことです、大統領」ヴァン・ダムが答えた。「真実にすこしばかりの嘘《うそ》を入れてかきまわすと、嘘が表面に浮き上がるのです」首席補佐官の顎の筋肉がこわばった。「ニューヨーク証券取引所のオープニング・ベルが鳴るまでにはまだ一時間ほどありますが、ロンドン証券取引所では早くも株価の急落がはじまっています。信じてしまった者たちがもういるのです。それに、そういうなかで、チャドウィック上院議員が事実をゆがめたコメントをしてさらに事態を悪化させています。彼女の陰険なツイートはすでに何千回もリツイートされています。このとんでもないクソ嵐《あらし》はいまや途方もない大きさにまで膨れ上がり、これから大暴れしようとしているのです」

メアリ・パット・フォーリ国家情報長官はレモンをまるごと一個食べてしまったような顔をした。「彼女——つまりチャドウィック——の仕業だとしても、わたしは驚きません」

「それはどうだろう？　彼女だって、そこまでさもしいことはしないんじゃないか？」ライアンは言った。

「でも、彼女、追い打ちをかけるに決まっています」国家情報長官は返した。「とくに《ペルシャの春》のことで」

「もうそう呼ばれるようになっているのかね？」ライアンは不愉快そうな顔をして訊いた。

「まあ、彼女はそう呼んでいます」メアリ・パットは答えた。「いや、ほかの者たちも、ほぼだれもがそう呼ぶようになっています」

「きみたち全員、座りたまえ」大統領は指示した。「そのことを話し合いたい」

モンゴメリー特別警護官が気を付けの姿勢をとった。「ありがとうございます、大統領。しかし、わたしはこれからＦＢＩ本部《フーヴァー・ビル》へ行って、そこの仲間といっしょにこの偽《にせ》ビデオの捜査を進めることになっています。ＦＢＩの担当はラングフォード特別捜査官です」

「ゲアリー」ライアンは身を乗り出して執務机に両肘《りょうひじ》をついた。「いや、これはほかの者たちにも言っておきたい。今回の投稿、掲載、ツイッター……ツイートで、きみたちがみな頭に血を上らせたのは、よくわかっている。きみたちは腹を立てている。むろん、わたしも。しかし、わたしはきみたち全員に注意をうながしておきたい。頭に血が上っているときはミス——国民を困らせるミス——をおかしやすいから気を付けろ、と。言うまでもないことだが、こういうふうにインターネットに偽情報が出まわっても、FBIもシークレット・サーヴィスもわたしの私的な警察隊ではない。上院議員たちがわたしについて卑劣なことを言ったからといって、われわれは彼らを刑務所にほうりこめるわけではないし、むろん、バルコニーから投げ落とせるわけでもない」

同席していた者たちはみな、黙って大統領を見つめるばかりだった。

「わかったかね？」

今度は不満げなつぶやきが聞こえたが、みな本心からのものではなかった。

「はい、わかりました」モンゴメリーは言った。「しかし、わたしは大統領を警護しなければならないのです。そして、その職務を遂行するには、あらゆる事実が必要になります。警護の仕事では、ときには立件できないようなことを追いかける調査もやらざるをえません……越えてはいけない線が曖昧《あいまい》なのです」

「そういう線には気を付けてくれ」ライアンは両手を上げて見せた。「だが、わたしはきみを信頼している」

モンゴメリーは秘書官室へ退出し、ドアをそっと閉めた。

ライアンはコーヒーを運んでくるよう指示してから、ほかの人々がいる部屋の中央まで出て、暖炉のそばのいつもの椅子に腰を下ろした。

「バルコニーはなし？」メアリ・パットが言った。ライアンの取り巻きには暗黙の序列があって、メアリ・パットは大統領のいちばん古い友人として、彼のすぐそばのソファーのはしにおさまった。「ほんとうにそれでいいの？」

ライアンは新入りの閣僚であるデハートのほうへ顔を向けた。「いや、すまん、本気じゃないんだ、マーク」

「冗談よ」メアリ・パットはにやにや笑った。「でも、真面目《まじめ》な話、サムスクリューはどうかしら？」サムスクリューは指を押しつぶすネジ式拷問具《ごうもんぐ》。

ライアンはほのかに笑って見せた。「イランのことを話そう」大統領は切り出した。

「そうしたウェブサイトがわたしについて言っていることは、ほぼすべて嘘だ。その点は、みなも異論がないと思う。だが、チャドウィック上院議員はひとつだけ正しいことを言っている。それは、いわゆる《ペルシャの春》に対してわたしが強い疑念を抱いているということだ」

アーニー・ヴァン・ダム首席補佐官がグリッと目を上に向けた。「失礼ながら、大統領、またそのことですか。イランの現体制はアメリカへの憎悪《ぞうお》を率直に認めています。ですから、アメリカが抗議者たちへの支持にまわるのは当然のことで、別に頭を悩ませる問題とも思えません」

「わたしもアーニーに賛成です」バージェス国防長官も同意見だった。「ええ、そのことに関してだけは」

ライアンは組んだ脚の膝を鉛筆でたたきはじめた。「まずいのは、当然のことで考える必要もないと思える問題を前にすると、われわれはつい頭を使うのをやめてしまう、ということだ。それはやはりいけないのでは？」

「それはそのとおりだと思います」バージェスは答えた。「わたしは何も考えずにそうすべきだと言っているのではありません。ただ、同盟国のほぼすべてが抗議者たちへの支持にまわっているというのは無視できません」

「そうなんです、大統領」メアリ・パットが言った。

ライアンは首を振った。「レザ・カゼムという男がどうも気にくわないんだ。ちょっとばかり……ラスプーチンっぽくてね。部下たちにもうすこしそいつを探らせてくれないか?」

「はい、ただちに」メアリ・パットは答えた。「それに、実はカゼムについての情報がひとつあって、四日前にクリスタル・シティで彼がロシアのSVR工作員と会ったことをFBI《ビューロー》が確認しています」

ライアンは早速その新しい情報を頭のなかで検討しはじめた。「SVR工作員とはだれ?」

「エリザヴェータ・ボブコヴァという名の女です」メアリ・パットは答えた。「彼女はロシア大使館・経済担当官第一補佐官と登録されていますが、間違いなくロシアの情報機関員です。SVR、スルージバ・ヴニェーシニイ・ラズヴィエートキ——ロシア対外情報庁——の超有望株であるとも聞いています」メアリ・パット・カミンスキー・フォーリのロシア語は完璧《かんぺき》だった。ロシアのスパイを吟味する直感、洞察力も鋭く、非の打ちどころがない。「FBI防諜課の者たちによると、チャドウィック上院議員の補佐官が会っている二人を見たそうです」

「その補佐官もグルなのかね?」

メアリ・パットは首を振った。「いえ、単なる目撃者にすぎません。彼も二人同様びっくりした顔をしていた、とFBIの者たちは言っています。でも補佐官は、間違いなく二人を見て、だれであるか気づいたそうです。ボブコヴァほどの腕の立つ工作員にしては、段取りがずいぶん杜撰《ずさん》だったと言わざるをえません。もしかしたら、わざと目撃されるように仕組んだのかもしれません」

「善良なる上院議員の事務所はそれについて何も言っていないのかね？」ライアンは問うた。

国家情報長官は首を振った。

「驚くことじゃないわね」

「ロシア政府《モスクワ》はイランの現体制を支持しています」デハートが言った。「なぜロシアの情報機関員のひとりがカゼムと会って話し合ったりするのでしょう？」

「両方に賭《か》けてリスク分散をはかっている？」バージェス国防長官が思いついたことを口にした。「抗議する学生たちと話し合おうと、声を上げている穏健な聖職者《ムッラー》も何人かいます」

「大雑把な見方だとわかっているが」ライアンは言った。「わたしの経験からすると、イランには穏健なムッラーなんてひとりもいない。いるのは強硬派と現実派だけだ。そして、現実派のムッラーというのは、考えかたは強硬なのだけれど現実的政治というものも理解していて、体制を存続させるには近い時期にあるていどの譲歩も必要になるとわかっている連中」

「ボブコヴァの行動に関しては別の解釈も可能かも」メアリ・パットが推測を披露した。「ロシアがレザ・カゼムのグループと仲良くしているところを見れば、アメリカはさらに抗議者たちの支持にまわりやすくなる、ということじゃないかしら。ロシアがなぜアメリカにそうさせたいのかはよくわからないけれど、この線なら、われわれの知らない何かが裏で進行中なのでは、というあなたの直感にもうまく合いますね」

「どうもその線が正しいような気がする」ライアンは応えた。「それを頭に入れて目を光らせるように」

メアリ・パットはうなずいた。「はい、もちろん」

「その件についてはですね、大統領」ヴァン・ダムが割りこんだ。「明日、また会議をひらきたいと思うのですが、どうでしょうか？　現在、イランの情勢は、いつ重大局面に達してもおかしくない状態にあります。油断なく注視しつづける必要がありますす」

「よし、そうしよう」ライアンは許諾した。「で、マーク、きみはルイジアナにいる部下たちと相談し、メアリ・パット、きみはカゼムとそのロシア・コネクションに関する情報をもっと持ってきてくれ。きっと何かある、われわれの知らないことが――」

ベティがまたしてもインターコムのブザーを鳴らした。この一五分間で三度目だ。

「フォレスタル海軍中佐がいらしています、大統領。緊急事案だそうです」

「よし、通してくれ」ライアンはインターコムに応えた。

国家安全保障問題担当大統領次席補佐官のロバート・フォレスタル海軍中佐が、ドアから入ってくるや、ピシッと気を付けの姿勢をとった。オーヴァル・オフィスに入ったときには必ずそうするのだ。二週間ほど前に青い冬制服から衣替えしたばかりの白い夏制服を身につけていた。世界一しゃれた制服は海兵隊のそれだとライアンは思っていたが、話を海軍にしぼれば、夏制服がとりわけファッショナブルに見える。

「おはよう、ロビー」ライアンは挨拶の言葉をかけた。「そして、きみにもね、スコット」

フォレスタル海軍中佐のうしろからスコット・アドラー国務長官が入ってきた。

ライアンはつづけた。「二人ともビデオの件で来たのだろう?」

二人はこう問われて驚いたかのように顔を見合わせた。そして、二人ともうなずいた。

「アーニーに見せてもらった」ライアンは言った。「もうテレビ局が見つけたにちがいない」

「CNNがすでに流しています」アドラーが言った。

次にフォレスタルが口をひらいた。「北部のガルアにわが国の要員がいますし、ニジェールのアガデスには航空〝資産《アセット》〟があります。どちらの人員もすでにこのことを知っていて――」

ライアンは顔をしかめ、片手を投げ上げた。「どうも話が食い違っているようだな。わたしはそのことを何も知らないと仮定して、最初から説明してくれ。実際に、わたしは何も知らないようだ」

「カメルーンです、大統領」フォレスタルは言った。「ヤウンデのわが国の大使館がンジャヤ大統領の部隊に包囲されたのです」

「包囲された？」アーニー・ヴァン・ダム首席補佐官は禿げた頭の上に片手をのせた。

「どういう意味だね、包囲されたって？」

アドラー国務長官は疲れをあらわにして肩をすくめた。「取り囲まれたんです、アーニー。カメルーン軍の兵隊がまわりに群がっているのです。突撃されそうになっているんです」アドラーは大統領を見つめた。オーヴァル・オフィスでの状況説明《ブリーフィング》はみな、首席補佐官ではなく大統領に対して行われるのだ。「大使館が攻撃されたのです。いまのところ死傷者が出たという報告はありませんが、カメルーンのある将軍が家族といっしょに大使館事務棟に逃げこんだもようです」

「逃げこんだもよう？」

「カメルーン軍部隊に大使館の衛星アンテナを破壊され、通信不能となっているのです。携帯電話の電波もブロックされているようです。現在、通信を復旧させるべく努力しているところです」

ライアンはこの二、三分のあいだに聞いたすべてのことを最初からよく考えてみた。フォレスタルからアドラーに視線を移し、国務長官をじっと見つめた。「きみたちが入ってきたとき、まずビデオのことで行き違いがあった。きみたちの頭のなかにあったのはどんなビデオかね？」

アドラー国務長官は答えた。「あなたのビデオです、大統領。あなたがカメルーン軍のムビダ将軍と話しているビデオ」

ライアンはうなずいた。「ムビダ将軍は三カ月前、ワシントンを訪れた。長女を入れる大学を調べにきたのだ。そして、ある催しでわれわれはすこしだけ言葉をかわした……わたしは場所も覚えていない」

「ケネディ・センターのオペラ・ハウスです」アドラーは言った。「二人とも『リゴレット』を観《み》にいって顔を合わせた」

「あっ、そうだった」ライアンは不満げにぼそぼそ言った。「キャシーに付き合ったんだ。将軍とは幕間《まくあい》にほんの短いあいだしゃべっただけだ」

「言うまでもありませんが、そのビデオは加工された偽物です。ただ、そこであなたは、ンジャヤ政権を転覆するクーデターを起こせば支援するとムビダ将軍に約束しているのです」

「なるほど」ライアンは返した。「残りの主要メンバーを呼んでくれ」ここで彼が〝メンバー〟と言ったのは国家安全保障会議の参加者だ。いまオーヴァル・オフィスにいる者たちはみな、その主要メンバーなのだが、今回のような事態への対処を話し合うとなると、統合参謀本部議長、CIA長官、それに少なくとも大統領法律顧問が必要になる。ライアンはメアリ・パットのほうに顔を向けた。「ディープフェイク？ビデオの加工、そう言うんだったね？」

「はい、そうです」

ライアンはふたたび鉛筆で膝をたたき、どういう選択肢があるのか考えはじめた。

「この何時間かに二つのビデオが次々にあらわれたというのは絶対に偶然ではない。

これにはどこかの国がからんでいる——そして、それはカメルーンであるはずがない」

13

ひとりの男が釣りに行くのにこんなに大騒ぎするなんてどうかしていると、事情を知らない者は思うだろう。

夥《おびただ》しい数の黒塗りのジルのセダンと、白と青で警察《ミリーツィヤ》と書かれたBMWのオートバイが、モスクワの中央にかかるボリショイ・カメンニ橋とボリショイ・モスクヴォレツキー橋の両端に文字どおり密集して道路を完全にふさぎ、すでにかなり詰まっていた午後の車の流れを西のウーリツァ・クリムスキー橋と東のボリショイ・ウスチンスキー橋へ迂回《うかい》させ、まさに渋滞地獄を出現させていた。それに、クレムリンのすぐ南をアーチ型に流れるモスクワ川の北端に接する地区には、車は一台も見あたらず、大統領警護隊員たちがうろつきまわっているだけ。そして、ボリショイ・カメンニ橋、ボリショイ・モスクヴォレツキー橋双方に多数の狙撃手《スナイパー》が配置されていた。彼らはしっかり設置したオルシスT‐5000高精度狙撃銃《そげきじゅう》の高倍率光学照準器《スコープ》をのぞきこみ、まるで自分たちの命がかかっているかのように真剣に川や隣接する建物に目を光らせていた。さらに、警察の警備艇が東西に展開し、船舶の航行を完全に停止させていた。

厳重な身元調査で危険ではないと判断されたジャーナリストの一団が、川岸通り《ナービリジナヤ》を東へ一〇〇フィートほど行ったところに張られたロープの外側に立って、がやがや騒がしく雑談に興じていた。みなカメラとボイスレコーダーを携えている。ロシア人は概して、理由なく微笑《ほほえ》むのは愚かだと思っているが、そこに集まった男女はにこにこしていて、ロシアの大統領の釣りの取材という仕事にいかにも楽しげに取り組んでいた。なにしろ、書けと言われたとおりに書けばいいのだから楽な仕事なのだ。ほとんどの者がタバコを喫《す》いながら、魔法瓶のなかの濃い紅茶を飲んでいて、二人の釣り人には最小限の注意しか払っていなかった。

マクシム・ドゥドコはソフィスカヤ川岸通り《ナービリジナヤ》から川面にまで下りるコンクリートの階段のいちばん下に立ち、手首をシュッと動かす熟練した技で釣り糸を投げた。そして、すぐにリールを巻きはじめた。そのさまをニキータ・イエルミロフ大統領が思わず横目でチラッと見やった。大統領は八〇〇ドルのオービスのフライロッド一筋で、ほかの釣り竿《ざお》を使う気はまったくなかった。

ドゥドコはこれまでずっとKGB（国家保安委員会）時代の仲間を陰で支えるという生きかたをしてきた。だが、その仲間がロシア一の権力者になったいま、いいこともいろいろあってとても快適と思えるときもある。たとえば、棒きれと糸で魚を釣ろうとするアホ野郎と場所の取り合いをせずに聖天使首大聖堂《アルハンゲリスキー》の金色のドームが見えるところで釣りができる。ドゥドコはルアーを回収すると、肩越しにうしろへ目をやって、うろつく警護官を針で引っかけないことを確認してから、ふたたび手首をシュッと動かし、泡立つ茶色の水へと釣り糸を投げた。すぐにまたリールを巻きはじめたが、途中で手をとめ、ティッシュで目をそっと押さえた。この日の午後は南風が吹いていて、黒焦《くろこ》げになったポップコーンの臭《にお》いそっくりの二酸化硫黄か何かの悪臭を運んでくるのだ。それはここから一〇キロ弱しか離れていないモスクワ環状道路内のガスプロムの製油所からやって来る。

イェルミロフはリールからさらに数フィート釣り糸を引き出すと、シュッとロッドを振り、七、八メートル上流の渦巻く流れの中央に毛針《フライ》を正確に落とした。オービスのフライロッド一筋であろうとなかろうと、大統領がフライ・フィッシングの極めて高い技術を有していることは認めなければならない。だが、だれにとっても不都合なことに、それと魚が釣れるというのは別のことなのである。

「今日は何をお使いですか、大統領閣下《ガスパジーン・プリズィジェーント》？」

イェルミロフはロッドの先をひょいと動かして、あちこち位置を変え、さらにまたそれを繰り返した。そうやって動かされるフライは毎回、二、三秒しか水面にとどまっていない。それでは短すぎて、魚は気づきさえしないにちがいない。「お気に入りの紫色の蛭《ひる》だ」大統領は答えた。「毎年この時期はこれでかならず釣れる」

「素晴らしい！」ドゥドコは返し、この午後三匹目の鱸《すずき》を釣り上げた。大統領は人を怯《ひる》ませるような目でドゥドコをじろりと見つめてから、がやがや騒がしいジャーナリストの集団をチラッと見やった。魚が一匹釣り上げられるたびに彼らはちょっとだけ活気づくようだった。

「で、きみのほうは？」イェルミロフは問うた。「使っているのは何の変哲もないスピニングロッド。きみは今日、そんな釣り竿でいったいどんな怪物を水に投げつけているんだね？」

ドゥドコは微笑んだ。彼が今日までこれほど長く失脚せずにすんだのは大統領の言葉の裏に隠された意味を理解する能力に長《た》けていたからである。そうした意味は深いところに隠されていて表面からはまったく見えないこともあるのだ。ドゥドコはばつが悪そうに肩をすくめて見せた。「今日はヴァイブレーション・スプーンを使っているんです。ほんとうはこれ、正々堂々としたやりかたとは言えませんね」彼はリールを巻きつづけていたが、何やら思案しているかのように一瞬手をとめた。「正直なところ、そうですね……わたしのスプーンが迷惑をかけている可能性もありますので……その紫色の蛭をわたしも試してみたいのですが、どうでしょうか?」ドゥドコはスピニングロッドを差し出した。糸の先に水がしたたる銀色のスプーン——と釣れたばかりの鱸の小さな顎骨《がっこつ》——がぶら下がっていた。

イェルミロフは糸を巻きもせずに自分のフライロッドをドゥドコに手渡した。ドゥドコは大きな不安に呑《の》みこまれた。大統領が水中でクルクルまわるスプーンを川面に落とすよりも早く、何かの間違いで紫の蛭に食らいつく魚がいたら、どうしよう?だが、それは杞憂《きゆう》に終わった。

イェルミロフは魚をリールで引き寄せるたびに歓喜の高笑いをし、鯉《こい》の仲間を釣り上げる正しい方法をドゥドコに講釈して見せさえした。「これはすごいぞ、マクシム・ティモフェイエヴィッチ。こりゃ、このヴァイブレーション・スプーンを七月にイルクーツクでも使わないと。今年のあそこの鮭《さけ》類釣りは最高だそうだ」

「釣った魚を食べられるという利点もありますしね」ドゥドコは言った。

イェルミロフは眉《まゆ》を曇らせた。「それ、どういう意味だ?」

「PCBです、大統領閣下」ドゥドコは思わず目を見ひらいた。「水銀をはじめとする毒。モスクワで釣れる魚はみな、危険な化学物質まみれですから」

「馬鹿《ばか》を言うな。きみもわかっているはずだ」イェルミロフはあざ笑い、喉《のど》を鳴らして切った痰《たん》をペッと吐き、毒物をたっぷり含んだ水をさらに汚染した。「わがロシアのいかなる水系、海域で獲《と》れた魚も、完全に安全であり、まったく問題なく食べられる」

ドゥドコは何度もうなずき、刃向かうつもりがないことをあらわにした。「そのとおりです、大統領閣下」彼はこの八年間、イェルミロフが毎年欠かさないイルクーツク州バイカル湖への釣り旅行に同行してきた。当然、今年もまた招待されるはずであり、大統領がそれを口にするとしたら、いまがまさにその最良の機会と言えた。それなのに軽率にも、モスクワ川で釣った魚は食べられない、なんて口走ってしまった。なんて愚かなんだ、とドゥドコは悔やんだ。イェルミロフが母なるロシアの完璧《かんぺき》さを誇りに思っていることはわかっていたはずだ。そう、毒まみれの魚だって完璧なのである。

ジャーナリストの一団がざわめき、その音が伝わってきて、ドゥドコは大統領のギラつく視線から一時的に逃れることができた。携帯電話に目を落とす記者もいたし、電話をかけてしきりにうなずいている者もいたが、彼らは相変わらず、ロシア連邦大統領が絶対に食べない魚を釣っているという極めて興味深いことにすこしでも迫れるほど面白いことなどこの世界にはひとつもない、というふりをしていた。

イェルミロフはまたしても魚を釣り上げた。今度は、奇形の背びれを持つ病弱そうな鯉の仲間だった。大統領は顎《あご》をしゃくってジャーナリストたちを示した。「あいつら、なんであんなにざわついているんだ?」

記者たちにいちばん近いところにいた若い警護官が、カメラのうしろの女性とすこし話してから、体をクルリとまわして初老の男――大統領警護班長――のほうへ足早に近づいた。警護班長はダークスーツに身をつつみ、髪を丸刈りにしていた。ピンクの頭皮の耳の上の部分がもっこりしている。ドゥドコは頭の筋肉を盛り上がらせている者なんていままで見たことがなかった。若い警護官に耳打ちされているあいだ、初老の警護班長はしっかり耳をかたむけ、聞き終えると体の向きを変え、イェルミロフのほうへ歩いてきた。彼は一〇フィート離れたところで足をとめた。イェルミロフがスピニングロッドを片手で持って近づくよう身振りでうながすと、ようやく警護班長はふたたび近づきはじめた。彼は大統領にスマートフォンを手渡し、何語かつぶやくと、一歩うしろへ下がった。

イェルミロフは自分が目を細めているところをジャーナリストたちに撮られないように彼らに背を向けてから、スピニングロッドを持っていないほうの手でスマホをできるだけ目から遠ざけた。そうしながらも、もう一方の手で釣りをつづけていた。微笑みがゆっくりと顔に広がった。微笑みなど気の弱い者たちが浮かべるものだ、という信念の持ち主にとって、それは実に珍しいことだった。結局、大統領はスピニングロッドを警護班長に手渡してドゥドコのほうを向いた。

「ちょっと歩こう」

むろんドゥドコはすぐさま応じ、彼もまた大統領のフライロッドを警護班長に手渡した。警護班長は受け取った二本のロッドをすみやかに若い部下に持たせた。

イェルミロフはドゥドコにスマホの画面を見せた。二人は川岸通り《ナービリジナヤ》を西へ、ボリショイ・カメンニ橋へ向かって歩きはじめていた。「これ、どう思う？」

ドゥドコは記事をスクロールしながら、大統領自身がこれをどう思っているのか言い出すのを待った。こちらから先に意見を言うのは危険だ。一回のミスなら立ち直れるかもしれないが、二回重ねた場合、どうなるかわからない。

「いまアメリカではいろんなことが起こっている」イェルミロフは言った。

ドゥドコはスマホを返そうと差し出したが、大統領はもう充分に読んだようで、受け取ろうとしなかった。ドゥドコはしかたなくそれをチョッキのポケットに入れた。

「ライアン大統領はいま手一杯であるにちがいありません」

イェルミロフは足をとめると、目を半分閉じて、川面をじっと見つめた。何らかの結論に達しようとするときの仕種《しぐさ》。

「アニヴァ作戦」イェルミロフは言った。

「これで一歩、大きく前進ですね、大統領閣下」ドゥドコは返した。ここは発言に注意しなければならないところだとわかっていたが、大統領が何かアドバイスを言ってみろという姿勢を崩さなかったので、ドゥドコは結局、賭《か》けに出るしかなかった。

「馬鹿を言うな」イェルミロフはクルリと背を向け、警護班とジャーナリストたちのほうへ戻りはじめた。もうこれ以上おまえの意見を聞く気はない、ということだ。ドゥドコはまさに余計なことを言ってしまったのである。

「考えてもみろ」イェルミロフはつづけた。「洪水、伝染病、大使館の包囲、そして偉大なるジャック・ライアンの二枚舌についに気づいた国民。さらに、政敵を追い詰める工作をしてきたと言ってライアンを非難する上院議員がひとりいる。やつはいま、あまりにも忙しすぎて、こちらの小規模な軍事演習にこだわっている余裕などない。たとえそれがウクライナに係わる演習であってもな。それに、われわれがいちど支配を確立してしまえば、いったいだれに何ができるというのだ？ そもそもあそこはわれわれのものなのだ、当然ながら。あそこには面倒を見なければならないロシア国民がいるんだからな」

「おっしゃるとおりです」ドゥドコは言った。

イェルミロフは足をとめ、ドゥドコの目をまっすぐのぞきこんだ。「わたしがやらせたと、きみも思っているんだよな？」

イェルミロフにとって、〝わたし〟と母国《ロジーナ》——母なるロシア——は完全に一体化していて、まったく同じだった。

「わたしはそのようなことを考える立場にありません」ドゥドコは口ごもった。レフォルトヴォ刑務所の独房にほうりこまれてドアが閉まる音が聞こえるようだった。

「そりゃそうだ」イェルミロフは歩きながらほんのすこしだけヒントを出した。「たしかに。だが、これだけは言おう。われらが黒海インターネットボットたちなら、ライアンの評判を落とすなんて簡単にできる。これがわれわれのやったことであろうとなかろうと、わたしは喜んでこの状況を利用するつもりだ」

すでに溺《おぼ》れはじめていたのに、ドゥドコは浮力のあるものをすべて投げ棄《す》てるような真似《まね》をした。「しかし、大統領、ライアンはすでに、われわれがインターネット上であれこれ工作しているのではないかと疑っています」

イェルミロフは首を左右にしっかり振った。「ジャック・ライアンはやることをやる……勝手にやらせておけばいい……」

　黒海周辺のさまざまな倉庫から全世界にばらまかれ、動かされているロシアのインターネットボット軍団が係わっているのなら、当然イェルミロフはそのことを知っているはずだった。なぜなら、ロシアの内外で起こったことで彼の知らないことなどほとんどないのだから。

「ブィーラ・ニェ・ブィーラ」イェルミロフは肩をすくめた。これの直訳は〝あった、なかった〟だが、実は〝なるようにならせよう〟という意味になる慣用句なのだ。ロシア一の権力者にしてはちゃらんぽらんな態度だが、これまでのところそれでうまくやってこられたのである。「それに、やつはさらに、ライアン・ドクトリンはおかしいのではないかと国民たちに疑問を呈されてもいる。あれは、そう、国家的殺人じゃないか、とね」

　二人はゆっくりと川に沿って歩き、ふたたび警護官たちがいるところに達した。イェルミロフはKGB将校上がりの粗野な男だったが、政治人間でもあった。ジャーナリストたちにちゃんと手を振ってから、身振りで自分のフライロッドを渡すよう警護官にうながした。

「あそこに魚が一匹いると思います、大統領閣下」若い警護官がそう言いながらフライロッドを手渡した。

「いや」イェルミロフは得意げに言った。「絶対にいないね」だが、たちまち魚がかかり、大統領は魚を引き寄せはじめた。「やった」イェルミロフは警護官を完全に無視してドゥドコに言った。「またもや釣り上げたぞ。しかし、残念ながらこれが最後だ。いろいろやらなければならないことがあるんでね」

「はい、もちろんです」ドゥドコはこの一時間に少なくとも一〇〇回は〝もちろん〟という言葉を口にした。「ここはよく釣れますね、大統領」

「魚はみんなきみにやる」イェルミロフはストリンガーを水中から引っぱり上げ、自分のわきに押しつけ、ジャーナリストたちがフックに引っかけられた魚をしっかり見られるようにした。こうしてドゥドコにそれを渡せば、記者たちは自分のモスクワ川への信頼はもちろん、気前のよさも見てとることができる、とイェルミロフは計算したのだ。「どんな味だったか明日、教えてくれ」

「では、これから何本か電話をします」ドゥドコは言った。

イェルミロフはすでに上体をまげてその場から離れようとしていた。「だれに？」

「将軍たちに、です」ドゥドコは答えた。「アニヴァ作戦開始を指示するのです」

イェルミロフはドゥドコの考えを払いのけようとするかのように手を振った。「きみがわざわざやることはない、マクシム・ティモフェイエヴィッチ。グローキン大佐が作戦のプレイヤーたちに連絡する」

「わたしは、その……」ドゥドコは途中で言葉を切り、もはや石の壁のようにしか見えないイェルミロフの顔を凝視した。どうすればいいのかまったくわからない。しかたなく、また何度もうなずいた。「はい、もちろんです、大統領閣下」

ドゥドコは臓腑《はらわた》が捻《ねじ》れるような感覚をおぼえた。顔の筋肉が痙攣《けいれん》しはじめ、それをとめるために顎を動かさなければならなかった。作戦のプレイヤーたちへの連絡をあの能なしのグローキン大佐がすることになって、おれは一気に蚊帳《かや》の外に出されてしまった、とドゥドコはなげいた。これでは、バイカル湖への釣り旅行に招待されるのも、あの悪賢い老いぼれのご機嫌とりになるのだろう。ドゥドコは焦《あせ》った。何かしないと。大規模な謀略をめぐらし、ふたたびいい位置に返り咲くのだ。謀略なら得意、というか、はっきり言って、おれはその道の達人である。だからこそ、イェルミロフもおれをそばに置きつづけてきたんじゃないか。おれはここのところついていない。それだけの話だ。だが、どうすればいい？　アメリカの大統領の件は有望だ。〝ロシアの指紋〟がいたるところにくっついているが、ライアンを憎むアメリカ人どもは間違いなくこれからも〝ボールを転がし〟つづけるだろう。そう、手持ちのカードを巧みに使って、その件をうまく推し進めれば、ふたたびイェルミロフの恩寵《おんちょう》を取り戻せるのではないか？　コンクリートの階段をのぼりきるまでにドゥドコは、自分の前に道がひらけるような気がしてきた。ソフィスカヤ川岸通り《ナービリジナヤ》に出ると、二人は待っているイェルミロフのジルのほうへ歩きはじめた。装甲仕様のセダンは後部のシートが向かい合って座るように設置されていた。ドゥドコは大統領専用席の反対側になる後ろ向きのシートに乗りこもうとした。

イェルミロフがとめた。「きみは魚を家に持って帰らなければいけない。わたしの警護官のひとりがきみを家まで送る」

イェルミロフが騎兵隊の将校のようにシュッと手を前に振って前進を指示すると、車列はあっというまに猛スピードで走り去ってしまった。ドゥドコは魚でいっぱいのプラスチックのバケツを持って歩道に突っ立ったままだった。自分のほかに残っていたのはイェルミロフの警護官ひとりだけだった。

「ご自宅でよろしいですか、同志ドゥドコ？」若き警護官は尋ねた。

「ああ、もちろん」ドゥドコはぼそぼそ答えた。まだ濃霧のようにもやもやと頭のなかで渦巻いている陰謀の筋書きをはっきりさせることに没頭していたのだ。

ひとつの考えがひらめいた。これならうまくいくかもしれない、とドゥドコは思った。毒まみれの魚を家に置いたら、すぐオフィスへ戻って電話をしよう。長いあいだイェルミロフの側近を務めてきたおかげで、ドゥドコはさまざまな人々に関する情報を豊富に仕入れることができた。

こちらの提案にエリザヴェータ・ボブコヴァは喜びはしないだろう。そう、彼女は風呂《ふろ》に入れられようとする猫のように悲しそうな鳴き声をあげ、爪《つめ》を立てたり引っ掻《か》いたりして、なんとか逃れようと大騒ぎするにちがいない。だが、エリザヴェータにはどうすることもできない。おれはあの女のことをとことん知り尽くしている。エリザヴェータは順調に出世して、ついにSVR（ロシア対外情報庁）ワシントン駐在官《レジデント》という地位を得たのである。おれに逆らえばどうなるか、わかっているはずだ。エリザヴェータ・ボブコヴァが失うものはあまりにも大きい。

14

ジャック・ライアン大統領は、NSC（国家安全保障会議）の残りの主要メンバーが到着するのを待つあいだ、予備的な状況説明《ブリーフィング》を受けることにした。ライアンはまだオーヴァル・オフィス（大統領執務室）にいて、椅子《いす》の背に上体をあずけて目を閉じ、アフリカ西部を頭に思い浮かべていた。地理は得意で、それで困ることはまずない。ただ今回はボコ・ハラムのテロリスト狩りに参加するため増えつづけているアメリカ軍部隊の展開地域をも思い出す必要があったが、それも完璧《かんぺき》にできた。カメルーンは暴力と腐敗という点で度を越している。そもそも大統領からして腐敗し、すぐに暴力に訴える。なにしろ、任期制限を廃止して、もう二〇年間も大統領選があるたびに勝利宣言をし、同国の最高権力者の地位にとどまりつづけているのだ。それでもカメルーンは表向きアメリカの同盟国なのであり、アフリカ西部では無視できない国なのである。

「大使館には何人いるのかね？」

「直接雇用は五一人です」アドラー国務長官が答えた。「そのなかには、何らかの会議に出席するため留守中の者もいれば、一時帰国休暇で出国している者もいるはずです。外交官の多くは大使館のそばに住んでいますので、昼食をとりに家に帰っていた者もいるかもしれません。ともかく、現在、大使館と交信できない状態でして、同国内にいる大使館員およびその家族が何人なのか、なお調査中です。昼食前にもうすこしわかると思います」

「一時間で調べてくれ」ライアンは指示した。

アドラーはベルトの前で両手をにぎり合わせた。「はい、わかりました、大統領」ライアン政権では〝全力を尽くします〟は禁句だった。それはだれもが知っていることだった。こうやって催促されたことで、アドラーは国務省の部下たちに、アメリカ合衆国大統領は同省職員とその家族の安全を最優先しているという事実を伝えることができる。

ライアンはうめくように言った。「ようし。わかっていることをすべて話してくれ、ロビー」

国家安全保障問題担当大統領次席補佐官のロバート・フォレスタル海軍中佐は、メモに目をやり、歯切れのよい簡潔な説明ができるように事実をきちんと確認した。

「現地時間の一二時五八分、国務省オペレーションズ・センターがヤウンデにあるわが国の大使館の管理職員のひとりから電話を受け、カメルーン軍部隊に包囲されたと伝えられました。電話は約四五秒で切れてしまいました。大使館から数ブロック離れた自宅にいた公使の妻――サラ・ポーター――が、事を起こした軍部隊に拘束され、人質になったもようです。拘束状況、居所はいまのところ不明。ムビダ将軍は対抗する兵士たちに追われて、少なくとも娘のひとりを連れて大使館のなかに逃げこんだようです。そのあとすぐカメルーン軍の装甲戦闘車六両が到着しましたが、大使館のフェンスの外にとどまりました。通信不能になる前に得られた情報はそれだけです。現在も大使館内にいる者との交信を復旧しようとしつづけていますが、まだその努力は実っておりません」

ライアンは椅子に座ったまま身を前に乗り出し、心の準備をして次の質問をした。

「死傷者は？」

「現時点では不明です、大統領。韓国大使館内の協力者《コンタクト》からの情報では、小火器の発砲があったそうです。韓国大使館はいまのところ何もせず、じっとしていますが、目にした最新情報をわれわれに提供する役目の分析官をひとり用意してくれました。ですが、まだたいした情報は入ってきていません」

ライアンは言った。「近隣諸国を通した裏チャンネルによる情報収集を開始しよう。いますぐやってくれ」

「ナイジェリアのラゴスにＤＥＡの、ガーナのアクラに国土安全保障省の要員がそれぞれいます」フォレスタルは応《こた》えた。ＤＥＡは麻薬取締局。「カメルーンの沿岸都市ドゥアラには、海軍兵学校《アナポリス》で同級だった男がＮＣＩＳ――海軍犯罪捜査局――の特別捜査官として駐在しています。彼と直接連絡をつけようとしているのですが、まだついていません。そして、同国北部のガルアには特殊部隊員が二七八人います」

「よし、よくわかった、ロビー」ライアンは口から洩《も》れようとしたうめき声を抑えこんだ。最近、うめき声を発しすぎ、マイク付きのカメラがまわっていないか確認してからでないと、そうしたくないと思うようになっていた。「それは〝起こったこと〟だ。では、〝なぜ起こったか〟については？　粗いビデオ映像に対する反応としては過激すぎるように思える」

フォレスタル海軍中佐はスコット・アドラー国務長官を見やった。国家安全保障問題担当次席補佐官としての自分の仕事は、それを求められた場合に状況説明と分析を提供するというものであり、一方、大使館は国務省《フォギー・ボトム》の管轄《かんかつ》下にある。だから、海軍中佐は国務長官が割りこんでくれるとありがたいと思った。

「まだ推測の段階ですが」アドラー国務長官は言った。「ンジャヤ大統領は同国英語圏での分離運動に公然と反対する立場をとるようわれわれにしつこく迫りつづけてきました」

「なるほど」ライアンは応えた。「われわれはまだ推測しかできない初期段階にあるということだね。しかし、〝地上の目〟が必要だ。ある種の情報収集能力。大使館にいる海兵隊の規模は？」

フォレスタルはメモをチラッと見やった。大統領へのブリーフィングを担当してもう長いので、ライアンがかつて所属していた海兵隊の隊員たちについて訊《き》かれることはわかっていた。「ＮＣＯＩＣと見張り担当の兵士が四名です」ＮＣＯＩＣは指揮をとる下士官《ノンコミションド・オフィサー・イン・チャージ》。

「交代制かもしれない」ライアンは推測した。「全員が勤務していたわけではないのかも。そのＮＣＯＩＣとカメルーンの海兵隊宿舎の電話番号を見つけてくれ」バージェス国防長官のほうへ顔を向けた。「そうだ、これはきみ自身がやってくれ、ボブ。指揮系統の最上位にいる者がいますぐ電話し、早まったことをして命を失わないよう現地の海兵隊員たちに注意しろ、と命じたほうがいい。いまわれわれが必要としているのは情報であり、殉職者ではない。こんなことで死んでほしくない」

携帯電話はオーヴァル・オフィスの外のバスケットのなかに置いてくるのがしきたりだったので、バージェスは自分が座っている椅子の基部にある引出しをあけ、そこから盗聴不能な固定電話機をとりだし、しかるべき番号を押した。そして、手で口をおおい、押し殺した力のこもった声で、現状の重大さを伝え、やるべきことを迅速にやるよう命じた。一分もしないうちに電話を切り、大統領に向かってうなずいて見せた。指示どおり実行したことを知らせる仕種《しぐさ》。

　フォレスタルがふたたび口をひらいた。「ガルアから飛び立った二機のMQ‐9が現在飛行中で、一〇分後に現場上空に達するはずです」MQ‐9は偵察も攻撃もできる軍用無人機。

「そりゃいい」ライアンは言った。「その映像をシチュエーション・ルームでも見られるようにしよう」シチュエーション・ルームはホワイトハウスの地下にある国家安全保障・危機管理室。

「すでに作業中です、大統領」バージェスが応えた。

「ボブ」ライアンはつづけた。「アメリカの領土も同然の大使館を攻撃したクソ野郎どもが、対空兵器を木の上まで向けたりしたら、われわれはそいつらを打ちのめす」

「わかりました」

合っています」

「特別部隊《タスクフォース》ダービーの指揮官の――」フォレスタルはまたメモに目をやった。「ワークマン少佐がいま、カメルーン北部の同等の同国軍部隊長と現在の状況について話し合っています」

「フォート・ドラムに司令部を置くナイジェリア駐留中の第八七歩兵旅団戦闘団部隊が現在、カメルーンとの国境へ移動中です」バージェスがさらに報告した。

ライアンは了解のうなずきをした。「第一〇山岳師団所属の部隊だな。よし」

バージェスはつづけた。「ワークマン少佐は、カメルーンの緊急介入大隊の少なくとも一部が正直な返答をしてくれると信じております。ボコ・ハラムとの戦いでいっしょに血を流している仲ですから。タスクフォース・ダービーと緊急介入大隊はあるていど信頼し合っています」

「だが、知っているかな、彼らは？」ライアンは疑問を呈した。「緊急介入大隊は毎日アメリカ軍部隊といっしょに活動しているのだから、首都で起こった攻撃の最新情報なんて知らされていないんじゃないか。カメルーン軍の将軍のひとりが同軍部隊に追われてアメリカ大使館に駆けこんだというのに、仕掛け線《トリップワイヤ》に引っかかったものは何もなかった、というのかね？」

アメリカの在外公館はみな、緊急行動プランというものを定めていて、そのなかには特定の対応をとることを求める極秘の基準がある。トリップワイヤはそうした基準のことなのである。たとえば、火炎瓶を積んだ車が通りの向かい側にとまった場合、警戒にあたる制服警備要員の数を増やさないといけない。火炎瓶がフェンス越しに敷地に投げこまれた場合は、もっと強力な防御措置をとる必要がある。クーデターや近辺でのテロ攻撃といった、さらに高い基準を超えることが起こった場合は、要職以外の職員の避難から書類破棄および公館閉鎖まで、さまざまな対応をとらなければならない。

「はい、何もありませんでした、大統領」アドラー国務長官が答えた。「すべてが一《いち》時《どき》に起ったのです。何の前触れもなく。トリップワイヤに引っかかるものも一切ありませんでした」

フォレスタルがあとを承《う》けた。「現地採用の警備員のほとんどが装甲戦闘車に真ん前に来られて立ち去った、というのが第一報でした」

「ほとんど？」ライアンは訊いた。

「韓国大使館員たちによりますと、フロントゲートには海兵隊員のほかに警備員が二人いたそうです」

ライアンは深呼吸をした。「海兵隊員たちが大使館に走りこもうとする者を何もせずにそうさせた、というのがどうもよくわからない。たとえ相手が将軍だったとしても」

フォレスタルはしばし間をおいてから応えた。これから伝えることはやはり不愉快なニュースなのだろうか、と思ったからだ。「わたしが話した韓国の外交官によりますと、海兵隊員たちは地元の女性や少女向けの大規模な護身講習会をひらいていたそうです。これは推測にすぎませんが、ムビダ将軍の娘たちはその講習会に出席していた可能性があります。海兵隊員たちは、走ってきたのは将軍の娘たちだと知り、さらに彼女たちが危険にさらされていることもわかって、大使館のなかに入れたのだと、韓国大使館員たちは言っています」

ライアンは正真正銘のうめき声を発して、この件を終わりにした。

「外交保安局の駐在官は？」大統領は訊いた。駐カメルーン大使館を担当するアメリカ外交保安局駐在官（ＲＳＯ）は、ベテランの法執行・保安エキスパートのはずだった。

「現地のＲＳＯはカーという名の男です」アドラーが答えた。「国務省の職員になる前は、アルバカーキ市警のＳＷＡＴの一員でした。いちおう経歴を調べておきました。凄腕《すごうで》のようです。外交保安局にももう一四年もいます」

「いま向こうで使えるかもしれない凄腕はほんのすこしならいるというわけか」ライアンは考えこんだ。「カメルーンというと……バーリンゲーム大使、だね?」

「そうです、大統領」アドラーは答えた。「チャンス・バーリンゲーム。二カ月前に国際開発庁職員から大使になりました。長期にわたってアフリカで活動してきました」

「彼はいまどういう状態にあるのかね?」

「大使館の外にいます」アドラーは立ち上がった。大統領の問いに明確に答えられないことを認めるのが好きな者など、この部屋のなかにはひとりもいなかった。「現在もチェック中です。しかし、そもそも最初に国務省オペレーションズ・センターに電話をかけてきた大使館員によりますと、そのRSOは大使に付き添っているとのことです」

15

エイディン・カーはいまの仕事が大好きだったが、外交保安局駐在官（RSO）という職名はあまり好きではなかった。父は警官だったし、兄も警官、自分も警官だったのだ。どうもこの外交保安局駐在官というやつがしっくりこない。だから、彼の名刺にはRSOという職名はなく、単にカー特別官と書かれている。どのみち、アフリカにいる者はみな——国務省《フォギー・ボトム》の幹部外交官たち以外の者はみな——そんなこと気にしやしない。

「いやあ、大使——」カーは言いながら、身をくねらせて未舗装の小道を横切ろうとしていた掌《てのひら》大のムカデをよけた。「たいしたランナーですね」

二人は樹木にかこまれた小道を走っていた。カーは腰まわりに付けているファニー・パックがバタバタ動かないように締めなおした。ナイロン製の小さなファニー・パックのなかに入れて携行しているグロック19は大きな拳銃《けんじゅう》ではなかったが、詰め物をたくさん使うということはしていなかったので、大使館の裏からホテル・モン・フエの裏側へとまわる一〇キロ・コースを走ると、よほど注意していないと腰の角にひどい痣《あざ》ができかねない。カーは長身で、やや痩《や》せぎみだった。肌が濃い赤銅色《しゃくどういろ》なのは、ナバホ・インディアンの母親から受け継いだものだ。ユタ州ブランディング近郊のインディアン居留地で育った彼は、まさに〝砂漠の鼠《ねずみ》〟であり、西アフリカの湿度に慣れることは決してないにちがいない。カーも「ゴルフはせっかくの散歩を台無しにする」を名言だと認めるが、大使館裏のゴルフコースはいかれたタクシー運転手に轢《ひ》かれずに走れる素晴らしい場所ではあった。そのうえ、よく手入れされていて、先週雨が降りつづいたのに水はかなりはけている。ただ、走っていて金品を強奪しようとする悪たれ《ラスカル》に出遭う可能性がほんのわずかだがあり、それゆえカーはグロック19を携行していた。

彼が悪党を〝悪たれ《ラスカル》〟と呼びはじめたのは、前任地のパプアニューギニアでRSOをしていたときのことだ。その言葉は、アメリカでは〝悪戯《いたずら》っ子〟という言外の意味もあって、なかなか趣がある。しかし、パプアニューギニアでは、覆面強盗に出遭ったら、笑ってなどいられない。特大ナイフで切り刻まれたりするからだ。手作りのショットガンで顔を撃たれることだってある。

カーの母親はナバホ族・二岩座氏族《ツェイキーヘクラン》の先祖代々呪術師《じゅじゅつし》の家系に生まれた。彼女は邪術、呪《のろ》い、あらゆる種類の妖術《ようじゅつ》や霊を信じていた。しかし、カーがパプアニューギニアで出遭った高地人たちは、それとはまったく次元がちがっていた。高地人の悪たれ《ラスカル》どもは、なんと、黒魔術を使ったといって女を焼き殺すことがよくあったのだ。パプアニューギニアでも大半の任地と変わりなく、カーと妻のリンダは友だちをたくさんつくったが、ポートモレスビーでの三年間は、妻が買物に出かけるたびに心配しなければならず、とてつもなく長い任期に思えた。カメルーンは政治的腐敗が横行する貧困国のうえ、いままさに絨毯《じゅうたん》爆撃を受けたばかりのような土地が広がっているが、ここでの生活はパプアニューギニアでのそれに比べたらまるでピクニックみたいに楽なものだった。それに、アメリカに戻るよりはここにいるほうが間違いなくずっといい。管理監督官に指名されてワシントン支局勤めになるという話がすでにあったが、カーとしてはできるだけ長くワシントンと離れていたかった。そもそも彼とリンダは冒険を求めてこの仕事に入ったのだ。そしてアフリカは冒険をするのにうってつけの場所だった。ブラックマンバ、コブラといった毒蛇、暴れまわる象、ボコ・ハラム……そう、冒険を彩《いろど》ってくれるものにあふれている。カメルーンの悪たれ《ラスカル》はパプアニューギニアのそれよりはすこしは文明化されていると聞いていたが、カーがこれまでに目にしたそうしたやつらは必ず特大ナイフを持っていた。そいつらがどれだけナイフを使いたがっているか知りたいという気持ちはカーにもなかった。大使を連れて走っているいまはとくに。

前大使はマラリアに感染し、アイオワへ戻った。代わりに赴任したチャンス・バーリンゲームはカメルーンに来てまだ二カ月にしかならなかったが、アフリカは初めてではなかった。国際開発庁の職員としてこれまでにアフリカの他の数カ国で働いた経験がある。バーリンゲーム大使はカーよりも一、二インチ背が高く、身長は六フィートを優に超えていて、砂色っぽい金髪をなんとか分けられるくらいの長さにしていた。振る舞いも立派で、アフリカでいくらかでも過ごしたことがある者はみなそうなるように、ここではたったひとつの理由——ＴＩＡ——で予測しえない事態になるということを理解している。

そしてその理由のＴＩＡとは、「ここは《ディス・イズ》アフリカ」ということ。

「エイディン」バーリンゲームが声をかけた。一〇キロ・コースの九キロを過ぎても、ほとんど息も切らせない。「明日はあと二、三キロ距離を延ばすというのはどうかな？」

「明日は警察学校で教えるためにボツワナへ向かうことになっています。金曜にはまたご一緒できると思います」カーはにやっと笑って見せた。「ただ、これだけは忘れないでいただきたい——わたしはただ走るだけでなく、咬《か》まれたら死にかねない猛毒コブラを払いのけられるほど体調をよくしておく必要があるということをね。コブラに出遭った場合、あなたが逃げられるように、わたしは戦わなければならないのです」

バーリンゲームは笑いを洩《も》らした。これは前大使がめったにしなかったことだ、マラリアにかかる前も。「では、きみがボツワナへ行っているあいだ、わたしはだれと走ればいいのだろう？」

「外に出ないようにするんです。だって——」

カーが大使館の塀の上に設置した非常警報装置が鳴りだし、彼は足をとめた。凄《すさ》まじい音量でけたたましく鳴るそのサイレンには二つの務めがあった。何かよからぬ変異が突発したことを敷地内にいる全員に知らせて注意をうながす、というのがそのひとつ。そしてもうひとつは、テヘランのアメリカ大使館人質事件のようなことを繰り返そうと破壊行為におよぶ者たちが万が一いた場合、そいつらを怯《おび》えさせる、というもの。もっともこちらのほうは、少しでもそういうことになればいいのだが、という期待にすぎない。

カーはバーリンゲームのTシャツの肩の部分をつかむと、スッと横へ、木々の陰のほうへと移動し、大使を引っぱりこんだ。

「訓練かね？」大使は訊《き》いた。

カーは目を大きくひらいて、鞭《むち》のような形をしている毒蛇ジェイムソンマンバがいないことを確かめながら、ゆっくりと前進し、大使館の敷地がよく見えるように青葉を掻《か》き分けた。

「いいえ」カーは答えた。「訓練ではありません」

「どうしてわかる？」

「それはですね、訓練のスケジュールを決めるのはこのわたしだからです」

大使館のようすがカーとバーリンゲームの目に同時に飛びこんできたが、二人は正反対の反応をした。バーリンゲームはあえぎ、大使館のフェンスに向かって急いで走り寄ろうと、前へ飛び出した。その大使をカーは引き戻し、安全な木々の陰にとどめた。

バーリンゲームはカーの手を振り払おうとした。「わたしはあそこへ行かねばならないんだ」

「ちょっと待って」カーは声を押し殺して言い、大使のシャツをしっかりつかみ直した。必要ならタックルも辞さない気になっていた。「どういう状況だかまだよくわかりませんが、あなたが拘束されたりしたら、だれにとっても利益にはなりません」

　バーリンゲームは胸を波打たせた。「何の兆候もなかったのかね？」

「ええ」カーは下方に見える大使館の混乱した状況から目を離さずに答えた。サイレンが鳴りはじめたとき、裏のフェンスの近くにあるプールには、大使館員の妻とわかる女性が三人いて、子供たちといっしょに泳いでいた。大使館のスタッフはみな、あらゆる種類の災害や非常事態に備えて家族ともども訓練を受けていた。だから、子供たちさえ、あわててプールから出て、事務棟へ向かって走っている。フェンスの外にはカメルーン軍の装甲戦闘車六両が戦略的陣形をとってとまっていた。正式にはＭＲＡＰ《エムラップ》（耐地雷・伏撃防護車両《マイン・リジスタント・アンブシュ・プロテクティッド》）と呼ばれる車両だ。

「包囲されたのか」大使は力なくつぶやいた。

　ひとりの大使館員——人事課のカレンだとカーにはわかった——が、衛星携帯電話と思われるものを持って上のほうの階の窓から身を乗り出したが、ＭＲＡＰに気づき、急いで身を引いた。彼女が電話をするのに窓の外へ身を乗り出す危険をおかすとは変だな、とカーは思った。しかし、屋上のアンテナ群が破壊されているのを見て、合点がいった。そういえば、丘の小道に入る前に、ドーンという音が二度聞こえたが、厚い葉叢《はむら》に弱められ、航空機か遠い軍事訓練の音としか思えなかった。

カーは手を下げてファニー・パックをたたき、グロック19がちゃんとそこに入っていることを確認した。一五発入りの予備弾倉《マガジン》がひとつあるので、ぜんぶで三一発撃てる。拳銃があることを確かめて、ほんのすこし気分が楽になったが、それだけではまともな反撃なんてとてもできない。拳銃のほかにあるのは、ベンチメイドの折りたたみナイフ、ストリームライトの懐中電灯、それに携帯電話のみ。まずは携帯をとりだした。

「それはいい考えだ」バーリンゲームは言った。「事務棟にいるだれかに、どういうことなのか聞けるかもしれない」

カーは最初に警備室に電話してみた。だが、話中音よりもさらにテンポが速い音しか聞こえない。通信路を確保できないのだ。大使館を急襲した部隊は携帯電話の基地局の電波をも妨害しているのだろう。これでは固定電話の線もたぶん切断されている。

カーはスマートフォンを下げた。

「携帯は使えません」彼は言った。「大使を安全な場所へお連れし、使える固定電話か衛星電話を見つけ、本国へ通報していただかないと」

バーリンゲーム大使は深呼吸を何度かして気持ちを落ち着かせようとした。「いったい何なんだ、これは、エイディン？　カメルーンがアメリカに宣戦布告したというのか？」

「そのようですな、大使」カーは答えた。「さあ、行かないと」

「何もしないでここから離れるなんて、できない」

「いや、まさにそれこそ、いまわれわれがしなければいけないことです、大使」

バーリンゲームはあえぎ、丘の下のほうを指さした。

「くそっ！」カーは思わず声を洩らした。

公使の妻、サラ・ポーターが、MRAPから引き出され、待っていたジープにむりやり乗せられるのが見えた。うしろにまわされた両手には手錠がかかっている。

「ミセス・ポーター……」

バーリンゲームはカーの前腕をつかんだ。「あのジープを追わないと」

「大使」カーは返した。「ミセス・ポーターは素晴らしい女性です。ほとんどの者が子供のころに一目惚《ひとめぼ》れしてしまった〝超ステキな叔母さん〟みたいな人です。しかし、わたしとしては大使の安全を最優先しなければなりません」

バーリンゲームは横目でギロッとカーをにらんだ。「ほんとうはジープを追跡したいんだろう？　わかっている。そうできる口実を与える。命令だ、そうしろ、いいね？」

カーは自分に残された選択肢を比較検討した。この地区には友好国の大使館がいくつかあるが、敵対していると思われる軍用車両がたくさん、そのあたりをパトロールしている。そう、だから平和部隊事務所のほうがいい。そこも安全とは言えないが、ここから近い。ゴルフコースの東側にあって、二キロも離れていない。カメルーン軍がミセス・ポーターをどこへ連れていくのか見届けられるよう二人で全力を尽くしてから、バーリンゲーム大使を平和部隊事務所にかくまえばいいのではないか？　そして、大使には、いま起っていることに対処できるようになるまで——あるいは〝騎兵隊〟が到着するまで——そこにいてもらう。

「はい、あなたがボスですから」カーはなんとか方針を決め、答えた。

「ボコ・ハラムが軍にまで潜入したのかもしれないな。きみはどう思う？」バーリンゲームがそう訊いたときにはもう、二人は葉叢の隙間《すきま》から大使館のほうをのぞきながら移動を開始していた。

「そうではないでしょう」カーは答えた。「クーデターとか、そういったもののようです。ボコ・ハラムだったら、もっとずっと多くの銃撃音が聞こえるはずです」

「では、少なくとも政治的なことで、宗教がらみではないということだな」

カーはスッと右へ身をそらし、蛇のよい住処《すみか》になるように思える朽木をポンと跳び越えた。「大使」彼はにこりともしないで言った。「ある者たちにとっては政治が宗教なのです」

16

レザ・カゼムと配下の男たち——ぜんぶで七人——は、スープのようになった泥のなかに胸を押しつけ、やむ気配のない土砂降りの雨をすこしでも避けようと背をまるめ、小銃を前に突き出した。そうしておけば、いつでも素早く展開できる。そう、展開しなければならなくなるのだ、すぐに。春の豪雨のせいで生まれた無数の銀色の滝が、暗灰色の山肌を流れ落ち、溝を小川に、小川を大河に変えていた。

彼らは長いナイフと由緒あるロシア製カラシニコフ自動小銃を携えていた。カラシニコフはさまざまな型が混ざっていて、銃床も折りたたみ式、黄褐色の家具材を使った木製、プラスチック製と各種あった。そして、プラスチック製の銃床には、彼らの緊張した顔がゆがんで映っていた。ここイランでは、銃器を手に入れるのは容易ではないし、射撃訓練も都市や町から離れたところでやっても注意を惹《ひ》きかねない。装備品は雑誌に掲載された〝反乱者が持つべき装備〟の写真を見た者がなんとか掻《か》き集めたもののようだった。そうしたもののいくつか、たとえばひとりの者がベルトにぶら下げているパラシュート・コードは、まず使い道のない余分なものだろう。ポーチがたくさんついていてさまざまなものを収納できるラヒームのロードベアリング・ヴェストに留められている三本の金属製カラビナも、馬鹿《ばか》げた装備にしか見えず、作戦に危険をもたらすものでしかない。それでもカゼムは、こと装備品に関しては各自の好きにさせた。問題は、どんなイラン人の血管にも流れている革命家の血なのだ。それなら、最後の革命以来の生活にうんざりしている者たちのなかにだって、いや、とりわけそういう者たちのなかにこそ流れている。

カゼムは悪天候を望んだ。このような雨では警備担当の者たちも、車の外へ出ていかざるをえないようなことにはあまり煩《わずら》わされたくないと思っているはずだった。テヘラン郊外の保管施設の警備は、ずっと南のバルーチスターンでは頻繁に起る小戦闘もない素晴らしい仕事だった。雨音と岩を滑り落ちる水の音が、彼らが接近していく音を聞こえにくくしてくれているが、そうしているいまも、ゲートの内側にあるブリキ張りの警備小屋からは笑い声が洩《も》れてくる。

「変だ」カゼムの左側にいたラヒームが言った。めそめそした蚊の鳴くような声だったので、頬を伝い落ちているのは雨なのか涙なのかはっきりしなかった。「四人の警備兵しか確認できない」

「もっといてほしいのかい、兄弟？」カゼムは訊《き》き、ほかの男と目を見かわした。

「いや……ぼくはただ……」ラヒームは放心状態から抜け出そうとするかのように、目をそらし、遠くを見やった。「どこかおかしい。事前に得た情報によると、警備の人員は少なくとも八人、多くて一〇人、ということだった」

「では、こんなに少ないことをアッラーに感謝しないとな」カゼムは言った。「仕事がとても簡単になる」

カゼムはほかの者たちに目をやった。みな純粋で真剣だったが、そんなことよりカゼムに魅せられているということのほうがさらに重要だった。ラヒームは決起集会やイヴェントのさいにはかならず緊張し、ナーバスになる男だが、強い気持ちをしっかりと持ちつづけていた。ともかく、独立心がありすぎないほうが望ましい。

今夜の作戦の成功は無神経なほどの大胆さ——とカゼムが内部から得られる少なからぬ助け——によるところが大きい。

「フェンスには電流が流れているのだろうか？　どう思う？」ラヒームが不安をそのまま口にした。

左側にいた男があざ笑った。唇が泥水すれすれのところにあったので、笑ったり話したりすると、もうすこしでブクブク泡が立ちそうになる。バジルはほかの者たちよりも年上で、軍隊経験が六年もあった。軍にいたことがあるのはこのグループのなかではバジルだけであり、カゼムにもその経験はない。バジルはたくましい前腕と太い首の持ち主で、腕力が信じられないほど強い。というのも、取っ組み合いと重量挙げとダンスのミックスとも言えるイランの格闘技、パハラワーニー（クシュティー）に費やす時間が多いからだ。「なぜわざわざフェンスに電流を通すなんてことまでしなくちゃいけないんだ？」バジルは訊き返した。「ここにあるのはトラックと制服だけだ。ほかに盗まれる心配があるものなんて何にもない」

「でも、われわれは制服を盗もうとしているわけじゃないか」ラヒームはブツブツ言葉を返した。そして、小銃をわきにのけ、手を伸ばして顔についた雨を払った。小銃が泥水のなかに沈んでしまったのにも気づいていなかった。

カゼムとバジルはふたたび目を見かわした。こいつをいちばん先に行かせないといけない。

カゼムは言った。「エヴィーン刑務所にほうりこまれる危険をおかしてまで制服を盗もうとする者なんてまずいない」

「でも、われわれはまさにそうしようとしている」ラヒームは食い下がった。「だから、ほかの者たちだってそうするかもしれない。だったら、フェンスに電流が流されていてもおかしくない。こういう保管施設はあまりにもたやすく侵入されてしまうと不安がった者がいるかも。周辺にわからないように機関銃が据えられている可能性だってありうる」

「うん、ドラゴンが護《まも》っているかもしれないな、兄弟」カゼムは笑いを洩らした。忍耐が雨に洗い流されていく。カゼムは単眼の暗視装置《ナイト・ヴィジョン》を目にあてると、それをフェンスに沿って左右に動かした。形も大きさもさまざまな車両が何十台も、金属製の足場のあいだに張られた迷彩模様の防水シートの下にきちんと並べられていた。白い車も何台かあったが、ほとんどは緑か、砂漠の砂のような黄褐色に塗られている。防水シートは、はるか高空を通過する偵察衛星に見られにくくするためのものだ。

いまやラヒームは必死になって押し殺した声を出し、ふるえる体でまわりの水をブルブル震わせていた。「ぼくはただ、時間をかけて慎重にやるべきだ、と言いたいだけだ。結局は警備兵に見つかる」

「それはそう。それで構わない」カゼムは返した。「だから、われわれは断固として大胆に行動しなければならない。こうしているいまも、われらが兄弟たちがエヴィーン刑務所でとっても大きな犠牲を払っているのだ。それを忘れるな」

これでほかの二人は表情を引き締めて厳《いか》めしくうなずき、びしょ濡《ぬ》れになったまま祈りの言葉をつぶやいた。

「ようし」カゼムは最後にもういちど暗視装置を左右に振ってフェンスの内側のようすを確認した。「そろそろ――」

カゼムは途中で言葉を切り、倉庫の向こう側にあるフェンスのすぐ内側を重い足どりで歩く見張りの警備兵に暗視装置の焦点を合わせた。二人とも雨をよけようと頭を下げている。それぞれのフードの下にひとつずつタバコの火が見える。「きみの不安が当たったのかなあ、ラヒーム」カゼムは言い、単眼の暗視装置を左へ振った。「やつらも見張りを立てたほうがいいと思うくらいの分別はあったようだ」

ラヒームは自分の考えの正しさが立証されたと感じて笑みを浮かべたが、それもカゼムが次に言った言葉のせいでたちまち失《う》せた。

「兄弟ラヒーム、きみはおれといっしょに来い。バジル、きみはフロントゲートを突破する攻撃を指揮してくれ。やつらはきみらのトラックが雨で故障したのだろうと思って、なかに入れてくれる。やつらがきみらの身分証を調べはじめたら、そいつらをすぐに切り斃《たお》さないといけない。だれにも警報を鳴らさせないように」カゼムは左へ顔を向けた。

ラヒームはふるえる手でカゼムにふれた。「あなたと?」

「そうだ」カゼムは誇らしげに言った。「きみは見張りがいるんじゃないかと思った。だから、そいつらを斃す名誉は当然きみのものだ」

ラヒームが泥のなかから小銃をとりだしたときにはもう、バジルとほかの男たちは移動を開始していた。カゼムはなんとか微笑《ほほえ》みを浮かべて見せ、片手でこの愚か者の肩をギュッとにぎった。これで少しばかり勇気を出してくれるとありがたい。いまさらまともな分別など期待しない。ＡＫ‐47は耐久性がきわめて高い自動小銃だったが、銃口を泥水のなかに突っ込んでしまったのでは深刻な問題が起りえた。

だが、そんなことはもうどうでもよい。この馬鹿者はそれを使う機会さえないはずだ。こいつは今日、死んで殉教者となるのである。レザ・カゼムは確実にそうなるようにするつもりだった。

17

ＦＢＩ刑事捜査課のルース・ガルシア課長補佐は顔を前に向けつづけていたが、シークレット・サーヴィス大統領警護課長のゲアリー・モンゴメリーを横目でチラッと見やった。彼女は走るペースを速め、肩までの黒髪を弾ませながら直線コースに入った。そこは、Ｊ・エドガー・フーヴァー・ビル（ＦＢＩ本部）の外壁のない中二階につくられたゴムチップ舗装トラックだった。

《ようし、その挑戦、受けて立つ》シークレット・サーヴィス警護官はつぶやいた——いや、実際にはそうしようと思ったのだが、息が切れていて果たせなかった。あなたが得意なのは、ゆっくりくつろぐこと、スピードじゃない、と妻にいつも言われている。たしかにそのとおりだ、とモンゴメリーは思った。おれのような大男が、ピョンピョン跳びまわるガゼルさながらのルース・ガルシアと互角に渡り合うには、体の奥底に眠っている力まで呼び覚まし、死に物狂いで頑張らなければならない。

二人ともランニングパンツにＴシャツという格好だった。ガルシアのシャツは背中に鮮やかな黄色い縦長の文字でＦＢＩと書かれたダークブルーのもので、モンゴメリーのそれはＵＳＳＳ《シークレット・サーヴィス》のマークである五角星が控えめにつけられているグレーのものだった。どちらもそれぞれが所属する組織の特徴――と着ている者の人柄――をよく表していた。モンゴメリーは出しゃばらずに一歩うしろに退《ひ》いていることを好み、ガルシアは才気にあふれ、前に出てズバズバ率直にものを言う。しかも彼女は四カ国語を話すことができる。英語のほか、母方の祖父母が話していたヴェトナム語、それにタガログ語、そして父方の者たちが話していたスペイン語だ。向こう意気の強さと驚くべき捜査魂のおかげで、彼女はとんとん拍子に出世し、四〇歳の誕生日が来る前にＦＢＩタンパ支局長になってしまった。そしてさらに、その五年後には本部のＦＢＩ刑事捜査課長補佐となった。二人の子供を持つ母としてはたいした出世ではないか。

　モンゴメリーは何年か前にフロリダでおこなわれた法執行機関・拳銃《けんじゅう》射撃競技会で初めてガルシアに会った。そして、銃弾の穴半分で彼女に敗れた。つまり、彼女の標的の真ん中にあいたギザギザの円の直径は、彼のそれよりも四分の一インチ（約〇・六センチ）短かった。

　ＦＢＩ《ビューロー》でモンゴメリーと同等の地位にある者というと、ワシントン支局長だった。シークレット・サーヴィスと協力して、大統領への脅威に関する捜査を担当するのはワシントン支局なのである。ワシントン支局長は有能な男だったが、ルース・ガルシアはモンゴメリーの長年の友人なのであり、友情プラス能力プラスFBIのさまざまな捜査部門に顔が利《き》くという人物なので、彼はどうしても最初に彼女に相談したくなってしまう。モンゴメリーの妻でさえ、彼が仕事上のことでガルシアに熱をあげていることを知っていた。彼女は頭が切れ、銃撃の腕前も確かだった。そのうえ、そう、くそいまいましいことに走るのも得意だ。地位は明らかにガルシアのほうが上だったが、実はシークレット・サーヴィス大統領警護課長にも絶大な力があって、他の機関にもかなりの影響力をおよぼせたので、モンゴメリーが指揮系統を軽く越えてワシントン支局長を通さずに直接友人に相談しに行っても、どちらの組織のだれも文句ひとつ言わなかった。ホワイトハウスのジムで大統領と並んでフィットネスバイクのシュウィン・エアダインのペダルをこぐ男につっかかって得するようなことは何もない。「お偉方は大目に見てくれるわ」ガルシアはモンゴメリーの心の内を読んだかのように言い、ふたたびシフトダウンしてスピードをもう一段階速めた。「こういう楽な仕事をしていたのでは柔《やわ》になるわね」

モンゴメリーは幅の広い肩を丸め、上体をすこしだけ前に倒して、スピードを増したガルシアに遅れまいと頑張った。彼は今朝、彼女に電話し、ネットで大統領の品性や人格が不正におとしめられていると判断したことについて話し合いたいと申し出た。するとガルシアは、いつもしている午前半ばのジョギング中に話すというのはどうかしら、と提案した。承知すべきではなかった、とモンゴメリーはいま悔やんでいる。このままトラックをあと二、三周まわったら、吐く場所を探さなければならなくなる。

シークレット・サーヴィス本部にも、だいたいのところよりも立派なまずまずのジムがあるが、FBI《フィーブズ》はこの点でも、例によってまったく新しいレベルのものを導入した。ロープのぼりやフリーウェイトができるコーナーのほか、各種マシン、サンドバッグ、護身術のためのマットもあり、さらに、いま大男のモンゴメリーが重い体重でドスドスと走って傷つけているにちがいないゴムチップ舗装トラックまである。そしてそのトラックは、首都ワシントンDCの九番通《ストリート》りを見わたせる、外壁はないが安全な中二階のかなりの部分を占めている。雨に濡《ぬ》れる心配はないものの、外壁がないため、いちおう戸外であり、風が入りこみ、温度も外気温になるので、そこでのトレーニングは、ケーブルテレビを見ながらランニングマシン上をダラダラ走っているのよりはずっと外走りに近く、気持ちがいい。

幸いにも、ガルシアが飛ばして走ったのは二周だけで、そのあと彼女はペースを落としてくれ、モンゴメリーもすこしは楽についていけるようになった。

「もう何か考えがあるようね、そうした今度のことすべてについて？」ガルシアは呼吸をほとんど荒らげもせずに言った。

「ある」モンゴメリーはなんとか答えた。息を切らせていた。「そうした……まあ、いわゆる……ヒット・ピース……嘘《うそ》もしくは偏《かたよ》った情報は……いつも……出まわるものだが……今度のやつは……ちがう……ような……気がして……」

ガルシアはまたしてもモンゴメリーを横目でチラッと見やり、さらにペースを落とした。「言ってよ、とまりたかったら、そう――」

「とまりたい」モンゴメリーは思わず口走った。歩こうとしたが、もうむりだった。気力が一気になえた。腰をまげて頭を腰まで下げ、両手を両膝《りょうひざ》にあててなんとか体を支えた。「どのくらい……走ったのかね？」

「四マイルちょっと」ガルシアはにやにやして答えた。

「くそっ」モンゴメリーは咳《せ》きこんだ。「四マイルくらい軽く走れるはずなのに」

「一マイル七分のペースで？　六〇歳にしては恐ろしく速いわ」

「おれは四八歳だ……まったくもう」パニック状態におちいっていたモンゴメリーの肺が鎮《しず》まりはじめた。「大統領の名誉をたもつ件に戻ってもいいかな？」

「わたしにはわからない。なんとも言えないわね」ガルシアは返した。「中国、東ヨーロッパ、ペルシャ湾岸諸国のあらゆるところに散らばる、インターネットボットやプロパガンダを操る倉庫に関する情報なら、うちのサイバー対策課が山ほど持っている。いまやインターネットは新冷戦の戦場。でも、こうしたオーディオ・ビデオの加工は比較的新しいもの——少なくとも今回のような高度なレベルのものはね。五年前なら、わたしだって、このビデオはどこそこの国の仕業だと指摘できただろうけど、コンピューターがおそろしく発達してしまったいまでは……ベセスダに住む中学生が地下室にある親のコンピューターを使ってやった可能性も否定できない」

モンゴメリーは目をこすり、最後まで残っていたかすみを取り払った。「うちの警護情報担当も同じことを言っていた」シークレット・サーヴィス警護官は首を振った。「しかし、こんな馬鹿《ばか》なことをする中学生なんていないだろう？　〝インフルエンザ・ワクチンが出し惜しみされている恐れがある〟という偽《にせ》情報が流れたせいで、だれもが怯《おび》えているだけでなく、株価の大暴落さえ起っているんだ」

「あなた、ティーンエージャーがわかっていないようね」ガルシアは言った。「彼らはね、他人《ひと》が苦しむのを見て大喜びするの」いかれた目つきをし、ゆがんだ笑みを浮かべ、そうした中学生を真似《まね》て見せた。「ともかく、今朝はいちばんに司法省と話し合ったわ。向こうは、この件をヴァージニア州東部地区・連邦検事に担当させると言っていたけど、いまのところ明確な犯罪とは見ていないとも言っていた。腐った果物をすこしばかり投げつけられるのも有名税のうち、というわけ」

「なるほど」モンゴメリーはがっかりした。

と、そのとき、不気味なほど聞き覚えのある声がフリーウェイトのコーナーにあるコンクリートの柱の上部に設置されているテレビから飛び出してきて、モンゴメリーはハッとして耳をそばだてた。なんともハスキーな女性の声。アン・バンクロフトが一日にタバコを三箱も喫《す》っていたら、こんな声になるのではないか？　アリゾナ州選出上院議員ミッシェル・チャドウィックの声だとわかるのに、ほんの一秒しかかからなかった。

〈……現段階ではそうした主張が事実であるかどうか判断することは不可能ですが、これだけははっきりと申し上げることができます。認可された暗殺、伝染病流行の隠《いん》蔽《ぺい》、一部のエリートのためのワクチン確保……それらのどのひとつも、国民の信頼への重大な裏切りであり……〉

ＦＢＩ特別捜査官とシークレット・サーヴィス警護官はトラックのコーナーをまわったところで足をとめ、テレビ画面を見つめた。

画面のいちばん下に〝一時間前にチャドウィック上院議員がひらいた記者会見の録

画〟という文字が流れていた。

「何て言っているのか聞こうじゃないか」モンゴメリーは言った。「インターネットに出現した問題の情報は彼女にとって途轍《とてつ》もなく都合のよいものばかりだからな」

ガルシアは顔を上げてモンゴメリーをまっすぐ見た。眉間《みけん》に皺《しわ》を寄せ、目を細めている。「彼女の仕業だとほんとうに思っているの？」

「いや、たぶん彼女ではない」モンゴメリーは答えた。「だが、チャドウィックは今度のことが嬉《うれ》しくてしかたない。それだけは確実だ」

「そして尾ひれをつけて誇張している」ガルシアも同調した。

ミッシェル・チャドウィックは現在四六歳、三期目の上院議員にしては若い。痩《や》せこけていると言ってもいいほど骨張ってごつごつしており、頬骨が高く、鷲鼻《わしばな》。茶褐色の髪がヘルメットみたいに頭をおおっている。二度の離婚歴があるこの上院議員がコリー・ファイトという名のスタッフのひとりと一線を越えてしまったという噂《うわさ》は、ワシントンの政界・官界にまたたくまに広がり、いまでは周知の事実となってしまっていた。要するに、チャドウィックは #MeToo《ミートゥー》運動を有力な男性による部下へのセクハラや性的暴行のみを告発するもの、と決めつけていたのだ。ファイトはいまのところまだ文句ひとつ言っていないし、チャドウィックの同僚の上院議員たちも、波風立てて、いちおう合意に基づいているように見える二人の関係をぶち壊したいとは思っていなかった。

チャドウィックの祖父は、第二次世界大戦から戻るとアリゾナ州スコッツデールで不動産屋になり、最初の一〇〇万ドルを稼いだ。それでも、東海岸の〝貴族階級〟の目にはミッシェル・チャドウィックは成金家庭の出身と映り、彼女のほうもつい喧嘩《けんか》腰《ごし》になってしまう。金持ちということなら、ジャック・ライアンもそうだった――そう、彼女よりもずっと金持ちだった。ただ、大統領のほうは、ブルーカラー家庭の出身で、金を遺産相続で得たわけではなく、自分の手で稼いだのだ。それがまた彼女のライアンへの怒りをなおいっそう増幅させた。チャドウィックはライアンを終始一貫して〝ワシントン貴族〟と呼び、非難しつづけた。ライアンへの嫌悪《けんお》はすさまじく、彼について話すときはかならず、まるでFDR（フランクリン・D・ルーズヴェルト）が使っていたようなシガレットホルダーをしっかり嚙《か》んでいるかのように、口をできるだけあけずに、優越感と侮蔑《ぶべつ》をあらわにして上下の歯のあいだから言葉を吐き出した。

〈……過去にも疑惑がいろいろあって……たとえば、議会への嘘、不倫、インサイダー取引……実証はできませんでしたが……〉

「過去にも疑惑？」モンゴメリーは爪先立《つまさき》った。いまにもテレビを柱から剝《は》ぎ取らんばかりの勢いだった。「すべて、潔白が証明されただろうが」吐き捨てるように言った。「実証はできませんでした？　ふざけるな……それでは〝大統領は何かを隠している〟と言っているのも同然じゃないか」

「歩きましょう」ガルシアは言った。

「ちょっと待って」

〈……政敵はもちろん、邪魔者はみな、ひとり残らず黙らせる、という疑惑もあります。とんでもないことで、文字どおりぞっとします〉チャドウィックはつづけた。〈しかし、ペルシャ湾岸で運動するわれらが友、味方たちを完全に無視して手を差し伸べようとしないというライアン大統領の態度は、もっと悪辣《あくらつ》かもしれません。わたしとしては、よりよい生活を望んでいるだけの平和的な学生たちへの最高権力者による暴力的な弾圧を許すわけにはいかず、それを糾弾する強力な措置を講じることを仲間の上院議員たちと推進していくつもりです〉チャドウィックはカメラのほうをまっすぐ見つめ、まるで女優であるかのようにうまくやってのけた。〈大統領、わたしはあなたに申し上げる、ぼさっと何もしないでいるのはだめ、と。何か、だれかに何かを〉

モンゴメリーは腹の底からうめき声を噴き上がらせた。「あんた、だれかに何かをして……」

させたいわけか？　だったら、おれが――」

ガルシアが肘《ひじ》でモンゴメリーを突いた。「まさか、ＦＢＩ刑事捜査課長補佐の前でアメリカ合衆国上院議員を脅すつもりだと告白する気じゃないわよね」

モンゴメリーは作り笑いを浮かべた。「黙秘する」


アーニー・ヴァン・ダム首席補佐官はオーヴァル・オフィスに隣接する大統領の書斎のソファーに腰を下ろした。そこにはすでにメアリ・パット・フォーリ国家情報長官が座っていた。だが、ヴァン・ダムは座ったとたん、弾《はじ》かれたように立ち上がり、机のすみに置かれていたラップトップ・コンピューターの画面に向かって罵《のの》りの言葉を吐いた。国家安全保障会議の主要メンバーとの会合はもう終わっていて、ほかの者たちはみな、情報、選択肢、計画――要するにライアンの最終的判断にゆだねられる〝やるべきこと〟――を探しに、それぞれの仕事場へ戻っていってしまった。

ライアンはソファーの向かいにあるふかふかの椅子《いす》にだらしなく身をあずけ、両脚を前に伸ばしてオットマンに載せていた。そういうだらしない座りかたは、どう見ても大統領らしくない、と妻のキャシーには言われるのだが、ここは大統領がだらしなくするための部屋なのである。なにしろ、ここにいればメディアの目もとどかず、オーヴァル・オフィスと秘書官室のあいだのドアにあけられた覗《のぞ》き穴を通して見られることもない。

このカメルーンの件は相変わらずどうすることもできず、ライアンは無力感を覚えたままだった。公使の妻がどうなったのかも、まだまったくわかっていなかった。ということは、彼女はいまなお人質になっているのだろう。いや、大使館がカメルーン軍部隊に包囲されているのだから、敷地内にいるすべての者が事実上人質になっているということだ。ライアンは、海兵隊一個大隊を送りこみ、邪魔するクソ野郎たちを全員、銃剣で突かせたいと思った――が、そもそも敵が人質をとったのは、そうされたくないからだ。やつらは銃剣で突かれないように先手を打ったのである。ふつう、そんなことは不可避の事態を先延ばしするだけで、時間稼ぎでしかないのだが。

部屋の奥で、ヴァン・ダムが〝人質危機〟を心配するのを中断して、チャドウィック上院議員の記者会見のビデオに向かって拳《こぶし》を振った。首席補佐官はふたたびソファーに腰を下ろした。首の側面の静脈が浮き立ち、その襟の上の部分が脈打っている。

「彼女、一線を越えようとしていますぞ、ジャック」

ライアンはハッとして顔を上げた。アフリカのことしか考えていなかったので不意打ちを食ったのだ。「あと一歩だね。まあ、〝真実を見つけたい〟という口実のもとに、いろいろ微妙な言いまわしで、あらゆる発言、ツイートを色づけしているわけで、そういうことはいまにはじまったことではない」

メアリ・パットが顔に痛みを感じたかのように目を細めてコンピューター画面を見つめた。「政敵を脅して黙らせる？　そんなこと、いったいどうやって思いついたのかしら？」

ライアンは肩をすくめた。「さっぱりわからない」

「彼女、現政権にどんな恨みがあるのかしら？」メアリ・パットは頭に浮んだ疑問をそのまま口にした。

「だからね」ライアンは答えた。「彼女が気に入らないのはこのわたしなんだ。どういうわけか彼女は、わたしのことを阻止しなければならない究極の悪党と思いこんでいる。わたしのほうも、彼女を邪悪な女と思うときがある。いや、もしかしたら彼女はわたしを邪悪な男だとほんとうに信じこんでいるのではないか、と思うこともある」

ヴァン・ダムはうしろに身を引いてソファーにもたれ、溜息《ためいき》をついた。いかにも疲れ切ったというようす。「なるほど。しかし、もしもあなたの〝私的ならず者軍団〟がらみだったら？」

ライアンは突然激しい疲労感に襲われ、両手で顔をこすった。「もしそうだとしたら、彼女が一〇〇％悪いとは言えないな。まあ、彼らはならず者ではないが。わたしの言いたいことわかるね？」

メアリ・パットが言った。「おっしゃりたいことはわかりますが、ジャック、彼女が匂《にお》わせているのはそのことではありません。〈ザ・キャンパス〉は放っておくと命取りになりかねない悪性患部をとりのぞくためのメスです。彼女が匂わせているのは、フレンチ・インディアン戦争中の民兵独立部隊ロジャーズ・レンジャーズや無慈悲で残忍な殺し屋集団といったものです。いずれにせよ、その件についてては、われわれは話し合うことさえしないほうがいい」

「なぜ？」ライアンは尋ねた。「関係を疑われた場合にうまく否認できるようにかね？　そんなことはしたくない。それはきみもわかっているはずだ。あの組織の日々の作戦にはまったく係わらないというのは大賛成だが、わたしは〈ザ・キャンパス〉を存在させた責任まで放棄するつもりはない」

「ジャック」メアリ・パットの声が甲高くなった。会話が嫌な方向に向かいかねないと焦《あせ》ったのだ。「でも、しっかり秘密にしておかないと――」

ライアンは片手を上げて制止した。「誤解しないでくれ、メアリ・パット。秘密にしておかなければいけないことはわかっている。しかし、きみとわたしのあいだでは……何が行われているのか知らないふりをするなんてできない。嘘をつくのは大統領特権ではない――自分たちに嘘をつくこともね」

メアリ・パットは何か言おうとしたが、そうしないほうが賢明だと判断し、首を振った。「はい、大統領」

「ともかく」ヴァン・ダムが言った。「ご自分たちの実存的危機に関する問答がおすみなら、チャドウィック上院議員にどう対応するかという問題に戻りませんか。こんなこと、言いたくはないのですが、あなたは彼女の疑問に答えるべきかもしれません。疑いを晴らすために」

「いや、だめだ、それは」ライアンは返した。「彼女はわたしを戦いに引きずりこみたいのだ。わたしはそんな泥濘《ぬかるみ》に入りこみはしない。だが、インフルエンザ・ワクチンに関する不安を議論する記者会見なら受け入れる」

「チャドウィックはあなたの投資に関する大昔の疑惑を蒸し返そうともしています。証券取引委員会に疑われたことは確かですが、不正行為はまったくなかったということで決着がついています。それはだれもが知っていることです」

「いや、そうとは言い切れない」ライアンは応《こた》えた。

「チャドウィックは知っています」メアリ・パットが割りこんだ。「その点をはっきり言わずに、再調査を提起するなんて、人々を誤った方向へ導くことであり、明白な嘘です。だれかが彼女を告訴すべきです」

「何の罪で？」ライアンは思わず笑いを洩《も》らし、からかうように言った。「わたしを泣かせた罪で？」

「オーケー、ではワクチンの件はどうです？」ヴァン・ダムが食い下がった。「一部しか真実でないことを言って不安をあおり、パニックを誘発させるというのは、違法行為のはずです」

ライアンは首席補佐官を見つめて首を振った。「ちょっと待った。自分が言っていることをちゃんと考えてみてくれ。イランに言論の自由をもたらそうとする革命を支持したいと思っているきみが、本心を遠慮なく口にしたチャドウィックを刑務所に放りこもうとするのは、皮肉と言って笑っていられないほど矛盾していると言わざるをえないのじゃないのかね？」

18

ヴァリアスル広場と呼ばれる円形交差点から西へ延びるケシャバルズ通りに集まった群衆の数は二〇〇〇人を超えていた。少なくともその三分の一は、絞首刑《こうしゅけい》に抗議するためにそこにいるはずだ。制服警官隊であるNAJA（イラン・イスラム共和国法執行隊）が、声高に抗議の声をあげるほど勇敢な、というか愚かな者たちの真ん前に散兵線を敷いていた――つまり破線を描くように警官を散開させていた――が、エリク・ドヴジェンコは見物人たちのなかにも私服の警官が混ざっているにちがいないと思っていた。ただ、抗議者たちが暴力的な示威行動にでるとは思えなかった。そんなことをしたら、NAJAに武力鎮圧する口実を与えるだけだ――警察も、いちおう口実がほしい。そして、イランの警察はゴム弾など使わない。民衆がほんのすこしでも不服従の行為に及べば、死刑に値する重罪と見なされる。ここイランの機動隊はしっかり戦闘装備をしているのだ――アメリカの表現を用いれば〝帽子にこん棒《ハッツ・アンド・バッツ》〟、つまりヘルメットをかぶり警棒を持っている。抗議者が意地悪な言葉をひとつ吐くとか、不敬なウインクをするとかしただけで、二〇〇ものヒッコリーの警棒で〝木《ウッド》のシャンプー〟をお見舞いされることになる――これもまた、ロシアのどんな言いまわしよりもぴったりのアメリカの表現だとドヴジェンコは思った。

日本のタダノ製トラッククレーンが三台、灰色の小雨模様のなかにエンジンをアイドリング状態にしたままとまっていた。クレーンの腕《ブーム》から吊《つ》り下げられた青いプラスチック・ロープの輪は、まだ空っぽだった。ドヴジェンコは通りの向かい側にある映画館の屋上に立って、リューポルドの双眼鏡で眼下の現場をながめていた。そばには世話役兼監視人のイスラム革命防衛隊員が二人いる。ロシア人の髪は小雨に濡《ぬ》れてもつれ、鼻先から水滴がしたたり落ちる。ドヴジェンコは反射的に馬革のジャケットの襟を立て、それを首にぴったり巻きつけた。目に入る雨をぬぐって現場をよく見ようという熱意もない。

下の通りでは、イスラム革命防衛隊の処刑人たちが死刑囚をヴァンの後部に乗せて待たせ、すでに準備をととのえ終えていた。最近の抗議活動の高まりを考慮して、当局は死刑執行を安全な壁にかこまれたエヴィーン刑務所内でおこなうことを真剣に検討した。だが、暴動が起るリスクと国民に力を誇示できるチャンスを天秤《てんびん》にかけると、後者を優先したほうがいいということになった。監督者評議会と最高指導者その人の承認も得られた。処刑に立ち会って正義が下されるのを目撃するのは、だれにとってもいいことだ、と彼らは考えたのだろう。そう、体制にたてつけば首を吊られるということ。それも公《おおやけ》の場で。友人たちの前で。両親の前で。欧米諸国はそれが気に入らなくても何もできない。

近くの公園やスポーツ複合施設で絞首刑を執行すれば、もっと多くの国民に目撃させることができたのだろうが、硬直した無慈悲な神権政治をかたくなに推し進める当局も、完全な馬鹿《ばか》というわけではなかった。ここケシャバルズ通りを処刑場に選んだのにはそれなりの理由があった。円形交差点のバリアスル広場が、鎮圧部隊には群衆を阻止するのに利用できるポイントに、狙撃手《スナイパー》・観測手《スポッター》チームにも見晴らしの利《き》く理想的なポイントになり、抗議者たちをコントロールするのがずっとたやすくなるのだ。

イスラム革命防衛隊員二人をしたがえたドヴジェンコの今日の任務は、映画館の屋上から三階下を動きまわる数千人を目で調べ、群衆のなかにひそむ抗議者を監視することだった。イランのサイバースペース最高評議会はすでにＴｗｉｔｔｅｒ《ツイッター》とＦａｃｅｂｏｏｋ《フェイスブック》を禁止していたし、最近ロシアにならって人気のあるインスタント・メッセージ・システムであるＴｅｌｅｇｒａｍ《テレグラム》をも使えなくしてしまった。他のソーシャル・メディア・プラットフォームもそろりそろりと這《は》うがごとく遅くなっている。最高指導者《アヤトラ》のInstagram《インスタグラム》への投稿は相変わらず更新されていたが、ほかの人々の更新は不可能になっていた。そしてテヘラン中心部の携帯電話サーヴィスもとめられ、公開処刑前の二時間は抗議しようとする者たちはみな携帯での通信ができなくなった。

この三週間に、イラン各地で集会がひらかれ、そのさいに警察やイスラム革命防衛隊に殺された反体制派の人々の数はすでに総計一〇〇〇人以上にものぼっている。最高指導者は公式の場では平和的解決を強く呼びかけていたが、非公式の場では神権政治の延命のためには一万人ほどを排除するのもやむをえないということを明確にしていた。イランでは、神が奇妙な形で政治に介入してくるのである。

ドヴジェンコは双眼鏡で群衆のなかの顔をひとつひとつ調べていった。これから自国の首都の通りで行われようとしている残虐《ざんぎゃく》な見世物に怯《おび》えているように見える、正常な感覚をまだ失わずにいる者たちもいたが、多くの者たちはクレーンの下にすでに準備されていた簡素な金属製の椅子《いす》と黒い死体袋を眠たげにながめているだけだった。彼らの感覚はすでに麻痺《まひ》していて、公開処刑見物も子供たちを公園に連れていったり夕べのお祈りをしたりする前にする、どうということもないものになっているようだった。吊されるのは自分ではないのだから、結局は他人事《ひとごと》ですますことができるのだ。

最高指導者自身に選ばれた司法の最高位者——ムジュタヒドと呼ばれるイスラム法精通者——が、木製の台の上に立ち、拡声器を使って判決文を読みあげた。彼がこの役に抜擢《ばってき》されたのには訳があった。民衆を操る術《すべ》を心得ているのだ。死刑囚はみな、モフセド・エ・フェル・アルズ——地上で腐敗を広める行為——で有罪判決を受けたが、これは売春斡旋《あっせん》業者や児童性的虐待者に科されることが多い罪状である。善き市民であるなら、自分たちの住む場所から腐敗をなくしたいと思うのがあたりまえであり、その常識が巧みに利用されている。群衆——その多くは公開処刑に動員された民兵部隊バスィージに所属する者たちのようだった——が、すでに宗教的な説教になっていた判決文の読みあげに歓呼の声をあげはじめた。そして、ほかの人々を煽《あお》り立て、それに加わるよう強くうながした。信心深いムジュタヒドは両腕をあげ、民衆の喝采《かっさい》を全身で吸いこんだ。

ババクもジャヴァドもユーセフも、独房から出されもせずに判決を受けた。「地上で腐敗を広める行為」だけでも確実に死刑になるのに、判決を下した聖職者評議会《ムッラー》はさらにもうひとつ、神への冒瀆《ぼうとく》という死刑に値する重罪を加えた。だが、ジャヴァドにとっては、その判決もどうでもいいものだった。彼の心臓は、ササニ少佐の残忍な拷問《ごうもん》によって、すでにエヴィーン刑務所の地下二階で拍動するのをやめてしまったからである。

処刑を執行するのは最高指導者が信頼するイスラム革命防衛隊である。ササニはジャヴァドも二人の仲間といっしょに吊すことにした。死んでしまっている者に対しても、最高指導者が承認した死刑判決が出ている以上、刑をきちんと執行しなければならない。身の毛もよだつ見せしめになるからだ。

ドヴジェンコは胃がむかむかしてきて双眼鏡を下げた。冷酷な旧KGBだって、処刑するときは死刑囚にそれと気取られないうちに突然執行するのがふつうだった。まず死刑囚を独房から出し、いつものように長い廊下を歩かせ、また取調室へ行くのだと思わせる。だが、いつもは右へまがるのに不意に左へまがる。そして、これから殺される哀れな者が何も気づかずにいるうちに、処刑室へ入れ、後頭部に弾丸を一発お見舞いする。次いで、ホースで壁に水をかけて血を洗い流し、新たに死刑囚を連れてくる。きちんと清潔に事を運び、残忍のなかにも苦痛を最小限にしようとする配慮が見える。ところが、このイスラム革命防衛隊の獣《けだもの》たちは中世そのままのやりかたをするのだ。体を落下させて首の骨を折り、苦しむ時間を短くする、という慈悲深い方法などとらない。アメリカ人はナチと呼んで非難することを好むが、イランの絞首刑のやりかたは文字どおりナチ方式だった。クレーンのブームに取り付けた頑丈なプラスチック・ロープを死刑囚の首に巻きつけ、引き上げるのである。そうやってゆっくりと絞め殺すのだ。幸運な者は、早々とロープによって頸動脈《けいどうみゃく》が強く圧迫され、脳へ送りこまれる血液が遮断されて、意識を失う。だが、たいていの場合、窒息死にまでなかなか至らず、高く吊り上げられ、まるで痙攣《けいれん》ダンスを踊っているかのように、何分ものあいだ激しく体を動かしてもがき苦しむ。

ドヴジェンコだって残忍な戦術に無縁の人間ではない。実は、いつか責任をとらなければならなくなるようなことにもずいぶん係わってきた。

ヴァンの後部でぶるぶる震えている二人の学生も――すでに絶命して自分が入る死体袋のそばに転がされているもうひとりも――みな仲間に裏切られたのだ。イランでは国中いたるところで夥《おびただ》しい数の人々が殺害されてきたが、そうした者たちは警察との衝突時に死亡した。むろん逮捕される者もいた。数百人が一斉検挙されたこともある。ただ、統計報告を読むこともできるドヴジェンコの知るかぎり、三人の学生のほかに裁判にかけられた者はいまのところひとりもいない。そう、だからこの三人は、一〇〇〇人にものぼる可能性のある逮捕者のなかからランダムに選び出された者にすぎないのだ。しかし、当局はなぜそんなことをしたのか？　なんらかのことを国民に伝えるため？　三人はレザ・カゼムのすぐ下で中間管理的な活動をしていた者たちでさえない。三人の〝殉教〟によって反政府活動家たちが結束するデメリットよりも三人の処刑を国民に見せるメリットのほうが大きいと、だれかが最高指導者に進言し、アヤトラを納得させたのだ。ただ、そのあたりのことはドヴジェンコにはよくわかっていなかった。

ドヴジェンコ自身も、少なからぬ者たちを巧みに説得して友を裏切らせたことがあった。母親にむりやり諜報《ちょうほう》活動の世界に入れられたも同然のドヴジェンコだったが、結局その仕事をこなす天賦《てんぷ》の才があることがわかった。甘い言葉と手荒な強制によって同胞を裏切らせるというのが、諜報員の本業である。嘘、恐喝、脅迫――それでモスクワの最高幹部たちへ秘密情報が流れていくのであれば問題などまったくなかったし、ドヴジェンコはそのいずれにも長《た》けていた。それには、冷酷さが必要だったし、猛《たけ》り狂って魂を殺すことまではしないで他人《ひと》の心をレイプするくらい平気でできなければならなかった。「度を越えないソシオパス（反社会性パーソナリティ障害者）」と自分たちでは言っていた――精神医学用語を用いて罪をつぐなった気持ちになろうとする無意味な試み。だから、心あるＳＶＲ（ロシア対外情報庁）要員はみな、たちまちのうちに干からびた抜け殻のような状態になってしまう。そして、心なき者たちはもうすこしだけ長く持ちこたえる。

クレーンのケーブルがキーッという音をたて、暴走しはじめていたドヴジェンコの思考にブレーキをかけた。彼は下の通りの処刑現場に注意をもどし、なんとか努力して目隠しされた三人の学生たちを見つめた。彼らは逃げようとするかのように立ち上がり、蹴《け》られて体をビクッと動かした。まだ生きている二人は身をよじった。ドヴジェンコは双眼鏡を下げて椅子が並んでいるところを見やった。椅子の前に死刑執行人たちが休めの姿勢で立ち、そのそばには死刑囚たちが足掻《あが》いたさいにぬげた室内履きが転がっている。

パルヴィス・ササニは群衆の縁《へり》に立っていた。まわりに溶けこめるように私服を着ている。左右どちらの側にいる者たちも、「神は偉大なり《アッラーフ・アクバル》」と叫んではいたが、あまり熱がこもっていない。そして、ササニ少佐はというと、何も言わずにいる。ただただ、にやにや笑っている。

ドヴジェンコはササニの背後にも目をやり、イスラム革命防衛隊の指揮官のすぐうしろに禿《は》げた男を見つけ、凍りついた。彼がハッと息を飲む音に、そばにいたイスラム革命防衛隊の男も気づき、いぶかしげな顔をしてロシア人を見やった。ドヴジェンコは咳《せき》をして突然の驚きを隠そうとした。思いもよらないことだったからだ。その禿げ頭の男はGRU（ロシア軍参謀本部情報総局）のヴィタリ・アロフ将軍だった。将軍がテヘランにやって来るという連絡はまったくなかった。SVRとGRUは表向き同じゴールをめざしているのだが、嫉妬《しっと》からくる単なる縄張り争いのせいだとしても、邪魔し合うことがよくあった。軍情報機関の幹部がやって来ていることをSVRテヘラン支局長の駐在官《レジデント》が知ったら、憤慨するにちがいないのだが、それについてはまだドヴジェンコはボスから何も聞いていなかった。だから、なんとも妙なのだ。アロフ将軍はどうぞ見てくださいと言わんばかりなのだ。黒髪とスカーフの海のなかに、雨に濡れて光る禿げ頭がひとつあるのである。そんなの、見逃しようがないではないか。

ドヴジェンコは右にいた粗暴なイスラム革命防衛隊員に双眼鏡を手渡した。高性能の双眼鏡で、倍率は一五倍。もうずいぶん長いあいだ愛用している。最初の任地に赴いたさい、つまりロサンジェルスのロシア領事館を拠点にして諜報活動を開始したとき、自分へのプレゼントとして購入したものなのだ。だが、ドヴジェンコには、その双眼鏡がいま目撃した光景に汚されてしまったような気がした。もう二度とそれをのぞきたくない。

「どこへ行く?」まだ少年のように見える粗暴なイスラム革命防衛隊員が訊《き》いた。

「群衆のなかに紛れこむ」ドヴジェンコは答えた。「情報収集。それが情報機関員の仕事だ」

彼はなおもこの愚かな公開処刑の共謀者のようなふりをして、にやっと笑い、嫌悪《けんお》感をぐっと呑《の》みこんだ。そして、クルリと向きを変え、声をしっかり押し殺してロシア語で悪態をつきながら屋上のドアを押しひらいた。目に入ろうとする雨を前腕でぬぐったのは、洗っていない汚れたままの手で顔をさわりたくなかったからかもしれない。気持ちが沈みこんだこんなとき、人間らしい気分にさせてくれる人がこの世界にひとりだけいた。マリアム・ファルハドだ。ドヴジェンコがこれまでに出遭ったなかで最も聡明《そうめい》で優しい女性。諜報活動を生業《なりわい》とする男が彼女といっしょに時間を過ごしたいと思うなんて、なんとも身の程知らずのことだった。マリアム・ファルハドは、〝クソの海〟に投げ出されて底へと引きずりこまれようとしているドヴジェンコの救命艇だった。

19

〝殺し〟が行われる大きな砂場《アリーナ》から半ブロックも離れていないところにジョン・クラークは座っていた。そこはセビリアのマエストランサ闘牛場の陰になったアドリアノ通りにあるカフェのテラス席だった。クラークは椅子《いす》の背に上体をしっかりあずけ、くつろいでいる風をよそおっていた。歩道に置かれているそばのテーブルには、折りたたまれた日刊紙《エル・パイス》が一部載っている。テーブルを挟んで向かいに座っているジャック・ライアン・ジュニアは、死にそれほど慣れているわけではなかったが、近くで殺しが行われても驚愕《きょうがく》しないほどには経験を積んでいた。静かな通りで、クラークはマンハッタンやヴァージニア北部の脇道《わきみち》を思い出した。ただ、ここには牡《お》牛《うし》と馬の臭《にお》いがただよっている。

スペインにはエル・ソル・エス・メホル・トレロ——太陽は最高の闘牛士——という言葉がある。そう、そのとおりなのだ。クラークは快適な影のなかからロシア人たちを監視していたが、低い太陽の直射光をまともに浴びている通りの向かい側にいる彼らは、ほとんど目を眩《くら》ませられ、まわりをはっきり見ることができなかった。いま彼らのテーブルには新しい男がひとり加わっていた。その男はこちらに背を向けて座っているので、いまは顔を見ることはできないが、例の長唇と田舎の子供風へアカットのロシア人二人組のテーブルへそいつが近づいていったときに、クラークが顔を確認していた。初めて見る男だった。長身で、太鼓腹、二重顎《にじゅうあご》。黄褐色のベレー帽の下から、くすんだ金髪の巻き毛が突き出している。淡青色のセーターを肩にはおり、胸の前で一方の袖《そで》をもう一方のなかに突っ込んで固定していた。そういう袖の固定方法は、南米やヨーロッパの男がやるもので、アメリカではめったに見られない、とクラークは記憶していた。そいつは地元民のように振る舞い、太陽を背にして座っていたので、ロシア人たちは強い日差しを顔面にもろに受けて目が眩んでいた。男は二〇分前にやって来て、二人のロシア人にそれぞれきちんと挨拶《あいさつ》した。会うことはあらかじめ約束されていたようだった。たぶん男が――太陽を利用して相手を面食らわせようと――会う場所を選んだのだろう、とクラークは推測した。夕食をとるにはまだずいぶん早すぎる時間だったし、そのカフェは闘牛見物の前に待ち合わせて一杯やるのにうってつけの場所だった。闘牛場内で一杯やると、外でそうした場合の二倍の料金をとられる。

ドミンゴ・〝ディング〟・シャベスとバリー・〝ミダス〟・ジャンコウスキーは、一ブロック離れたホテル・アドリアノの真ん前のテラス席でビールをちびちび飲んでいた。ドミニク・カルーソーとアダーラ・シャーマンは予備チームとして、角をまがったところにあるアイリッシュ・バーで待機していて、まだロシア人たちの視界の外にいる。ポルトガルで彼らに見られている可能性もあり、気づかれて怪しまれると監視が台無しになるからだ。

全員が無線機とイヤホンでつながり、音声作動ではなくプッシュ・トゥ・トーク（ＰＴＴ）ボタンを使う方式をとっていたので、混信することなく連絡し合うことができた。無線機の操作はいたって簡単で、あらかじめＰＴＴボタンを押して、首にかけた銅の輪についているマイクをたえず音を拾える状態にしておけば、通信のたびにポケットに手を入れてボタンを押す必要もない。

クラークもジャックもカーキ色のズボンを着用し、足には粘着摩擦力の強いゴム底がついたカジュアルな編み上げ靴をはいていた。長い経験によってクラークは、現場仕事では撃つよりも走らなければならない場面のほうがずっと多いことを知っていたからだ。クラークがはいていたシンプルなスエードのデザート・ブーツの〝年齢〟は、三〇代前半のジャックのそれのたぶん半分ほどにもなっていた。上半身に着ているのは二人とも、ごく簡単なオーダーメイドの長袖シャツ——色はジャックがチャコールグレー、クラークが白——で、それでまた彼らはすこしだけだがアメリカ人らしくなく見えた。ジョン・クラークの妻サンディは「白いシャツを着て作戦活動をするのは特別な勇気がいるわね。だって、映画では白服の男はかならず物語のどこかで死んでしまうようなんだもの」というジョークをよく口にする。彼女がいまだにそういう冗談を言えるというのは実に素晴らしいことだったが、妻はそうやって恐れや不安に負けまいとしているのだとクラークは思っていた。人間はだれしも苦しい現実に対処する自分なりの方法を身につけている。サンディの場合、それはユーモアのセンスだった。彼女はいつもにこやかな笑みを浮かべており、そうでないときはめったにない——少なくとも目はつねに笑っている。それはありがたいことでもあった。家族のひとりくらいは幸せそうにしていてくれないと困るからだ。クラークの笑みはいつも作り笑いっぽく見えてしまう——ただ、野球をしている孫を見ているときだけは別だが。

クラークは頭では別のことをいろいろ考えてはいたものの、ロシア人たちへの注意を完全に途切らせはしなかった。しかし、闘牛場の近くでだれかが練習するトランペットの音が聞こえてくるや、頭のなかの思いは吹っ飛び、ふたたび現実の通りにだけ意識が集中した。

二ブロックしか離れていないグアダルキビール川の運河の岸にはジャカランダの並木があったが、いまはきれいな紫色の花をつける季節ではなく、アドリアノ通りでも、琥珀色《こはくいろ》や錆色《さびいろ》に塗られたひっそりとした建物の前に瘤《こぶ》だらけの西洋梶楓《せいようかじかえで》が並んでいるだけだった。昼寝《シエスタ》の時間は終わり、人々はすでに目を覚まして起き上がり、もう二時間もしないうちにはじまる闘牛の準備にとりかかっていた。何世紀もの歴史を誇る闘牛場プラザ・デ・トロス・デ・ラ・レアル・マエストランサ・デ・カバリェリア・デ・セビリアは一万二〇〇〇人を収容でき、早くもそのまわりの通りや歩道を数百人もの地元民が蜜蜂《みつばち》のようにせわしなく動きまわりはじめている。石のベンチ席に使うクッションを貸す者や、ローストしたナッツ、ビール、清涼飲料《ガセオサ》を売る者もいる。ダフ屋もいて、チケットをつましい地元民には安く流し、闘牛を観《み》たくてしかたない観光客《ツリスタ》には高く売りつけようとしていた。そうやって損得のバランスをとるのである。観光馬車の御者たちも、馬の蹄《ひづめ》をチェックし、日が落ちて冷えてきたときに客が必要とする毛布をたたみだした。

まばゆい光線が細身の剣《レイピア》さながらに東西に延びる路地を突き抜け、通りの東側にいる人々になおもサングラスと低い帽子をつけさせていたが、西側のテーブルを選んだクラークら事情通は心地よい影を享受《きょうじゅ》していた。闘牛場のなかにも、日陰になる西側の席ソンブラと直射日光にさらされる東側の席ソルがあり、熱狂的ファンはより価格の高いソンブラのチケットを買い求める。

　クラークはすでにソンブラのチケットを二枚購入していた。しかも席は上部ボックスにあり、チケット一枚、一二〇ユーロもした。その見晴らしの利《き》く高い席なら、ロシア人たちがどこに座ろうとよく見ることができる。闘牛場のなかに入って牛が殺されるのを見たくてしかたないという者は〈ザ・キャンパス〉チームのなかにはひとりもいなかった。ただ、見たくない理由はそれぞれちがっていた。アダーラはすでに闘牛に対する嫌悪《けんお》感をあらわにし、それが好きだなんて言う者がいたら、ぶちのめしてやろうとしているようにさえ見えた。ほかの者たちは口に出しはしなかったが、みな熱烈な闘牛好きとは言えなかった。クラークの場合、問題は馬だった。牛を追って、その肩を槍《やり》で突き刺す役目のピカドールが乗る馬は、目隠しをされていて、よく牡牛の角で突かれるのである。そんな場面はできれば見たくない。だが、ロシア人たちとその新しいスペイン人のお友だちは、どうもこれから闘牛見物をしそうなのである。だから、だれかが彼らを尾《つ》けて闘牛場のなかに入らなければならない。

　貧乏くじを引いて、その損な役回りを演じることになったのはジャック・ジュニアだった。クラークとしては相棒がジュニアになってもいっこうに構わなかった。クラークはジュニアの父親であるジャック・ライアン・シニアとは、まさにどちらも思い出したくないほどの大昔からの付き合いだったが、息子のほうといっしょに現場仕事をするのはこれまであまりなかった。ジュニアも父親同様とてつもなく優秀だった。あえて父子の比較を試みると、分析を好む性向が強いシニアにくらべてジュニアはやや思いつきで行動したがる。そう、ときどきそうなるのだ。むろん、二人とも信じられないほど勇敢。彼らの頭のよさを考えると、これはものすごいことだ。頭が悪くて、自分がどのような危険にさらされているのかわからなければ、勇敢そうにするのは簡単だが、そうではないのだから、すごいのである。

クラークはサン・ミゲル・プレミアム１５１６をひとくち飲んだ。これはメニューにある他のビールよりもアルコール度が低いので、もうすこし飲んでも注意力が弱まることはない。

「ああいう親父《おやじ》さんをもつ息子というのは大変だな」不意に昔が懐《なつ》かしくなり、クラークは思わず口に出した。

ジャック・ジュニアはかすかに微笑《ほほえ》み、自分もビールをひとくち飲んだ。いつもの屈託のない笑みではなかった。最近、人生というやつがどうもうまくいっていないようなのだ。「どうですかね？」

「いや、そうだよ。きみだってわかっているはずだ」クラークは肩をすくめた。「この仕事は、名声不朽のジャック・ライアンの息子でない者にとっても、とってもきついんだ。どうだ、調子は？」

「いいですよ」ジャックは嘘《うそ》をついた。よくないことは明白だった。

「はっきり告白する必要はないが」クラークはつづけた。「訊《き》くのもおれの仕事なんでね――ボスとして、友として。おれが言いたいのは、きみはまだ若い、死んだ蜘蛛《くも》のように排水口に吸い込まれるにはちと早い、ということだ」

「私が、そうなろうとしている、ということですか？」

「おれはそういうことには鼻が利くんだ。きみは転ばぬよう足を踏ん張っていなければならない、そういうこと」

ジャックは通りの向かい側にいた男たちを見つめた。「あのベレー帽の男も武器商人ですかね？」

「それならこれまでのパターンといっしょだな」クラークは返した。文句を言わず、ジャックに話題を変えさせた。またあとでその話にもどり、こちらが抱いている不安の原因を探ればいい――そもそもそんなことが可能であれば。

「あのロシア野郎たちは何かを運ぼうとしているにちがいない」ジャックは頭に浮ん

だことをそのまま口にした。「あるいは何かを買おうとしているのかも」

「あいつら、公的機関の要員だな、たぶん」クラークは言った。「おれも、何かを運ぼうとしているような気がする」

ジャックはふたたびボトルを口に運び、ビールを飲みながら、通りの左右に目をやって、闘牛場へと絶え間なく流れていく人々を見やった。「闘牛を観たことはありますか？」

「ある」クラークは答えた。「気持ちのいい見世物とは言えなかった」

「インターネットで読んだんですが、闘わせる前に牡牛に薬を投与し、目にはワセリンとかそういったものを塗るそうです。そうやって感覚を麻痺《まひ》させ、牛をめちゃくちゃに慌《あわ》てさせ、混乱させる」

クラークはゆっくりと息を吸い、吐いた。「インターネットで読んだ……」もうひとくちビールを飲んでから、指の代わりにボトルのネックでジャックを指した。「体重が一〇〇〇ポンドもある気性の荒い牡牛と闘牛場で闘うことになり、そいつを突進してほしい方向へ確実に突進させたいのなら、見えないようにする細工なんてしないほうがいいんじゃないか？」

「ええ、しないほうがいいと思います」ジャックは答えた。

「人間たちは哀れな牛どもに何のズルもしていないとまでは言わないが」クラークはつづけた。「インターネットで読んだものなんて、おれはこれっぽっちも信用しない」

「ともかく、あまり好きではないということですね？」ジャックは確認したくなった。「闘牛が？」

「おれのことは知ってるだろう、ライアン」クラークは答えた。「おれは長々と哲学的議論をするような男ではない。だが、それについてはちょいと考えたことがある。ビーフにされて売られる牛たちはふつう、一生涯牛舎から出られず、ただ食いつづけ、自分たちの糞《ふん》の山のそばに立っていることしかできない。食肉処理場で頭にボルトを撃ちこまれる日までそうしているわけだ——その日は通常、生後一八カ月から三年のあいだに来る。ところが、闘牛場で闘わされるスペインの牡牛たちは、半野生動物として生きられる。四歳くらいで格付けされて闘わされるまでな。つまり、長いあいだずっと、あんがい自由に生きられて、最後に一日だけ悪い日が来るというわけだ」

「では、そうした牡牛たちにはチャンスがある、と言いたい？」

「いや、チャンスなんてまったくない」クラークは首を振った。「まあ、一〇〇〇回に一回くらいは助かるチャンスがあるのかな？　牡牛が信じられないほどの勇猛さを発揮した場合は、観衆が声をあげて闘牛責任者に許しを求め、それが大合唱となって、牛は殺されずにすむそうだ。だが、実際には、牡牛は鋭い細身の剣を二フィートほど肩甲骨のあいだに突き刺され、死骸《しがい》は騾馬《らば》の一団に引きずられて退場させられる。数分前、通りをドタドタ歩いていったのがいただろう、ああいう騾馬たちに引きずられていくんだ」クラークは身を乗りだし、ボトルに残っていたビールをグルグル回転させた。「『戦争の犬たち』、読んだか？」

「ええ、もちろん」ジャックは答えた。「わたしを含めたみんなが、あなたに読むよう指示されました」

クラークは笑みを浮かべた。「そういえばそうだったな。ともかく、使用期限にグングン近づいている老いぼれの言葉を信じてほしいのだが、フレデリック・フォーサイスは結局のところ正しいということだ。おれも『胸に弾丸を一発受け、口に血をいっぱい含み、手に拳銃《けんじゅう》を持ったまま』死んでいきたい。もしもおれが牡牛だったら、闘牛場で全力で闘うほうがいい。槍で肩を何度か突かれるかもしれないが、必死で頑張れば、殺されずにすみ、角を使って戦えるチャンスを再度つかめ、あともう一年牧場で訓練にはげめるかもしれない。尻《けつ》に電気ショックを食らって、狭い通路をむりやり歩かされ、ボルトを撃ちこまれるところまで追いやられる、というのよりはいい」

クラークはふたたび上体をうしろへ倒して椅子の背に身をあずけ、またビールをひとくち飲んだ。「まあ、おれはそう思っている、ということだ」

「わたしは種牡牛がいい」ジャックはたわむれに言ってみた。「ふつうの牛より何年か長生きでき、雌牛のハーレムをつくって暮らせるという特典もありますからね」

「若いのはすぐそれだ」クラークは首を振った。「そりゃあ、去勢牡牛はみな、そういう暮らしがしたいと熱望したことがあったにちがいない。だが、そうなれる確率はとてつもなく低い。それに、おれの場合、キンタマをむやみに使うということはせず、おれを殺そうとする野郎を角で突く、という一点に集中しなければならない……」クラークの言葉が消え入るように先細った。彼はビールのボトルをかたむけ、通りのすこし離れたところを示した。

ジャックの目が示された方向へゆっくりと動いた。

「こりゃ、ヤバイでしょう」ジャックは思わず声を洩《も》らした。

クラークは手をポケットに入れ、無線機のＰＴＴボタンを押した。「注意せよ！　お友だちがひとり加わった。リュシル・フルニエ。今回はアダーラにも負けぬ見事な金髪。現在、ロシア人たちまで二〇ヤードほどで、近づいていくところだ」

20

テヘランではふつう、通りを渡るのはただそれだけでとても危険な行為なので、地元の人々はそれを「チェチェンへ行く」と言うほどだ。だが、いまは公開絞首刑《こうしゅけい》中の抗議者たちの行動を抑えこむために当局が通りを封鎖してしまっていたため、ドヴジェンコはまるで歩行者の命がしっかり護《まも》られる都市にいるかのように安全に向こう側まで渡ることができた。彼はヴァリアスル通りの日陰になった歩道を南へ向かって四ブロック歩いた。一二世紀シーア派指導者《イマーム》にちなんで名付けられた通りで、歩道に沿って高い西洋梶楓《せいようかじかえで》が並んでいる。絞首刑見物の群衆はすぐにまばらになり、雨のなか職場から家路を急ぐいつもの勤労者たちに取って代わられた。このあまりにも日常的なふつうの光景に、ドヴジェンコは戸惑った。吊《つる》された若者たちが苦しさのあまり足をばたつかせる映像が脳裏に焼き付いて、なおも眼前にまばゆく光り輝いていなければ、街頭で絞首刑が行われたなどとはとても信じられなかったにちがいない。今日はパンに紅茶という朝食をとったあと何も口にしていなかったが、食欲をかきたてるサフランや五香粉《ごこうふん》の匂《にお》いが沿道の店からただよってきても空腹を覚えるということはなかった。

　大使館からあてがわれた白い小型車にたどり着いたときには、小雨はさらに雨足を弱めていた。ドヴジェンコは革のジャケットをバックシートへ投げた。そこには、脚のある人間はもちろん、ブリーフケースにも充分とは言えないスペースしかなかった。ロシア人はゆっくりとタバコに火をつけてから、自分の体を狭い運転席に押しこんだ。イランでは運転中の喫煙は法律で禁じられているが、それで実際に捕まるということはほとんどなく、そもそもドヴジェンコはいま途轍《とてつ》もなくむかついていたので、そんな規則などまったく気にしなかった。小型自動車も惨《みじ》めったらしく、いまの気分を変えるのにまったく役に立たない。

　ティーバ――ガゼルという意味のペルシャ語――は速く走るということとは程遠い車だ。形も肥大したピーナツに似ている。強烈な日光にさらされて溶けてしまったフォルクスワーゲン・ビートル、と言ってもいいかもしれない。こんなふうに思うのはたしかに辛辣《しんらつ》すぎるのだが、ドヴジェンコはこうした小型車にはいやというほど乗った経験があり、冷静にはなれなかった。モルドバでの任務についていた一年前にも、一台あてがわれた。ＳＶＲ（ロシア対外情報庁）の人材スカウト係は、目をつけた者に声をかけて訓練を受けてみないかと誘うさい、秘密情報機関員の生活をもっとロマンティックに描いて見せる傾向がある。そんなわけがないことは、もうドヴジェンコにもわかっている。秘密情報活動の要員が派手な生活を送れるということはめったにない。だいたい、サヴィル・ロウの紳士服店に仕立てさせた高価なスーツを着て、アストンマーティンのスポーツカーを乗りまわしていたら、目立ちすぎて仕事にならない。だから実利的な生活を送らなければならないのだ。だが、これは、そう、これはひどすぎる。この八〇馬力の〝化け物〟は、車というよりスラブ民話の妖婆《ようば》バーバ・ヤーガの大釜《おおがま》を思い起こさせる。度を越えている――ロシアのスパイにとってもひどすぎる。そんなふうに思うのはドヴジェンコだけではない。テヘランのロシア大使館が使用する駐車場の英語を話す係員は、この小型車に「悪の枢軸《すうじく》」というニックネームをつけてさえいる。

　だが、この車はマリアムのいるところまで運んではくれる。だから、ドヴジェンコは不満を胸に秘めておく。

　マリアム・ファルハドはテヘランの北西部にある高級住宅地区シャラケガルブに住んでいた。彼女が働く薬物依存症リハビリセンターは遠く、ずっと南にあり、そこでは薬物依存症のホームレスたちが「くすり《ダールー》、くすり《ダールー》」とぶつぶつ言いながら暗がりのなかをうろつきまわっている。たとえ大麻草であっても、麻薬を売るのは、イランでは途轍もなく危険なギャンブルだ。自分で一回使用するくらいの量の大麻なら、当局も見逃してくれるかもしれないが、液体大麻《ハッシュオイル》なら五グラム持っているだけでも死罪になる。ここのところイランでもオピオイド乱用問題が急激に深刻化し、ドヴジェンコの知るかぎり、政府は大量のメサドンを放出することによってそれに対処することにした。もっとも、いまではメサドンも違法に売られるようになっている。ともかく、イラン政府《テヘラン》の基本計画がどうであれ、ドヴジェンコとしては、薬物依存症患者の救済に一身を捧《ささ》げているマリアムが、魂を失ったようになっている人々の仲間入りをしないですんでいるということだけでもありがたかった。

ヴァリアスル通りを北へ進み、次いでヘマット高速道を西へ向かえば、マリアムの住居のすぐそばまで一気に行けるのだが、ドヴジェンコはそうしなかった。公開処刑の現場をふたたび見る気はしなかったし、パルヴィス・ササニが命じたかもしれない尾行を撒《ま》きたかったからだ。イスラム革命防衛隊はだれも信用しない。そう、スパイ活動をする者はみなそうだ。嘘《うそ》つきはつねに他人《ひと》を徹底的に疑う。そしてドヴジェンコを疑うということに関しては、ササニは正しいと言わざるをえない。マリアム・ファルハドはイスラム教徒の独身女性で、ドヴジェンコはイスラム教徒ではないからだ。

もし二人の関係がばれたらドヴジェンコは、SVR所属ということで処刑されはしないものの、確実にイランから追い出され、当然、経歴に汚点がつく。自分がどうなろうと構わないが、マリアムは即座に残酷な仕打ちを受けることになり、それが耐えられない、とドヴジェンコは思わずにはいられなかった。マリアム・ファルハドは世界を腐敗させている、と判事が思いこむだけで、彼女は残忍な鞭《むち》打ち刑や再教育を受けることになる。ドヴジェンコはエヴィーン刑務所のなかにある特殊な穴を見たことがあった。男を腰まで、女を首まで埋めるための穴だ。そしてそのそばには、すぐ手にとれるようにリンゴ大のなめらかな石がきちんとピラミッド形に積み上げられている。公式にはイランは石打ちの刑を廃止した。だが、そんなの、冗談もいいところだ。監督者評議会のメンバーたちは好きなことを何でもできるのである。石打ちが公式の法令に反しているのなら、新たな法令を制定し、それをみずからに許可してしまう。国際世論では彼らをとめることはできない。彼らはそれを屋内で秘密裏に実行するようになるだけだ。

眼前に浮びあがってくる、マリアムに起こりうる悲惨な映像をなんとか抑えこみながら、ドヴジェンコは北へ向かった。彼女も彼も危険には慣れていた。SVRは要員の飲酒を禁止していなかった。ひとり酒で、度を過ごさなければ、イスラム教国でも酒を飲んでもよかった。しかし、テヘランでよく催される地下パーティーに仕事以外で参加するのは、眉《まゆ》を顰《ひそ》められるだけではすまない。その種のパーティーへの参加禁止が文書化された規則にはっきりと書きこまれていて、ロシアの代表団の一員としてイラン入りする者はみな、到着時にそれにサインしなければならない。

テヘランに赴任して二回目の週末、ドヴジェンコはそうしたパーティーを見つけた。マリアムのマンションから一マイルも離れていない、シャラケガルブの真ん中にある花屋の地下で催されたパーティーだった。アルコールが大量に消費され、欧米の音楽に合わせて肉体が揺すられる、そうしたパーティーに対する風紀警察の取り締まりは、ときどき思い出したようにしか実施されない。いや、まったく行われない、と言ったほうが正確かもしれない。ドヴジェンコが初めて参加したそのパーティーにも、有力な聖職者《ムッラー》の息子と思われる若者が二人来ていた。警察にだって、有力者に逆らいたいと思う者などひとりもいない。だから、そうしたパーティーが当局に妨害されることはまずない。

ドヴジェンコはその初パーティーで、会場に入ってまだ一五分しかたっていないときにマリアム・ファルハドと出遭った。マリアムはドヴジェンコと同年代だった。たとえ密《ひそ》かにであろうと、そこに集まってタバコを喫《す》い、アブサンを飲み、自由思想に酔う大学生年齢の若者たちよりも彼女はだいぶ年上だった。その夜、ドヴジェンコはいちばんいいシャツを着て、襟をひらいていた。パーティーに集まった若者たちとはちがい、ドヴジェンコには年の功というものがあり、オーデコロンを少なめにしてゴールドのチェーンネックレスなどつけないほうが大人っぽく見えて逆に目立つということを知っていた。マリアムはコートをぬぐやいなや彼に気づき、微笑《ほほえ》みかけてきた。そして、二歩も進まぬうちに音楽に合わせて腰を揺すった――まるでダンスを限界に達するまで我慢していたかのようだった。身につけていたシルクのブラウスは、胸のところがぴっちりしていてボタンがすこし引っ張られており、下着のレースが一、二インチ露出していた。ロシアやアメリカならよくあることだが、女がルーサリーと呼ばれるヘッドスカーフや似合わない服をつけることを強制されるイランでは、そのマリアムのファッションはスキャンダラスだった。

ロシア大使館の男性職員のひとりが、「鼻《ノース》・胸《グルーチ》パラドックス」と勝手に命名したもの――知り合いのイラン人女性を観察して彼が導き出した「立派な胸の持ち主は鼻も極度に大きい」という法則――を残念がっていた。それが真実なら、その逆も言えて、鼻が優美であればあるほど胸はそれだけ貧弱ということになる。ドヴジェンコはこの〝感想〟をニェクリトゥルヌイ――粗野――と考えてはねつけたが、恥ずかしながら、マリアム・ファルハドは国家機関員《アパラトチック》が思い描いたパラドックスの見事な例外だ、と思いもした。いやらしいとわかっていたが、ついマリアムの肉体を思い出してしまい、すると当然、彼女と会いたいという気持ちが強くなった。

だが、気をつけなければならない。

ドヴジェンコは渋滞によるのろのろ運転を利用して、尾行されている明らかな印を見つけ出そうと目を光らせつづけた。ハキム高速道に入って西へ向かいはじめるまでに、尾《つ》けられていないとほぼ確信できた。だが、念のためゆっくり時間をかけて、片方の目をルームミラーにやり、もう一方の目で夜の車の流れを見やりながら、高速道から下りてまた乗るということを二度繰り返した。高速道を走る他の車はみなポルシェのようだった。その一台一台が欧米諸国の経済制裁にもめげずに頑張るイランの底力の証拠のように思えた。

ヴァリアスル通りを離れたあともルームミラーで後方を確認しつづけたが、ふつうでないものは何も見つけられなかった。訓練を受けていないターゲットに対しても、きちんと監視をするとなると、こまめに交代しなければならず、車が何台も必要になる。しかもドヴジェンコはそうした監視のやりかたを知っていた。だから、尾けてくる革命防衛隊のならず者どもなど、いとも簡単に見つけることができた。

パルディサン公園の前でハキム高速道から下りた。木々におおわれた小道と、小石の多い窪地《くぼち》からなる公園だ。窪地のほうには、猿、兎《うさぎ》、それに耳の小さい奇妙な山猫が巣をつくって住んでいる。その山猫をマリアムはかわいいと言うが、ドヴジェンコはエイリアンに似ているとしか思えない。二人はいちどいっしょにここに来たこともある。手をつなぐなんてことはまったくせず、ただ並んで歩いただけだったが、付き合っている未婚カップルと思われやしないかとビクビクしていた。そして、二人が話題にしたのは、マリアムのオペラ好き、名著、ローマだった。ドヴジェンコはローマにしばらく滞在したことがあったが、マリアムはそこにいちども行ったことがなかった。

ドヴジェンコは道に迷ったかのようにパルディサン公園のなかを二度まわってから、小石の多い丘のてっぺんで車をとめ、うしろのタイヤをチェックした。そこは見晴らしがよく、三六〇度しっかりながめることができた。

怪しいものは何も見えない。脅威となるものもなし。クリーン。大気汚染で白いシャツが一カ月もしないうちに黄色くなってしまう場所で、クリーンと言うのもおかしいが。

マリアム・ファルハドのマンションは袋小路になっている二番通りにあった。ドヴジェンコはティーバを五番通りの有料駐車場にとめた。そうしておけば、万一の場合、逃げ道が増える。そこからマリアムのマンションまでの一ブロック半を歩いた。気持ちのいい散歩だった。最近の雨と、テヘラン北部でほぼ絶え間なく吹いている微風のおかげで、ここの空気は市内のどこよりもきれいだった。

ドヴジェンコは持っていた鍵《かぎ》でマンションのなかに入った。そこは丘の斜面に建つ多くのマンションと同じように設備が整っていた。ごみは丘の下へと流されてしまうので、ここテヘラン北部では不快なことはほとんどない。湿った革のジャケットをぬぎもせず、ドヴジェンコは居間の椅子《いす》にドスンと座りこみ、タバコに火をつけた。ガラスのコーヒーテーブルの中央に流木の彫刻が載っていて、塗り替えられたばかりの壁には海の絵がいくつか飾られている。最初ドヴジェンコはそれを変だと思った。マリアムには海が大好きというところはないように思えたからだ。それに、何度か訪れるうちに、ほかにも妙なところがあることに気づいた。たとえば、彼女は予備のトイレットペーパーを保管しているクローゼットを見つけるのに何分もかかったことがある。それに、五香粉を見つけることができなかった。イランではどこのキッチンにもある、薔薇《ばら》の花びらをベースにした香味料だ。それを置いた場所を忘れるなんて、ロシアの主婦が紅茶をどこに置いたのか思い出せないと言うのと同じなのである。

結局、このマンションは自分のではなく、旅行中の友人から借りたものだと、マリアムは白状した。ドヴジェンコはそれを思い出し、ここでの喫煙はよくないと思い、テーブルの中央の流木のそばにあった陶器の灰皿にタバコの先を押しつけ、火をもみ消した。そして、火の消えた吸い殻をジャケットのポケットに滑りこませた。それは、スパイの訓練を受ける以前に、母に強引に植え付けられた癖だった。ふつうの母親なら、タバコなんて喫わないほうがいいと注意するところかもしれないが、ドヴジェンコの母は、自分がいた痕跡《こんせき》、唾液《だえき》、タバコのブランド名を残さないように息子に教えこんだのだ。スパイでもあった母の教え。

カチャカチャという金属音がして、ドヴジェンコはドアのほうへ顔を向けた。手がふらっとジャケットのポケットのほうへ揺れた。そこには9×18ミリ口径・マカロフ自動拳銃《けんじゅう》が入っている。これでは、革命防衛隊員が携行している、より大きな45口径・SIGザウエル自動拳銃に負けるのではないかとドヴジェンコはときどき思うこともあったが、マカロフは小型でも冷戦時代から広く使用され、いまだに支給されている拳銃であったし、彼はそれを使って敵をしっかり撃ち殺す技を身につけていた。

マリアムが入ってきてステキなお尻《しり》でドアを押し閉めるのを見て、ドヴジェンコは少しばかり気持ちがなごんだ。彼女はパンと野菜の入ったキャンヴァス・バッグとブリーフケースを落とさないように持ち替えたりしながら錠のかんぬきをかけた。マリアムはドヴジェンコの一歳上、三七歳だった。着ているおしゃれなダークブルーのパンツスーツはゆったりしていて、その下にあるとドヴジェンコにはわかっている膨らみやカーブを隠している。そうやって体の大部分が隠されていると、ドヴジェンコの視線はたちまち彼女の目に引きつけられる。なんとも美しい目なのだ。大きくて丸く、瞳《ひとみ》は褐色の瑪瑙《めのう》と苔色《こけいろ》の中間で、褐色とも緑とも言いきれない。アメリカの女優ナタリー・ウッドに似ているな、とドヴジェンコは思ったことがある。ダークブルーのスラックスに似合うスカーフの前から、雨で湿った黒髪がのぞいていた。イランでは女性はスカーフをつけなければならず、マリアムはよく「スカーフをつけないと鞭打ち《ヤ・ルーサリー・ヤ・ツーサリー》」と言っていた。

ドヴジェンコはスッと立ち、ブリーフケースとバッグを持った。

「トラブルなかった?」彼は訊《き》いた。

歩く距離はそれほど長くなかったはずだが、夜のこの時間帯はこの地区でも風紀警察官が地下鉄の駅や食料品店のあたりをよくパトロールしている。

「ええ、まったく」マリアムは答えた。土を思わせる渋い目の色にマッチしたハスキー・ボイス。「ゲルシャヤッドを使って、何の不満もない馬鹿《ばか》どもをかわしたの」

笑ってもいいところだったが、イランの状況があまりにも悲惨だったので、ドウジェンコは笑い声をあげられなかった。ゲルシャッドはガシュテ・エルシャッド――風紀警察――の検問を避けるためのアプリケーションだ。〝ネズミ捕り〟を警告してくれる携帯電話用アプリと似ており、服装チェックや男女交際の取り締まりをおこなうチャドルを着た女性と制服警官を見たというユーザーからの投稿情報をまとめて、そこを通らずにすむルートを教えてくれるというもの。顎鬚《あごひげ》を生やした禿《は》げの風紀取締アホ野郎のアイコンがテヘランの地図上に示されるので、そこをよけて通ればいいのである。スカーフを一インチよけいにうしろへ引いてかぶったり、知り合いの男性といっしょにお茶を楽しんだりしたい女性――マリアムもそのひとり――にとって、知らない場所へ行くさい、そのアプリはカーナビと同じくらいふつうに使われるようになっていた。

「新鮮なキュウリとトマトを見つけたの――まだ季節的に早くて温室ものだけど、おいしそうだった」マリアムはドウジェンコにキスをして、キッチンのほうへ向かおうとした彼のベルトのバックルをつかんだ。

「なんて冷たい手だ！」ドウジェンコはマリアムが大好きなオペラのアリアの一節を口にした。

マリアムは冷笑して返した。『『ラ・ボエーム』ではミミは死んじゃうのよ。知らないの？」

「知っている」ドヴジェンコは答えた。「でも、今日は幸せな気分になれそうもない」

マリアムは彼を引き寄せた。「おなか、すいてる？」

「いや、そうでもない」

「わたしも」マリアムは言った。「温室もののトマトでは食欲はわかないわよね」

彼女はバスルームへ向かった。帰ってくると必ずそうする。それって、自分の家のドアを見るとおしっこしたくなるという条件反射じゃないの、とドヴジェンコは冗談を飛ばしたことがあった。彼女はすぐにトイレから出てきたが、そのときにはもうスカーフも上着もつけていなかった。

「このほうがずっといい」マリアムは溜息《ためいき》をつくと、ドヴジェンコの手をとり、歩きながら靴をぬいで彼を寝室のほうへと導いていった。

21

その日、だいぶたってからのこと。ドヴジェンコは片手を頭のうしろにまわして横たわったまま、もう一方の手でマリアムの背骨の小さな凹凸をなぞっていた。彼女はベッドの上であぐらをかき、前かがみの姿勢をとって、膝《ひざ》まで引っぱり上げられたくしゃくしゃの上掛けシーツを両腕で抱くようにしていた。美しい背中が、尻《しり》の上部の左右にある〝えくぼ〟まで剝《む》き出しになっている。何やら彫りこまれているペンダントが銀の鎖で首から下げられて、胸にあたっていた。いつもは穏やかに気さくな会話を楽しむ彼女が、いまはしばらく押し黙っている。何か大事なことを考えているにちがいない。ドヴジェンコは何も言わずに指をマリアムの肌にはわせつづけ、彼女に考える時間を与えた。

ようやく彼女は体を動かし、ヘッドボードにもたれかかると、銀の鎖を頭の上まであげ、ネックレスをはずした。そして、ペンダントを掲げて見せ、ドヴジェンコに催眠術をかけようとするかのようにそれを左右に振った。「ここに彫られているもの、何だかわかる?」

「花だろう?」ドゥジェンコはほんのすこし肩をすくめた。手をマリアムの脇《わき》にそって下ろし、彼女の膝にふれた。

「逆さチューリップ」マリアムは答えた。「ユリ科の植物。すぐそこの山々にも自生していて、イラン人はアシュク・エ・マリアム——マリアムの涙——と呼んでいる」ひとつ深呼吸をしたが、その吸い吐く息がふるえた。「なぜこんなことを言うかというと、わたしという人間をあなたに知ってほしいから」

ドゥジェンコは上体を起こしてマリアムの横に座り、人差し指を彼女の唇にあてた。

「もう充分に知っている。だからいまこうやって幸せな気分でいられる」

「ロシア人というのは」マリアムは言った。「おとぎ話が大好きで、すぐに現実から逃げようとする」

「正直に言っているだけだよ」ドゥジェンコは返した。「おれはきみをよく知っている」

「いいえ」彼女は身を引き離した。「あなたは知らない。でも、わたしはあなたを知っている……あなたが何をしている人なのか知っている」体を回転させてサイドテーブル上のタバコの金属ケースをとり、パチンとひらいた。そして、手をひらいてドゥジエンコのほうへ差し出した。その掌《てのひら》がふるえていた。

ドヴジェンコは自分のライターを渡すと、ふたたびヘッドボードにもたれかかって、彼女をじっと見つめた。

「なるほど、では」ドヴジェンコは尋ねた。「おれは何をしている人?」

「わたしのこと、馬鹿《ばか》だと思っているの?」マリアムは唇についた刻みタバコの葉のカスをつまんでとってから、煙をドヴジェンコの顔に吹きかけ、ライターのふたを何度もパチパチ開け閉めした。「あなたくらい長くイランに滞在するロシア人はみな、科学者かスパイ、そのどちらか」弱々しい笑みを浮かべて見せた。「そして、あなたは科学者ほど退屈ではない」

「マリアム――」ドヴジェンコは彼女の尻のくぼみを丸くさすりはじめた「おれはきみの国の政府の科学プログラムに助言しにきた単なる顧問にすぎない。だから、言っているじゃないか――」

彼女の声は遠くの鳥の囀《さえず》りのように穏やかで小さかったが、ドヴジェンコを黙らせる力を持っていた。「嘘《うそ》をつかなければ、あなたはステキな男なのに」

マリアムは不意に上掛けシーツのほうへと身を滑らせ、体の大半を剥き出しにしたまま横向きに寝そべり、タバコを持った手を肩の上にかかげ、ロシア人の目をまっすぐ見つめた。「ああ、わが愛《いと》しの心の火、あなたはジャケットのポケットに拳銃《けんじゅう》を入れているし、小さな無線機や革の警棒も持っている。たとえイランでも、そういうのは顧問の持ち物らしくないんじゃない？」

ドヴジェンコは啞然《あぜん》として彼女を見つめた。

「だから？」

マリアムは体を横へ回転させた。胸が彼の腕をかすめた。彼女は仰向けになると、タバコを唇のあいだに挟み、天井を凝視した。

「嘘にキスをされるより真実に平手打ちをされたほうがいい」

ドヴジェンコはうめくように言った。「それはそうだが」

マリアムは枕《まくら》に頭を横向きにのせ、ドヴジェンコをじっと見つめた。「では、いまから平手打ちをするわ」

「マリアム――」

「わたしについて知っていることって？」

「親切な人」ドヴジェンコはぼそぼそつぶやいた。「薬物依存症施設で働いていて――」

マリアムは彼の唇に人差し指をあてた。「やめて。正直に言って、あなたのような職業の男がそうできるのなら。今夜、どこにいた？　このマンションに来る前」

「公開処刑の場」ドゥジェンコはぼそっと答えた。

マリアムは考えこんでうなずき、瞼《まぶた》をふるわせながらタバコの煙をふたたび吸いこんだ。「そうだろうと思ったわ」彼女はつぶやくように言った。「あの人たちはわたしの友だちだったの。あの若者たち」目に涙があふれた。マリアムは天井を見上げ、片腕を大きく振って額にあてた。「さあ、わたしを逮捕しなさい――わたしをエヴィーン刑務所の地下牢《ちかろう》へ連れていき、ロープで吊《つる》し上げ、尋問するといいわ」

「だれかを知っているというだけでは犯罪にならない」とドゥジェンコは返したが、イランでもロシアでもそうなるのが現実であることを知っていた。

「わたしも仲間なの」マリアムは自分の肘《ひじ》の内側にささやきかけるように言った。

「しっかり係わってきた……反政府運動の計画立案にも参加した……だから、捕まったら確実に絞首刑《こうしゅけい》になる。短いあいだだけど、自由が勝利を収めるのではないかと思えたこともあった。でも結局は、監督者評議会が革命防衛隊の〝凶暴な犬ども〟に助けられて勝つんだわ……われわれが何をしようともね。わたし、もう疲れちゃった。怪物どもが三人の友を殺した理由は何かというと、その三人が他の何千もの人々がしていることをしたから。さあ、どうぞ通報し、わたしを逮捕しなさい……いえ、いっそのこと、いまここで撃ち殺してくれない？　もうどうだっていいのよ」

ドヴジェンコは脚を勢いよく振ってベッドから出ると、素っ裸のまま、革のジャケットがかけてある椅子《いす》まで歩いた。そして、無線機をとりだし、スイッチを入れた。雑音と甲高い話し声がスピーカーから飛び出した。ササニと彼の部下たちが外に出て活動しているのだ。〝人狩り〟をしているのである。

「セパ！」マリアムはあえぎ、イスラム革命防衛隊の俗称を吐き出した。顔が一瞬でこわばった。ドヴジェンコがここまでイラン当局と深い関係にあるとは確信できていなかったのかもしれない。

ドヴジェンコは無線機をマリアムのほうへ差し出した。「お望みなら、これで自首もできる。だが、おれはきみをあの野獣どもに引き渡しはしない」

マリアムはベッドわきの灰皿にタバコの先を押しつけて火をもみ消すと、顔から枕に倒れこんで、すすり泣きしはじめた。

ドヴジェンコは顔を寄せた。「きみの友人たち、ほんとうに気の毒だったと心から思う」

「あなたも……？」

ロシア人は首を振った。「いや、おれは尋問なんてしない」自分も現場にいて、三人が血だらけにされ、骨を砕かれるのをしっかり見ていた、ということは明かさなかった。彼女はそんなことを聞かされるのに耐えられるほど強くない――少なくともいまは。〝真実の平手打ち〟のなかには残酷すぎるものもあるのだ。「どうやって知り合ったんだね、彼らと？」

「だから言ったじゃない」マリアムは溜息《ためいき》をついた。「わたしも反政府運動に加わったのよ。わたしを絞首刑にするにはそれだけで充分。もし、あなたについて思い違いをしていて、あなたに通報されて処刑されることになったら、ロープが喉《のど》にふれる前に、わたしは傷心のあまり死んでしまう」

「おれは通報なんて絶対にしない」それは真実だったが、これまでについてきた嘘とまったく変わらないように自分には聞こえたので、ドヴジェンコはびっくりした。

「もうそんなこと、どうでもいいの」マリアムは言った。「ああいう若者たちはとっても勇敢なんだけど、指導が、導いてくれる人が必要なの」

「レザ・カゼムのような者が？」ドヴジェンコは言ってみた。

マリアムは目をグリッと上のほうへ向けた。「レザ・カゼム。彼は適切な言葉を使ってうまいことを言うけど、どこか嘘っぽい。妙な感じがするの」

「会ったことあるのか？」

マリアムはサイドテーブルのほうを向くと、体を優美に伸ばし、自分の携帯電話をとった。上掛けシーツが落ちて、彼女の裸体が剝き出しになり、ドヴジェンコは思わず息を飲んだ。マリアムはスマートフォンを両手で持ったまま、体を回転させて彼のそばに寄った。そして、親指でパスワードを入力し、さらにもっと長いコードを打ちこんで自分の写真を表示させた。

ドヴジェンコは顎《あご》をしゃくってスマホの画面を示した。「当局がそうしたパスワードをくぐり抜ける方法を知っていることは、きみもわかっているはずだ」

彼女は肩をすくめ、スマホを彼のほうへ押しやった。「だから、言ったでしょう、わたしはもう心配することに疲れてしまったの」

ドヴジェンコは急にタバコを喫《す》いたくなった。だが、それよりもまず、写真を見たかった——証拠を目にしたかったからではなく、好奇心に駆られたのだ。マリアムと肩をくっつけて仰向けになり、スマホを顔の上にかかげ、写真を一枚一枚スクロールしていった。微笑《ほほえ》む学生たち。春の花束。そしてさらに花。五枚目の写真を見て、上体を起こし、ヘッドボードにしっかりもたれかかった。写真を拡大し、よく見てから、視線を下へ向け、マリアムをじっと見つめた。

「えっ、どうしたの?」マリアムは疑わしげに訊《き》いた。「彼らのことは知っていたって言ったじゃない。突然、怒りが込み上げてきたっていうの——」

ドヴジェンコは彼女の腕に手を置いた。やさしく置いたつもりだったが、マリアムはハッとして身を引いた。

「この男」ドヴジェンコは写真を見せようと画面を彼女のほうへ向けた。「前にも会ったことある？」

マリアムは肩をすくめた。「カゼム？　あるわ。何度か」

「カゼムじゃない」ドヴジェンコは返した。「もうひとりの男。ジャヴァドのうしろに立っている男」

マリアムは首を振った。「エリク、何なの、怖い……」

「そいつはヴィタリ・アロフ、GRU——グラーヴナエ・ラーズヴィエドゥヴァテルナエ・ウプラヴリェーニエ——つまりロシア軍参謀本部情報総局の将官だ」

「ロシア人って、どこにでもいるのね」マリアムは言った。「写真を撮ったとき、この人のことなんて気にもとめなかった」

「この写真、コピーしてもいい？」

「ええ、もちろん」彼女は答えた。「でも、あまり賢い方法とは思えないわね。コピーしたさいのデジタルの痕跡《こんせき》が残って、あなたとわたしのアカウントのつながりがわかってしまう」

　ドヴジェンコは彼女のほうを向いて微笑んだ。「うん、そのとおり。でも、おれは直接コピーするわけではないから大丈夫。ダミーのeBay《イーベイ》オークション・アカウントに投稿するつもりだ。そのアカウントは、おれにまでたどれないもので、おれと関係のあるだれともつながりがない。そうやってそこに投稿しておけば、ダウンロードの痕跡を残すことなくいつでもそれを参照できる」

「なんだかずっとスパイらしい話になったわね」マリアムも上体を起こしてドヴジェンコのそばに座った。そして、身を寄せて両腕をロシア人の肘にからませ、唇を彼の肩にあてたまま言った。「このアロフ将軍はあなたのボスなの?」

　ドヴジェンコは首を振った。そのあいだもマリアムのスマホをいじり、アロフとカゼムがいっしょに写っている写真を投稿する操作をした。「いや、おれはSVR――ロシア対外情報庁――の人間。SVRとGRUはまったくちがう組織」掌に載せたスマホをタップしつづけながら説明した。「なぜロシアの情報機関の将官がイランの反政府運動のリーダーと会ったりしたのか、おれにはわからない。公式には、わが国の政府はイランの現体制を支持して――」

　ベッドわきのテーブルに載っていたドヴジェンコの無線機が不意にパチパチ雑音を

発し、二人ともギョッとして背筋を伸ばした。パルヴィス・ササニの邪悪な声が電波に乗って飛び出した。

ペルシャ語はドヴジェンコもまあまあ理解できたが、マリアムが通訳した。

「……三班および四班、プリオーザン通りを北から近づけ。こちらは南から接近し、逃げ道をすべてふさぐ……。三階、部屋番号は……」

マリアムは顔を上げ、ドヴジェンコを見つめた。二人は同時に同じ言葉を発した。

「ここに来る！」

22

「女、一五フィートまで近づいた」クラークは無線機のマイクに言った。「金髪。背はアダーラより低い。膝《ひざ》までの白い短パン、黒のTシャツ。注目を集めつつある」

「サンダルをはいています」ジャック・ジュニアが気づいた。「逃げることは考えていないようです」

「オーケー」クラークは唇をビールから二、三インチしか離さずに言った。通りかかった者には、ジャックと話しているとしか思えない。「ダ・ローシャを発見。やつは逆の方向から近づいてくる。ここから見るかぎり、武器なし。ディング、ミダス、やつのほうへ動きはじめてくれ。われわれが闘牛場のなかに入ったとき、二人が別行動をとることもありうる。ダ・ローシャのほうも監視したい。アダーラ、ドム、きみたちはゆっくりとこちらのほうへ来てくれ。だが、すこし距離をとって、あまり近づきすぎないように。ロシア人たちの対監視要員はまだ見つからないが、どこかにいるはずだ。間違いない」

ジャックがテーブルを軽くたたき、クラークに注意をうながした。「フルニエが何か持っています」

「マイ・フレンド」ダ・ローシャは大声で呼びかけ、座っているロシア人たちのところまで一直線につかつかと歩いていった。両手とも、だれからも見えるところまで上げ、どこかに潜んでいるかもしれない対監視要員に警戒されないようにしている。「世界は狭いですな、一週間に二度も出遭うなんて」

ロシア人たちは二人ともテーブルから身を剝《は》がして立ち上がり、スペイン人も同じように席を立った。

ダ・ローシャは驚いたふりをして口をポカンとあけて見せた。「これは目の錯覚？それとも、ほんとうにドン・フェリペ・モンテス？」ダ・ローシャは通りのほうへ半歩さがって、むりやりスペイン人を太陽に向かわせ、顔を確認した。

モンテスは警戒してロシア人たちをチラッと見やった。「この人、あなたたちの友だち？」

「単なる知り合いだよ」ダ・ローシャは会話の主導権をにぎりつづけた。「そう、ビジネス・パートナーになる可能性が大いにある者でもある、うん」彼はリュシル・フルニエのほうへ視線を投げた。彼女は足をとめ、スペイン人の数歩うしろに立っている。「ともかく、邪魔をするつもりはありません。ここには偶然来てしまっただけですから。どうやらタクシーに間違った場所に連れてこられたようです。闘牛場はこの近くですか?」

スペイン人は込み上げてきた笑いを抑えこみ、西を指さした。「あなたはいままさにその闘牛場の影のなかにいるんですよ、セニョール」

ダ・ローシャは通りの向かい側に目をやり、頭をかいた。「もっと大きいのかと思っていました。ほんとうですか? 入口はどこです?」

モンテスは、まだひとことも発していないロシア人たちに目をグリッと上げて見せてから、横へ二、三歩移動し、彼らからすこし離れた。そして、ダ・ローシャの肩をつかみ、歩行者専用の幅の狭い石畳の小道を指さした。それは闘牛場に沿って入口へ向かう道だった。

「あそこかね?」ダ・ローシャは訊《き》いた。

「みんなのあとについていけばいい」モンテスは答えた。

ダ・ローシャはその場から離れながらロシア人たちをチラッと見やった。〝これを見てくれ〟と言いたげな視線。

リュシル・フルニエが歩いてきて、縁石のそばの歩道にいた数人の人々を通り越しざま、携帯電話でドン・フェリペ・モンテスにふれた。

と、その瞬間、スペイン人は何かの衝撃を受けたかのようにビクンと体を動かした。顎《あご》を前後に揺らし、片手を勢いよく襟へやり、空気をもっと吸いこもうとした。ダ・ローシャは跳ねるようにして近づき、手を貸そうとしたが、モンテスはうしろへよろめき、椅子《いす》のなかへ倒れこんだ。椅子に支えられて地面に転がりはしなかったものの、目をひらいたまま、両腕をだらりとわきへ垂らした。近くのテーブル席に座っていた者たちは、かわいそうに、体を動かしすぎて息を切らせたのだな、と思ったのではないか？　あるいは、強い日差しにやられたのだろう、と思った者もいたかもしれない。

ダ・ローシャは友の容体をチェックするかのように、ぐったりしている男の腕をポンポンたたいた。

「何をしたんだ？」上唇が長くて鼻の下が広いロシア人が言った。この男がリーダーだとダ・ローシャは考えていたが、その判断は正しかった。

「実演ですよ」ダ・ローシャは答えた。「最新の貝毒のね。顔認識ソフトや最先端GPS装置を搭載しなくてもいい武器もあるんです――でも、そうしたハイテク武器が必要なら、むろん、それもご用意できますよ」

どちらのロシア人も、不安そうに通りの左右に目をやった。死んだスペイン人とは無関係であるように見せようともしていたが、これから事がどういうふうに展開していくのかわからずにいた。

「貝毒？」奇妙な田舎の子供風へアカットをしたロシア人が訊いた。「彼がそれのアレルギーだとどうしてわかったんだ？」

リュシル・フルニエがさも楽しそうに大笑いした。「ムッシュー、この貝毒にはだれもがアレルギー反応を起こします」

「いやあ、すごいね」ダ・ローシャは感嘆の声をあげた。「この効きめの速さ！　そう思いませんか？」名刺をロシア人たちの前のテーブルに落とすように置いた。「あなたがたがある種のスキルとコネクションをもつ者と取引したがっていることは、われわれもちゃんと承知しています。わたしとビジネスをすれば、絶対に失望させませんん」ダ・ローシャは死んだスペイン人の肩をポンとたたいた。「ごらんのとおり、わたしにはどんな困難も解決する力があります」

クラークは立ち上がりたい衝動を必死で抑えた。「全員、動くな。ベレー帽の男がいま殺《や》られた。銃声を聞いた者はいるか？」

だれも答えなかった。

「ちがう方法ですね」ジャックが言った。「毒物かも」

「リシン？」ミダスが頭に浮かんだことをそのまま口にした。

「リシンにしては効きかたがちょっと速すぎる」クラークが返した。「だが、やはり、女が何かで刺したということだろう。ロシア人たちが動きはじめた。ダ・ローシャと女はきみのほうに向かっている、アダーラ。どこに泊まっているかつきとめられるかどうか、やってみてくれ。だが、油断するな」

「大胆不敵な女だ」〝ディング〟・シャベスが言った。「あの女が敵となりうる大勢の人々の前で殺したとわかっている人間は、これで二人になる」

「そういうこと」クラークが応《こた》えた。「繰り返す。全員、注意怠りなく、まわりに目を配りつづけろ」

クラークがジャック・ジュニアにうなずいて指示すると、ジャックはビール代として数ユーロをテーブルに置いた。ロシア人たちは死んだスペイン人を残し、アドリアノ通りを東へ歩いて闘牛場から遠ざかっていった。ホテルへ戻るのだろう。少なくともいまは、流血ショーを見る気がしなくなったようだった。

23

エリク・ドゥヴジェンコは弾《はじ》けるようにしてベッドから飛び出すと、片脚でピョンピョン跳びながらズボンをはいた。シャツのボタンをはめはじめて、マリアムのほうを見ると、動こうともしていなかった。

「何やってんだ？」ドゥヴジェンコはボストークの腕時計を手首に素早く巻きつけ、足を靴につっこんだ。靴下はポケットに押しこんだ。はいている時間などない。「立って！　行かないと」

マリアムの一房の黒髪が、褐色にも緑にも見える目の前にハラリと落ちた。「あなたはわが愛《いと》しの心の火。でも、いっしょにいるところを見つかったら、二人とも殺される。向こうのねらいはわたし。あなただけ消えればいいの。わたしが尋問されるだけですむ」

「ノー！」ドゥヴジェンコは腕をつかんでマリアムを引っぱった。彼女は抵抗せず、引かれるままにシーツの上を滑ったが、協力することもなかった。引きずられる死んだ女のようになっていた。ドヴジェンコは泣きたくなった。「あいつらにはロシアの情報機関員に危害を加える勇気はない。ロシアはイランの同盟国なんだ」

　マリアムの目が眠たげに半分閉じられ、焦点が定まらなくなり、催眠術にかかったかのようになった。「この女を捕らえた、と言ったら？　警棒でわたしの脚を手加減して打つという手もいいかも……」

「よしてくれ」ドヴジェンコは喉《のど》をふるわせて嗚咽《おえつ》を洩《も》らした。「お願いだからおれといっしょに行こう」

「どこへ？」マリアムは首にかけていたペンダント・ネックレスを剝《は》ぎとり、ロシア人に手渡した。「さあ、行って、お願い。あなたは逃げないと。逃げれば、またきっと会える。たとえわたしが独房に入れられても」

「きみを置いてはいけない」

　彼女は溜息《ためいき》をついた。「だから、いまあなたがひとりで逃げなければ、二人とも殺されてしまうの。あなたが逃げないと、わたしたちが助かるチャンスはなくなる。さあ」

　ドヴジェンコは銀のネックレスをポケットに押しこむと、憤然としてマリアムに強烈なキスをし、裏のバルコニーの窓を横に滑らせてあけた。

「すぐもどる」

彼は無線機の電源を切り、手すりをにぎって跳び上がった。体を浮かして手すりの外にしっかり出し、そのまま一階下のバルコニーへ降下した。それをもういちど繰り返して一階のバルコニーに着地し、そこからさらに数フィート飛び降り、棘《とげ》のある生け垣のなかに入りこんだ。と、そのとき、タイヤにキキーッという悲鳴をあげさせて一台の車が二番通りから飛び出してくるなり、マンションの前の駐車場に飛びこんでとまった。

ドヴジェンコはいちども振り返らずに南へ走り、黒っぽいマンションの建物のあいだに入りこみ、フェンスをいくつか跳び越えて、パルヴィス・ササニの部下たちに見つからないところまで遠ざかった。そして二分後、東へ移動しはじめ、大きな一戸建て住宅が建ちならぶ界隈《かいわい》を抜け、とめておいた自分の車へと向かった。どの家の庭にも動きを感知するセンサー・ライトがあって、自動点灯し、目がくらんだ。ある家の裏庭に入ったさい、つまずいて、危うく池に頭から突っ込みそうになった。五分もしないうちに車に達したが、ハアハア息を切らせ、両手を膝《ひざ》にあてて、しばし休息せざるをえなかった。もうほんとうにタバコをやめなければならない。そう思った瞬間、ハッとして、手をズボンのポケットに突っ込んだ。

ライター！

ジャケットのポケットも探った。ない！　マリアムのマンションに置き忘れたのだと気づき、失神するのではないかと思うほど血の気が引いた。アゼルバイジャンの国章がついた金のライター。ササニはだれのものだかすぐにわかるにちがいない。

と、そのとき、銃声が夜のしじまを切り裂いた。

ドヴジェンコは口から飛び出しそうになった悲鳴を抑えこんだ。運転席に跳び乗ると、小型車ティーバのエンジンをかけ、ギアを入れ、マリアムのところへ――銃声がしたほうへ――急いだ。パワー不足のティーバを鞭打《むちう》つようにアクセルを踏み、なんとか速く走らせようとした。ササニに見つけられる前に、マンションのなかに入ってライターを回収しなければならない。それができなければ、逮捕される前に、あのクソ野郎の顔面に弾丸を一発お見舞いせざるをえなくなる。それはまあ楽しいことではあるのだが。

ドヴジェンコはティーバをとめるや、運転席から跳び降り、三階までの階段を一気に駆け上がった。

マリアムの部屋のドアの前で、粗暴な若いイスラム革命防衛隊員に行く手をはばまれた。「こんなところで何をしている？」」映画館の屋上で双眼鏡をやった、まだ少年のように見える若者だった。あれは変としか思われない愚かな振る舞いだった——そして、諜報《ちょうほう》活動の世界では〝変〟は〝有罪〟にきわめて近いものだった。

「垂れ込みがあってね」ドヴジェンコは呼吸をなんとか整えた。「きみたちこそ何をしている？」

「こちらにも垂れ込みがあったんですよ」ササニが角をまわって大股《おおまた》で歩いてきた。グレーの襟なしシャツの両袖《りょうそで》をまくりあげ、両手にぴっちりした黒革の手袋をはめていた。

ドヴジェンコはドアの前の革命防衛隊員を肩で押しのけてマンションのなかに入った。ベッドの外に垂れたマリアムの腕が見え、声を洩らしそうになったが、なんとか口を閉ざしつづけた。彼女の肘《ひじ》の内側から一筋の血が流れ出ていて、指先からポタポタ垂れている。泣きたくなったが、化けの皮が剝がれないように必死でこらえた。

「どうもよくわからないのですが、同志」ササニは首をかしげた。「なぜわれわれに連絡しなかったんですか？」

「単なる垂れ込みでしたんでね」ドヴジェンコは答えた。「あなたがわたしを見て驚いたように、わたしもあなたを見て驚いた」そう言うと、部屋のなかを動きまわり、わざとらしく見えないように注意しつつ、できるだけ多くのものにさわっていった。自分の指紋がいたるところについているのだ。タバコを喫《す》ったときに座った椅子《いす》のクッションは、まだくぼんだままだった。灰皿をチラッと見やった——吸い殻はジャケットのポケットのなかにある。セックスは二度した——そのあと、マリアムはベッドからまったく出ていない。一方、ドヴジェンコのほうは部屋中を歩きまわった。

　ササニはドヴジェンコを長いことながめまわした。まるで食べさせてもらえない肉を見つめる犬のようだった。

「女は抵抗したのですか？」ドヴジェンコは我知らず声を洩らした。自分の口から出た言葉なのに、虚《うつ》ろにぼんやりと響いて聞こえた。そのときようやく、ササニの部下のひとりが腕に包帯を巻いているのに気づいた。

「このアマが撃ちやがった」その革命防衛隊員は言った。

《ブラヴォー！》とドヴジェンコは心のなかで叫んだ。マリアムが拳銃《けんじゅう》を持っていたとは思いもしなかった。彼は平然として我が物顔で寝室へ入っていった——これはロシアのスパイがとりわけ得意とするだましのテクニック。ドヴジェンコは諜報機関の訓練で、己の感情を呑《の》みこんで、自分の言うことを相手に信じこませるために目でも嘘《うそ》をつく術《すべ》を学んでいた。銃弾を浴びたマリアムの遺体を見るのは途轍《とてつ》もなく難しかったが、詳しく調べるふりをして、取り乱すことなく、なんとか現場のようすに適度にショックを受けているように見せることができた。

「もったいない」ドヴジェンコは言い、なくしたライターを探せるように、むりやり自分をベッドに近づかせた。床に落ちているのなら、通りしなに回収する方法を見つけられるだろう。シーツのなかに巻きこまれてしまっているのなら、もう万事休すだ。

素早く床に目をやって調べたが、何も見つからなかった。暴れだそうとする憤激を必死で呑みこみ、ベッドのほうへ身を乗り出した。

マリアムの銃創の大半は胸にあったが、首にも二つ三つあった。遺体の下のシーツとマットレスには血がべっとりついている。だが、目を細め、最悪の光景を遮断すると、彼女は眠っているだけなのだとほぼ思いこめた。

ドヴジェンコは首のうしろに穴があくほど熱いササニの視線を感じていた。目を閉じて呼吸を落ち着かせてから、振り向いて凶暴な革命防衛隊少佐に面と向かった。

「この売女《ばいた》、だれかといっしょにいた」ササニは言った。「われわれが来る直前まで」

ドヴジェンコはササニをじっと見つめ、ここで戦ったらどうなるか、頭のなかでしっかり推測してみた。持っているのは9×18ミリ口径・マカロフ自動拳銃、装弾数は弾倉《マガジン》に八発、薬室《チェンバー》に一発。マカロフは小型だが頑丈で、仕事をちゃんとこなしてくれるが、この口径では攻撃用武器として最適とは言えない。そもそも攻撃に適した口径の拳銃などほとんどないのだ。脅威を無力化するには、あんがい時間がかかる場合が多い。いま寝室にはササニとやつの部下三人がいる。ひとりに二発必要だから、四人を無力化したら、あと一発しか残らない。最初にササニを撃つ。顔面に一発。次いで、ひとりに二発ずつ撃ちこんで他の三人を斃《たお》す。そのあと、ササニの股間《こかん》にもう一発撃ちこむ。これは不必要な一発だが、マリアムを売女と呼んだ報いだ。そして、弾丸を撃ち尽くしたら、再装塡《さいそうてん》するのではなく、革命防衛隊員が携行する45口径・SIGザウエル自動拳銃をつかみ、何事かと調べに入ってくる他の三人の革命防衛隊員を射殺する。あとは、運がよければロシア大使館まで戻れるかもしれない——その場合は仲間に拘束されることになる。

「少佐」ササニの部下のひとりがベッドのわきから声をかけた。「これを見てください」革命防衛隊員は金のライターを掲げて見せた。

「ありがとう」ドヴジェンコは言うなりライターをひったくるようにしてとった。こうなったらもう、堂々と虚勢を張るしかない。すこしでもやましそうにしたら、感づかれてしまう。「死体を見ていたときにポケットから落ちたにちがいない」

ササニは目を細めて疑わしげにドヴジェンコを見つめた。何も言わなかったが、部下に軽くうなずいて見せた。〝調べをつづけろ。あとで話そう〟という仕種《しぐさ》。

「こういう場合は、検視解剖がおこなわれます」ササニは唇をうしろへギュッと引いて強張《こわば》った笑みを浮かべた。「繰り返しますが、この女はだれかといっしょにいた。DNAを調べれば、愛人がどの民族に属する人間かわかります」

「なるほど、賢明な捜査法ですね」ドヴジェンコは返した。

彼は命が失《う》せたマリアムの体を見つめた。生きていれば、ササニとやつの部下たちに拷問《ごうもん》されることになったにちがいない。それを避けられたのは幸いだったのでは？きっと、レイプされ、〝足の裏たたき〟をされ、タバコの火を押しつけられるのだろうから――やつらはどんな卑劣なこともやってのける。

「だいたい」ササニはつづけた。「こいつはこのマンションの借主でさえない」寝室のドアのそばに立っていた部下のほうを向いた。「この女の名前、何といったっけ？」

「マリアム・ファルハドです、少佐」

「ああ、そう、マリアム」ササニは言った。「売女にしては敬虔《けいけん》な名前だ」

ドヴジェンコは突然、激しい疲れを感じた。「では、どうやって彼女を見つけたんですか？」

「だから言ったじゃないですか、垂れ込みです。そちらにもあったんでしょう。いやあ、幸運でした。さて、お次は実際の借主から話を聞くべきでしょうな」

「そうですね、賢明です」ドヴジェンコは心のなかでうめいた。そのマリアムの友人である借主にはいちども会っていなかったが、彼女を見つけて注意しなければならないということだけはわかっていた。「小便をしたくなりました。何もいじりませんから」

「いいですよ、どうぞ」ササニは返した。「小便してください。構いません」

ドヴジェンコはバスルームへ向かって歩きはじめたが、その正確な場所を知らないかのように寝室のドア口で足をとめた。

バスルームに入ると、昨夜ぬぎ捨てられたマリアムのジャケットが床に落ちたままになっていた。トイレの水を流し、ジャケットを拾い上げた。鍵束《かぎたば》がカチャカチャ鳴ったが、流れる水の音に掻《か》き消された。ドヴジェンコはジャケットを鼻に押しあて、マリアムの匂《にお》いを嗅《か》ぎ、目を瞬《しばた》かせて、あふれ出ようとする涙を抑えこんだ。自分を取り戻し、ジャケットのポケットに手を入れ、探していたものを見つけた。そして、ジャケットをもとどおり床にそっと置いた。

「どうかしたのですか?」バスルームから出てきたドヴジェンコにササニは尋ねた。

まだ笑みを浮かべている。「世界中の重荷を自分ひとりで背負っているような顔をしていますよ、マイ・フレンド」

「われわれは友ではない」ドヴジェンコは切り返した。

「それはまあ」ササニもさらに言い返した。「わたしにもどんどん強く感じとれるようになってきています。それにしても、なぜ友ではないということになってしまうのでしょうかね？　わたしがこの売女を殺したから？」

「女？」ドヴジェンコは自分がスパイであることをやっと思い出し、どうにか嘲笑《あざわら》って見せることができた。「この女はどうでもいい。われわれは汚れ仕事の世界にいるのだから、ときには卑劣なことや残虐《ざんぎゃく》なこともしなければならない。ただ、わたしとあなたではちがう点がひとつある。それは、あなたがそうした蛮行を楽しみすぎているということ」

ドヴジェンコは革命防衛隊員たちに背を向け、マンションのドアのほうへ歩きはじめた。いまやこの窮地を切り抜ける方法はひとつしかない——それは、正直なところ、しばらく前からずっと検討していた方法だった。だが、まずはイサベル・カシャニという名の女性を見つけなければならない。

24

マンディ・クルスはそろそろトイレに行こうかと考えていた。ここ国務省オペレーションズ・センターではトイレに行く前に、「青くなる《ゴーイング・ブルー》」と叫んで、梁《はり》に釘付《くぎづ》けされたドールハウスの屋外便所《アウトハウス》のなかの小さな青い電球を点滅させる決まりになっている。そうやって、同僚の四四人の当直員に、自分はいまからトイレに行くから他の者たちは持ち場から離れてはいけない、と警告するわけだ。通称Ｏｐｓ《オプス》の国務省オペレーションズ・センターは、国務長官の執務室から廊下をすこし歩いただけのところにあり、なかに入るには、磨《す》りガラスのドアをいくつか抜け、二人の武装警備官のチェックを受けなければならない。外交と諜報《ちょうほう》が入り交じる闇《やみ》の世界では、秘密情報は区画化されて互いの関連がわからないようにされたうえ、無数の錠によって護《まも》られていて、Ｏｐｓもそうした錠をあけるのに必要な政府最大の鍵束《かぎたば》のひとつを持っていた。当直員たちは電話対応、通信指令、進行、問題解決をすべてこなしていた――そしてさらに、任務を遂行するまで決してあきらめないように訓練された果敢な探偵でもあった。国務長官が所在不明のある国の大使と話す必要が生じた場合、どこかでラケットボールやゴルフをしていたり、ホテルで大切な人と長いランチを楽しんでいたりするその大使を見つけるのも、Ｏｐｓの当直員の仕事だ。当の大使が女性で、ついに電話が通じたとき、彼女の息遣いが荒いなんてことも、これまでに何度かあった。だが、マンディ・クルスはそんなことはまったく意に介さなかった。人はつねに生活しているのである。そんなことを気にしている余裕などクルスにはない。かかってきた電話に応《こた》え、必要とされている者を見つけ、彼らとボスが話せるようにする、というのが彼女の仕事なのだ。

わずか一五分前もクルスは、コンピューター画面上の国務長官《セクレタリー・オブ・ステイト》を表すSの字が付いたアイコンをドラッグして、韓国の外務大臣を示すアイコンにドロップし、二人が通話できるようにした。その会話の内容をメモしたのは他の者だったが、いつものように、自分にも伝えられた情報から起こっていることの要点は把握できていた。韓国の外務大臣との電話が終わった五分後、アドラー国務長官のアイコンはふたたびドラッグされ、今度はナイジェリアの外務大臣ティヌブを示すアイコンにドロップされた。そしてその二分後、監督官がカメルーン特別対策班を設置し、Ｏｐｓ当直員全員に状況を説明した。クルスは通常の職務から離れて、この駐カメルーン大使館包囲事件に集中することになった。

　カメルーン特別対策班が設置されて活動を開始した九分後、クルスのヘッドセットが着信音を発した。彼女はマウスをクリックして電話を受けた。

「ハロー、Ｏｐｓ！」心の底から安堵《あんど》したような声が聞こえた。まるで、水中から飛び出し、ようやく息ができるようになったかのような気配が伝わってきた。「こちら、カメルーンのヤウンデにいるエイディン・カー外交保安局駐在官。大使は無事。いま盗品の携帯を使って電話している。だから、安全ではない。繰り返す、安全ではない」

　クルスはコンピューター画面上の別のアイコンをクリックし、カメルーン特別対策班が優先的に連絡をつけたいと考えていた相手と通話中であることを監督官に知らせた。

「カー駐在官」クルスは言った。「いますぐ長官につなぎます」彼女はアイコンを動かして国務長官と駐在官を接続する操作をしたが、自分もその回線にとどまった。通話内容は録音されることになる。しかも今回は、関係者全員が会話をモニターし、万が一、通話が途切れたり完全に切れたりしそうになった場合に備えた。

　すぐさま国務長官の声が響き、駐在官が聞きたかったにちがいない問いを発した。

「エイディン、スコット・アドラーだ。いまいちばん必要なものは何だ?」

大統領首席補佐官、国防長官、国務長官、国家情報長官が、それぞれ二つ折りの革のフォルダーを持ち、できるだけ〝休め〟に近い姿勢をとってオーヴァル・オフィス(大統領執務室)の真ん中に立っていた。

「ミセス・ポーターは移動させられているそうです」スコット・アドラー国務長官が言った。「カーはできるだけ早くまた連絡すると言っています」

ライアン大統領の執務机の上の電話が呼び出し音を発し、秘書官のベティの声がスピーカーから飛び出した。

「大統領、カメルーンのンジャヤ大統領につながりました」

ライアンは全員が会話を聞けるようにボタンを押してスピーカーフォン・モードにした。「フランソワ、わたしの電話を受けていただき、ありがとうございます」

「当然ですよ、大統領。なんとも懸念《けねん》すべきことが起こっている、という報告が届いていますからね」

「ずいぶん穏やかな言いかたですな、フランソワ」ライアンはずばり本題に入った。

「ミセス・ポーターを即刻解放していただきたい。まずは彼女の安全の確保です。大使館についての話し合いはそのあとです」

「わかっていますよ、ジャック」ンジャヤは言った。「わたしだって、ミセス・ポーターのことを心配し、安全を確保したいと思っているのです。彼女を拘束した軍人たちはいまのところまだ自制しておりますが、これがいつまでつづくのか、わたしにもよくわからないのです」

「彼らはこんなことをして、いったい何の得があると思っているのでしょうか、フランソワ?」ライアンは茶番劇に付き合って訊《き》いた。「あなたの軍はアメリカ合衆国の領土に攻撃をしかけたのです」

ンジャヤは怒りをあらわにした。「ジャック、攻撃とまでは言えないのではないかと――」

「立場を逆にして考えてみたらどうでしょう?」

「なるほど」ンジャヤは答えた。「たしかに大使館はアメリカの領土です。それをどうこう言うつもりはありません。しかし、大使館を包囲した者たちは、カメルーンの主権が侵害されたことに怒っているだけなのです。すべて解決しうると、わたしは確信しております」

「なぜこんなことが起こったのか、おわかりになりましたか?」ライアンは尋ねた。

ンジャヤはなぜ起こったのかちゃんと知っている。いまはもう一人歩きしはじめているのかもしれないが——ならず者集団の軍隊がからむと、だいたいそうなる——そもそも大使館包囲を命じたのは間違いなくンジャヤなのだ。だが、ライアンは手持ちの切り札を使いたくなかった、まだ。

「それについては答えられると思います」ンジャヤは言った。「ここヤウンデの高校の教師が、インターネットで公開されている非常に憂慮すべきあなたのビデオを見つけたんです」

「あなたは賢いお人です、ジャック」ンジャヤはつづけた。キビキビとした口調になり、初めて敵意が声に忍びこんだ。「そろそろ真面目《まじめ》に話し合うべきかもしれませんね。そのビデオで、あなたはムビダ将軍と英語圏住民を支持すると約束しています。よくもまあそんなことができましたね、大統領。わたしは直接あなたと話し合って問題を解決するつもりだったのですが、わたしの支持者たちがそのビデオに気づきまして、自発的に行動を開始してしまったのです。これでは、わたしでも、事態を収拾するにはすこし時間が必要になります」

「それは明らかに不正な加工がほどこされたフェイク・ビデオです」ライアンは返した。「インターネットに出まわっているものすべてを真実だと信じてはいけません。

ご存じのはずです、フランソワ」

「いや、でも、大統領」ンジャヤは食い下がった。「あなたの顔だったし、声でした」

「そのビデオのメタデータをそちらの専門家に調べさせてください。別のところにあったわたしの映像や音声を加工してつくった偽《にせ》ビデオだとわかります」

「よろしい、そうします」ンジャヤは応えた。

「それから、あなたの軍ですけどね？」ライアンは訊いた。「どうするおつもりか？　お答えを聞く前に、念のため言っておきますが、アメリカはもう何年ものあいだ、あなたがたのパートナーとしてボコ・ハラムと戦ってきました」

「ですから、大統領、先ほども言ったように」ンジャヤは言い返した。「われわれは……いや、彼らはまもなく事態を収束させます。さしあたり、そちらの大使館員がムビダを追い出せば、今回のことを終わらせるのに大いに役立つでしょう」

「亡命を求める者と、自分の意思に反して拘束された者は、まったくちがいます。その二人を交換するようなことは到底できません。まずミセス・ポーターを解放してください。どんな交渉も、そのあとになります」

「しかし、彼女がどこにいるのか、わたしは知らないのです」ンジャヤはだまそうとしたが、嘘《うそ》を完全には隠しきれなかった。「あなたはどうです、大統領？」

「フランソワ」ライアンは歯を食いしばって言った。「あなたの軍の暴走ならず者たちも、アメリカ合衆国を敵に回したいとは思っていないのではないでしょうか?」

「わたしには」ンジャヤも負けてはいなかった。「あなたこそ、敵を増やすことに耐えられないのではないかと思えますがね。あなたはいまインフルエンザ問題、信頼の失墜といったことに直面していて、この不運な事件を早く片づけたがっているのではないですか? 人命が失われる前になんとか解決しないと大変なことになりますからね」

「フランソワ」ライアンは怒りではらわたが煮えくり返った。「彼らがそう考えているとしたら、それは間違っています。わたしを試そうとしてはいけない」

「おやおや、大統領、脅しですか?」ンジャヤの声から、満足げにニヤついているのが手にとるようにわかった。「貴国の上院議員のひとりがすでに、あなたは批判的な人々を脅していると非難しています」

ライアンの顔が引きつった。こんなときにライアンに近づけるほど勇敢な者は、オーヴァル・オフィスにはひとりしかいなかった。メアリ・パット・フォーリ国家情報長官が歩み寄り、ライアンを落ち着かせようと手で大統領の腕を軽くポンポンとたたいた。ライアンはその手を振り払い、うなずいて見せた。大丈夫、心配ない、という仕種《しぐさ》。

ンジャヤが沈黙に不安をおぼえ、ふたたび声をあげた。「ですからね、ジャック、これはわたしがやっていることではないのです」

「わかりました」ライアンは言った。「ともかく、フランソワ、すでに〝援軍〟がそちらへ向かっていますので、心配はいりません。あなたは今回のことに独りで対処しなくていいのです」

「ジャック」ンジャヤは慌《あわ》てた。「一方的な行動はやめてください」

「いや、そんなことはしません」ライアンは返した。「まったくね。わが国はもう何年も前に貴国と対ボコ・ハラム戦・相互援助協約を結び、それがまだ生きていますからね。われわれはすでに招かれているわけです」

「ちょっと待ってください、ジャック――」

「さて、そろそろ電話を切りませんと、フランソワ」

ライアンは電話を切った。深呼吸をひとつしてから、目の前の執務机に両手をぺたんと置いた。

「われわれはもう五時間以上も攻撃されている状態にあるのに、現場で活動できるのは、なんと、ＵＡＶ二機と外交保安局駐在官ひとりだけというのか？」ＵＡＶは無人航空機。「ここにいる全員にいますぐ対応策を考えてほしい。どんな選択肢も排除しない。DEVGRU《デヴグルー》、デルタフォース、第八二空挺《くうてい》師団……そう、それに海兵遠征軍まるまる一個……」DEVGRUは海軍特殊部隊SEALs《シールズ》チーム6。「特別部隊《タスクフォース》ダービーを南へ移動させよう。なんとしてもミセス・ポーターを救出し、わが国の大使館を護りぬくのだ。いいね？」

ヴァン・ダム大統領首席補佐官が声をあげた。「HRGにも――」

ライアンは椅子《いす》をうしろへ押しやり、机から離れた。「アーニー」ゆっくりと大きく息を吸い、吐いた。「HRGが必要なのはよくわかっている」HRGは各機関協力組織の人質対応グループ。「だが、迅速な行動こそ、いますぐ必要なものだ。各機関の協調に反対しはしないが、協調する案だけではだめだ」

「わかりました」ヴァン・ダムは応えた。

「よし」ライアンは立ち上がり、肩をすぼめるようにしてスーツの上着に腕を通した。「先に行っていてくれ。わたしもすぐに行く」

「大統領」メアリ・パットは、ぞろぞろとシチュエーション・ルーム（国家安全保障・危機管理室）へ向かう同席者たちの列には加わらず、オーヴァル・オフィスに居残った。「ちょっとお話できますでしょうか？」

ライアンは微笑《ほほえ》んだ。「きみとは長い付き合いなんでね、忠告されるときはわかる。ンジャヤが卑屈なクソ野郎だからといって、カメルーンを爆撃しまくるというのはいかがなものか、ときみは言いたいのだろう?」

「そりゃ、わたしだって爆撃したくなりましたよ、ジャック」メアリ・パットは言った。「それに、あなたがそうしたって、われわれのだれも非難しはしないでしょう。ただ、だからといって、そうすることが正しいというわけではありません」

ライアンは笑いを洩《も》らしそうになったが、こらえた。「父がいつも言っていた、怒りに対処するのは階段をのぼるようなものだ、と。だれもが息切れする。どんなに調子がよいときでもね。どれだけすみやかに怒りを鎮《しず》められるか、というのが重要になる。わたしは怒ることもあるが、激怒しすぎて我を忘れるということはない」細めた目に厳しい表情を浮かべた。「だが、これだけは言っておく。もしもフランソワ・ンジャヤと彼の軍隊に対して武力を行使しなければならなくなったら、その攻撃は途方もなく猛烈だが……まったく私情を挟まないものになる」大統領は手を振ってメアリ・パットにドアを示した。「さあ、わたしが行くまでHRGの手綱を押さえておいてくれ。わたしもすぐに行く」

ひとりになるとライアンは、クルリとうしろを向き、執務机の後方にある窓の中央に映る自分の向こうに目をやり、サウス・ローンをながめた。オーヴァル・オフィスにだれか——とくにホワイトハウスの専属カメラマン——がいるときは、そこにそうやって立つことはない。ライアンは意識してそうすることを避けていた。あまりにもJFK（ジョン・F・ケネディ）っぽく見えるからである。しかし、忌々《いまいま》しいことに、そこは考え事をするのに適した場所なのだ。

ライアンの父親は、怒りへの対処を階段のぼりになぞらえたほか、怒りの対象が何であるかをしっかり見極めるよう息子にうながしつづけた。そして、自分自身に怒っていることが最も多いことを自覚しておくように、とも忠告した。ンジャヤはほくそ笑むだろうが、彼の言ったことはまったく正しい。自分はいま窮地におちいっている。インフルエンザ、南東部の洪水およびそれに付随する公衆衛生問題、例のミッシェル・チャドウィック上院議員の執拗《しつよう》な非難、そしてカメルーンのアメリカ大使館が包囲されるという事件。すでにさまざまな脅威を抱えて手一杯というときに、さらにこうした問題を背負わされたのだ。アメリカ合衆国には敵がたくさんいて、彼らはみな、アメリカが引き裂かれるのをながめたくてたまらないのであり、さらにそのあと、ばらばらになった欠片《かけら》を鷲《わし》のように急降下してかっさらいたいと熱望している。

「ひとつずつ片付けていくんだ、ジャック」ライアンは窓ガラスに映る己の姿に言った。インフルエンザの流行と洪水については、いま有能な者たちが問題の解決にあたっている。デハート国土安全保障長官も、現場をじかに自分の目で見て報告しようと、ルイジアナに向かっている。だから、いま迅速に自分が対処しなければならないのは、カメルーンの問題だ――ただ、いま現地で活動できるのは、文字どおり草むらに隠れている外交保安局駐在官ひとりと、現場上空でホヴァリングしているMQ－9リーパーUAV二機のみ。

「無人航空機」とライアンは声に出した。低空・低速だが、仕事をしっかりこなす。

UAVを使うと手を汚さずに戦争ができるから……政治家が安易に戦争を起こすようになる、と主張する人々もいる。ライアンとしては、アメリカ人の命を救ってくれるのなら、UAVに何の文句もなかった。生身のアメリカ兵を危険にさらす命令を下せば、きれいごとでは絶対にすまなくなる。爆弾をひとつ落とすごとに、小銃を一発撃つごとに、敵にも味方にも損害がでる。多数の死が不可避となる作戦の場合――いや、ひとりだけの死を覚悟しなければならないときでさえ――その実行を命じるのは容易であるはずがない。結局、死者がでることになるのだ。だが、ほんとうに何らかの作戦実行が必要になったとき、ライアンはぐずぐずと決断を先延ばしにするような男ではない。引っ込み思案な男ではないのだ。必要なことなら大胆にやってのけるのである――何であろうと。

エイディン・カー外交保安局駐在官は、警護対象の大使とともに、古い錆《さ》びたセミトレーラーのうしろに身をかがめていた。二人はいっしょに敵の行動を見まもっていた。フランス製自動小銃《アサルト・ライフル》FA-MAS《ファマス》を持つ四人の兵士たちが、ミセス・ポーターを連れて、ヤウンデの西端にある老朽化した倉庫のなかへ入っていく。彼女は頭に布の袋をかぶせられ、両手をうしろにまわされて縛られている。移動時の措置だ。見たところグループのリーダーと思われる兵士――そこを狙《ねら》って撃ってくださいと言わんばかりの禿《は》げがある男――が、ミセス・ポーターをドンと突き、彼女は足をもつれさせてひざまずいた。エイディン・カーは、飛び出していこうとしたバーリンゲーム大使をつかみ、必死で押しとどめた。

「辛抱です、大使」外交保安局員は声を押し殺して言った。

「きみは行動したいと言ったじゃないか。わたしにはそう聞こえた」バーリンゲームは返した。「それなら行動しよう」

「行動はします、大使。でも、賢く行動しないと。武器も人数も、向こうのほうが勝っているんです。何の計画も支援もなく、われわれが出ていったりしたら、ミセス・ポーターは無事でいられるでしょうか？　殺されてしまう危険性が大いにあります。そりゃあ、わたしだって、いますぐ銃をぶっぱなしながら出ていきたい。でも、いまはその思いをぐっと抑えて、Ｏｐｓに連絡し、彼女の居場所を知らせなければならないのです。援軍を送りこんでもらえるように」

「どんな援軍が来るのだろう？」バーリンゲームは目を倉庫から離さずに訊いた。

「ＦＢＩの人質救出部隊？　海軍《ネイヴィー》ＳＥＡＬｓ《シールズ》？」

「古い話ですが、ＦＢＩのＨＲＴ――人質救出部隊《ホスティッジ・レスキュー・チーム》――が創設されたときの逸話、知っていますか？」

　バーリンゲームは首を振った。

「ＦＢＩ長官がデルタフォースの戦闘訓練を見学したときのことです。彼は隊員たちの装備をつぶさに見て、手錠を携行している者がひとりもいないことに気づいた。なぜなのかと長官が尋ねると、隊員のひとりがこう答えた。『われわれは敵の額に二発ずつ弾丸を撃ちこみますので、手錠なんかいらないのです』その後、ＦＢＩはＨＲＴの創設にとりかかりましたが、こちらの隊員は手錠を携行することになりました」

「だったら」バーリンゲームは禿げの男がミセス・ポーターを引っぱり上げて立たせ

るのをじっと見つめながら言った。「いっそ、デルタフォースを送りこんでほしいものだ」

25

エリク・ドゥジェンコの車のワイパーは、間欠機能などついていないにもかかわらず、ときどき思い出したようにしか動かないという代物《しろもの》だった。それでも、なんとか雨を払うことができ、運転に必要な視界をどうにか保つことができた。

ドゥジェンコは運転しながら、親指と人差し指で両目をもみ、頭のなかに広がった霧を消し去ろうとした。マリアム・ファルハドのマンションからまっすぐエマーム・ホメイニー国際空港へ向かい、車を走らせながらイサベル・カシャニに電話して注意をうながそうとした。だが、何度かけてもつながらず、ハンドルをたたき、フロントガラス相手に悪態をつくしかなかった。

呼び出し音は鳴るのだが、だれも応答しない。

テヘランを南北につらぬく幹線道路である高速7号線は、夜遅い時間にしてはまだ交通量が多く、ドゥジェンコは高速で移動する赤い尾灯の大河の流れに乗ろうと、反応が鈍いティーバのアクセルをめいっぱい踏みこみつづけた。結局、学生たちを吊《つる》すのに使われたものによく似たトラッククレーンが哀れんでくれ、スピードをゆるめてティーバを護《まも》ってくれた。

彼は問題の女性に会ったことはなかったが、マリアムが彼女と電話で話しているのを聞いていたことがあり、いま手中にあるものが正しい番号であることを知っていた。イスラム革命防衛隊もそのうちマリアムの通話記録からその女性の電話番号にたどり着くはずだ。ロシアではその種の情報を得るのは難しいことではない。イランでもそう変わらないのではないか、とドヴジェンコは思った。イラン人は几帳面《きちょうめん》に記録管理をする。ドヴジェンコはふたたびハンドルをバンとたたいた。強くたたきすぎて手が痛んだ。セパ（革命防衛隊）は質《たち》の悪い癌《がん》のようなもので、だれも彼らから逃げ切ることはできない。彼らは、あらゆる政府機関、ほぼすべての企業にコネがあり、さらに、イラン社会に存在するドウレと呼ばれる小さな仲間集団を通して大半の家庭にまでつながっている。そうやって革命防衛隊はイラン社会のどこにでも影響力を行使できるのだ。

自分のマンションに戻るのは無意味だった。必要なもの――ロシアの外交旅券と金――はすでにあるのだ。残りのものは買うか盗めばいい。

動きつづけ、できるだけ早くイランから脱出するのだ。それに越したことはない。

ただ、職務放棄ということになる。病気のふりをするというのはどうか？　たとえば、こんなふうにボスに連絡する。

《駐在官様《レジデント》、反政府活動をしていたイラン人ガールフレンドが、われらが組織と同盟関係にある腐敗した連中に殺されたため、わたしは重い精神的病《やまい》にかかり、仕事をつづけることができません》

いや、だめだ。スパイは病欠の電話などしない。

それに、アロフ将軍の係わりが——それがどんなものであろうと——事態を複雑にしている。なにしろ、GRU（ロシア軍参謀本部情報総局）の幹部が、なんと、聖職者《ムッラー》統治という体制を転覆させようとしている人々と会っているのである。もっとずっと小さい奇妙なことに巻きこまれただけで人々が射殺されているというのに。

脱《ぬ》けるべきときなのだ、とドヴジェンコにはわかっていた。イランからだけでなく、SVR（ロシア対外情報庁）からも。だが、亡命は簡単ではない。たとえ祖国をあとにするトラウマを乗り越えられても、アメリカには信用してもらえないだろう。腑《ふ》に落ちないところがある怪しい男と見なされ、偽《にせ》情報を流す二重スパイではないかと疑われる。そもそも、提供できる情報などないのでは？　アメリカが面倒を見てもよいと思うのは、利用価値のある者であり、反政府活動に係わって殺されたイラン人女性と情事にふけっていて捕まりそうになっている燃え尽きたスパイではない。

　突然、クラクションのけたたましい音が聞こえ、不安による放心状態から引きずり出された。横に目をやると、ヘッドライトの光を受けて白い歯がきらめくのが見えた。黒いセダンの運転席にいる男が悪態をつき、怒って拳《こぶし》を振っている。追われてもおかしくないことをしたドヴジェンコには、だれもが革命防衛隊員に見えてしまう。彼はこんなに早く見つかってしまったことに驚愕《きょうがく》した。ハンドルをにぎる手がふるえた。だが、黒いセダンは加速して追い抜いていった。その運転席の男は、ドヴジェンコの車がふらふらして自分の車線に入ってきたことにカッとした、高速7号線上の単なるドライヴァーにすぎなかった。

　ロシア人は片手で顔をぬぐい、もう一方の手でティーバの走りを安定させた。シートにさらに深く身をおさめ、前の道路にしっかり目を向けて、車がふらつかないよう注意した。事故を起こしても、ふらつき運転で交通警察官にとめられても、一巻の終わりになる。だが、車をどこかにとめて休むこともできない。パルヴィス・ササニは猟犬のような男で、容赦なく執拗《しつよう》に追跡してくる。ほんの短時間であろうと、どこかに身を隠して考えたり計画を練ったりするのは、やつの仕事を楽にするだけだ。

　マリアムのマンションの捜査はまだ終わっておらず、ササニはあと数時間それにかかりきりになって動きがとれないはずだ。マリアムは真っ裸だった。やつらのような男たちにとって、全裸の女を見る機会は皆無に等しい。そう思ったところで、ドヴジェンコはまたしても胸が苦しくなり、すすり泣いた。やつらはゆっくり時間をかけて証拠を集め、異常者が好む凄惨《せいさん》な写真を撮りまくるにちがいない。捜査を徹底させるという口実のもとに。ドヴジェンコのこれまでの観察によると、どのような宗教であろうと、自分の倒錯に最も気づきにくいのは最も敬虔《けいけん》な信者であることが多いのである。

ドヴジェンコは煌々《こうこう》と光り輝くノボテル・エアポート・ホテルの西にある国際空港の第三駐車場にティーバをとめると、マカロフ自動拳銃《けんじゅう》と送受信無線機をトランクに入れてロックし、そのまま車を同じくらい醜い数百台のセダンの群れのなかに放置した。そして、地下鉄の駅をつらぬくスカイ・ブリッジを使って道路を越え、空港のメイン・ターミナルに達し、エミレーツ航空のチケット・カウンターに直行した。疲れたようすの男がキーボードをたたき、ドバイ行きの次の便の予約をとってくれた。

出発直前に駆けこんできてチケット代を現金で支払い、手荷物ひとつない、というのは、何らかの非合法活動をしている証拠だ。そこでドヴジェンコは立場を逆転させ、追われる者ではなく、追う者を演じることにした。だれかを追っていて、どうしてもこの便に乗らなければならない、というふりをすることにしたのだ。SVRの訓練でしっかり教わったように、威張った態度を示して公的機関に所属している者だと相手に思わせ、仕種《しぐさ》や表情で「これは最高度に重要な仕事であり、一般人がその内容を知るのはきわめて危険」と言うのである。チケット・カウンターの男は外交旅券にざっと目を通し、言外の意味――間違ってはいたが――を読み取り、ドヴジェンコがひきつづき悪党を追跡できるように搭乗券を発行した。

バルチスタン州の独立を求めるバルーチ人武装組織ジュンダラのテロの脅威が相変わらず存在しているうえ、最近は学生による反体制運動も盛り上がっているため、空港の所持品検査官たちは厳戒態勢をとっていたが、ドヴジェンコはセキュリティゲートを難なく通過することができた。

ドバイ行きの便の出発予定時刻は午前一時ちょっと過ぎで、ドバイでカブール行きに乗り換えるつもりだった。乗り継ぎ時間は二時間ほどある。タバコの煙のほかに、最後に何かを腹に入れたのは何時だったか、ドヴジェンコは思い出せなかった。公開絞首刑《こうしゅけい》のせいで腹に拳を押しつけられているような感覚が消えず、食欲が完全に失《う》せていたのだ。だから、ドヴジェンコとマリアムは遅い夕食をとるつもりだったのだが……。

食べたくなくても、何かを胃に放りこまなければならない。と言っても、このターミナルでは開いている店がほとんどないので、食べるのはドバイに着いてからにすることにした。ドバイの空港は放埒《ほうらつ》さもある文化の交差点で、いちおうイスラム教の地ではあるが、完全にそうというわけではない。ラスヴェガスがいちおうアメリカだが、完全にそうではない、というのと同じだ。いや、もしかしたら、ドバイ国際空港こそアラブ首長国連邦の、ラスヴェガスこそアメリカの真の顔であり、残りの場所や都市はみな両国のうわべにすぎないのかもしれない。

ドヴジェンコは外交旅券でほとんどの国にヴィザなしで入ることができるが、記録は残る。それに、ドバイだって、いたるところに防犯カメラがある。顔認識スキャナーも、それとわかるように設置されている場合も、入国審査場のバーチャル水槽《アクアリウム》のうしろに隠されている場合もあるが、いまやどこにでもある。だからドヴジェンコもできるかぎり注意するつもりだったが、自分にできることは結局のところ、うまくいきますようにと祈ることくらいだとわかってもいた。

ササニが上の者たちの許可を得て公式に捜査を続行するにはすこし時間がかかる。まず証拠が必要になる。そう、そのはずだ。ただ、わがSVRの駐在官《レジデント》が、こちらとの連絡がつかないということを何らかの有罪の証拠と見なした場合は、それはそれでまた厄介なことになる。その場合は、ドバイで飛行機から降りた瞬間、拘束されることになるだろう。いや、ドバイ行きの便が離陸する前に捕まってしまう可能性だってないわけではない。

SVRテヘラン支局の長である駐在官《レジデント》に怪しまれたら、もうどうしようもない。それもまた、ぐずぐずしていられない理由のひとつだ。

ドヴジェンコは、なぜそうできたときにササニを撃ち殺さなかったのかと自分をののしり、次いで、イサベル・カシャニに危険を知らせるために生きている必要があったのだと自分を慰める、ということを何度か繰り返した。ササニは全力をかたむけて彼女を捕まえようとするだろう。あらゆる手段を用いて彼女とマリアムとの関係を見つけようとするに決まっている。友人・知人のつながりをたどり、鞭《むち》と火を使って反政府運動と係わりがあるかもしれない者たちを次々に引っぱり出していく。それがやつの流儀なのである。

最近は女が民衆を率いる顔になるようだ。イサベル・カシャニはマリアムの友人で、女でもあるので、二重に怪しいことになる。もっとも、彼女はただマンションをマリアムに使わせただけで、いまのところ、ほかに罪を犯した証拠があるわけではない。

ドヴジェンコはイサベルの写真を何枚か見たことがあったが、どういう人間であるかということについてはほとんど知らなかった。富裕層の出身でマリアムの友だちであるということくらいしか知らない。二人は大学で知り合ったのではないか、と彼は推測していた。あるいは、薬物依存症リハビリセンターで出遭ったのかもしれない。二人とも、隣国のアフガニスタンから大量に流れこむ麻薬に溺《おぼ》れる人々を助ける仕事をしているのだから。イサベルは現在、国外にいて、国連薬物犯罪事務所の仕事をしている。だが、まだ革命防衛隊の手が充分にとどく範囲内にいる。セパは中東、アフリカ、アジアのいたるところに要員を配置している——革命防衛隊の命令で動く男たちがドバイにもダマスカスにもパキスタンにもいるし、アフガニスタン西部にも確実にいる。さらに、金をもらって彼らに情報を流す協力者のネットワークが広大な地域に広がり、中東と中央アジアのどの国境にもセパに協力する警備隊員がいると言ってよい。

だが、マリアムの手帳はこちらの手のなかにある。

その二ページ目にイサベル・カシャニの住所がはっきり堂々と書かれており、電話番号がいくつか添えられていた。彼女が働いている国連薬物犯罪事務所のオフィスは、アフガニスタンのヘラートの郊外にあった。イランとの国境まで一〇〇マイルもないところだ。イラン政府のどこかに彼女の職歴が記録されているはずだったが、どの国にも官僚制度の弊害というものがあって、ササニがそれを見つけるにはどこを探せばいいのか知っている必要があった。イサベルが国境を越えたり他の検問所を通過したりしてパスポート番号がコンピューターに入力されてしまうと、足取りをつかまれてしまうので、ドヴジェンコはそうなる前にイサベルに伝えるべきことを伝えなければならなかった。でなければ、彼女は逃げ果《おお》せることはできない。

ドヴジェンコはプラスチック製の椅子《いす》に座り、ドバイ行きの便の搭乗がはじまるのを待った。それはまもなくはじまるはずだった。まずドバイへ向かい、次いでカブールへ飛ぶ。そして、そこでヘラート行きの便に乗るのだが、そうするには、たとえ外交旅券を持っていても、自分の身分や行動を説明しなければならないだろう。飛行機ならヘラートまで一時間で着ける。ヘラートには何度か行ったことがある。ロシア政府を代表してタリバンへの武器の引き渡しを監督するためだった。

アフガニスタンでは必要な食料や医薬品を手に入れるのが難しいこともよくあるが、もうずいぶん長いこと戦争がつづいているので、武器の入手はあんがい簡単だ。拳銃一挺《ちょう》くらい確実に手に入れられるとドヴジェンコは思っていた。タリバンからだって得られるのではないか？　ゲリラ戦士はふつう自動小銃を好むが、彼らは古い中国製手榴弾《しゅりゅうだん》からクレイモア地雷まで、それこそなんでも持っている。安く買いたたこうとさえしなければ、分けてもらえるだろう。むろん、拳銃もいろいろある。アメリカ軍が使用していたベレッタを売ってもらえるかもしれないし、古いトカレフだって立派に役立つだろう。

ドヴジェンコは目を閉じた。疲れ切っていて、しっかり考えることもできなかったが、さりとて眠ることもできなかった。なおも悲しみで胸が張り裂けそうだったからだ。鼻をすって、あふれ出ようとする涙を抑えこみ、手帳を親指で繰って、なんとか耐えようとした。マリアムのきちんとした手書き文字――建築家が書くような字、いや、教師の字のよう、と言えばいいか？――を見て、喉《のど》を絞めつけられるような感覚をおぼえ、ほとんど呼吸もできなくなった。ドヴジェンコはイサベル・カシャニの携帯電話番号を指の先でなぞった。そのすぐ下に流麗なペルシャ文字のメモがある。「第二連絡先」というような意味のようだった。母親？ ドヴジェンコは手帳を勢いよくパンと閉じると、苛立《いらだ》ちをあらわにして手を離した。手帳が膝《ひざ》の上で弾んだ。イサベルは簡単に見つかってしまう。ササニは彼女の家族を特定し、偽りの口実を用いて彼らに彼女の居所を訊《き》くだけでいい。嘘《うそ》の理由を口にして、彼女と話す必要がある、と言えばいいのだ。イサベルは隠れているわけではない。悪いことなど何もしていない。だから恐れることも皆無。ササニ配下の女の隊員が、疑われないように、旧友だとか言えば、家族から居所を簡単に聞き出すことができる。

頭上のスピーカーが電源の入るプッというような音をたて、搭乗ゲート係員の雑音まみれのアナウンスを流しはじめた。早めの搭乗が開始されるのだとかろうじてわかった。イサベルの第二連絡先に注意をうながす電話を入れるのなら、早くしないといけない。思案に暮れていたとき、突然、手のなかの携帯電話がブーブーふるえはじめ、危うくそれを落としそうになった。

ササニからの電話だった。

ドヴジェンコはちょっと怒っているように声を尖《とが》らせて挨拶《あいさつ》の言葉を投げ、ふつうの状態にいるように思わせようとした。「こんなに遅くどうしたんですか?」

「たしかに遅いですな」革命防衛隊の残忍な少佐は返した。「今夜はわたしにとってもあなたにとっても多忙でしたからね、でしょう?」

「まあ、そうですが」ドヴジェンコは答え、不意に一〇〇〇もの視線に体中を這《は》いまわられているような感覚をおぼえ、コンコースを見わたした。もしや銃の照準装置が発した赤いレーザー光が当てられているのではないかと、自分の胸をチラッと見やった。

「いまどこにいるんですか?」ササニは訊いた。「すこし手伝ってもらえるのではないかと期待していたのですが」

そんなことを言われるのは初めてだった。

たぶんササニはいままさに、おれのマンションにいるのではないか、とドヴジェンコは思った。その可能性は五〇％以上ある。だからドヴジェンコは確認するのが難しい嘘をついた。

「ドライヴに出かけてましてね」

コンコースのすこし離れているところで、搭乗ゲート係員がもういちど搭乗をうながすアナウンスをしようとマイクを口に近づけた。スピーカーから大音量の搭乗案内が飛び出す直前、ドヴジェンコはスマートフォンを下げて〝消音《ミュート》〟アイコンをタップした。

「それは残念」ササニは言った。ドヴジェンコの嘘はまだばれていない。「いま、こちらはあの死んだ売女《ばいた》の検視解剖を見に行く途中なんです。あなたにも来てもらえないかなと思いましてね。そちらの科学的見識が役立ついい機会じゃないかと思えたんです」

マリアムの検視解剖……。ドヴジェンコはコンコース全体が自分を包みこもうと迫ってくるような感覚をおぼえた。喉が締めつけられ、しゃべれない。

「聞こえますか？」ササニは訊いた。

ドヴジェンコはスマホの〝消音《ミュート》〟を解除した。

「いや、すまない」感情をなんとか隠そうと、残っている集中力をすべて動員して言った。「携帯の受信電波が途切れてしまって。機会って、どういう機会ですか？」

「あなたの知識と経験が役立ついい機会だって言ったんですけどね」ササニは軽くあしらうように答えた。「でも、あなたがいなくても大丈夫ですよ。いちおう招待しておこうかな、と思っただけですから。興味がおありなら、来ていただこうと。気が変わることもないわけではないでしょうから、念のため言っておきますが、場所はヴァリアスル通りのそばの病院です。検視解剖でわかることがたくさんあると、わたしは思っています」

「今夜はもう疲れ切っていまして」ドヴジェンコはどうにか言った。

「では、次回ということで」ササニは返した。「お休みなさい、同志エリク。ぐっすり眠って」

ドヴジェンコは電話を切った。革命防衛隊なら、携帯の位置をつきとめるのに、わざわざこちらと話す必要はないが、ターゲットの携帯を通話状態にすれば位置探知作業は確実に楽になる。

ドヴジェンコはイサベル・カシャニの第二連絡先——緊急連絡先——の番号を打ちこみながら、重い足取りで搭乗ゲートのほうへ向かいはじめた。不安がふくれ上がっていく。ササニに離陸した飛行機を強引に戻させる権限もあるのだろうか？

呼び出し音が三度鳴ったところで、女性の声が応《こた》えた。

「はい《バレ》」ぼそぼそつぶやく声。熟睡していたところを起こされたようだった。

ドヴジェンコのペルシャ語はなんとか通じるが、ロシア訛《なま》りが強いので、かなりつっけんどんに聞こえる。

「イサベル・カシャニ？」

相手の声が和らいだ。「イサベルはここにはいません」

「どこにいるんだ？」ドヴジェンコはわざと詰問《きつもん》する口調で訊いた。相手の女性をいきり立たせたかったからだ。こんなに遅い時間にきつい無礼な問いかたをすれば、ふつうだれだって怒る。「いますぐ彼女と話す必要がある」

ドヴジェンコの期待どおり、女性はとりみだし、声を押し殺し、こわばらせて、そばにいるだれかに言った。「イサベルと話したいんだって！」

今度は男が電話口に出た。「何なんだ、これは？　こんな時間にわたしの家に電話してくるなんて、あんたは何者なんだ？」

「おれが何者であろうと、おまえには関係ない」ドヴジェンコは言いはなった。「イサベルはどこだ？」

男は電話を切った。これで、ほぼ間違いなく、男は怯《おび》えてイサベル・カシャニの居所について口を閉ざす――彼にとってイサベル・カシャニが娘であろうと姪《めい》であろうと、それこそどんな存在であろうとも。少なくともこちらがイサベルを見つけて注意をうながすまで、時間を稼げる。そうドヴジェンコは思った。

26

リュシル・フルニエは鏡張りのロビーの壁に映るダ・ローシャの姿をにらみつけた。二人はエレベーターのドアがひらくのを待っている。どうやらエレベーターは、この地球上にあるリュシルが落ち着けない数少ない場所のひとつのようだった。彼女はブラウスの上に紗《しゃ》のように薄い黒の上っ張りをはおり、片手をその内側に入れ、ウルバーノ・ダ・ローシャの右側に立っていた。利《き》き腕はいつでも使えるように空けたままにし、足の先の親指側に体重をかけて、かすかにステップを踏むように両脚をもじもじさせていたが、その動きは頭上のスピーカーから流れてくるBGMとまったく合っていなかった。チャイムがチンと鳴って、エレベーター・ボックスの到着を告げた。ダ・ローシャはわきにのいて、リュシルを先に乗せた。

リュシルは先ほどドン・フェリペを殺害したときと同じ短パンとTシャツを着ていた。ダ・ローシャは曲線美の暗殺者よりも七五ポンドも体重があり、身長も六フィート四インチちょっとで、いっしょにいると彼女の上にそそり立っているような感じになる。それでも彼は、リュシルに近づかれるたびに軽い怯《おび》えを感じる。短く刈らなければ、あらゆる方向に突き出したままになる瓶洗いブラシのように強《こわ》いダ・ローシャの髪にメロメロなのだ、とリュシルは言うが、それはちがうと彼にはわかっていた。リュシル・フルニエが魅了されているものがあるとすれば、それは無残な死に出遭える可能性の高さである。他人《ひと》の死であろうと自分の死であろうと構わないようなところもある。要するに、彼女はそのイメージを思い浮かべるだけで陶然となれるのだ。残酷であればあるほどいい。リュシルはダ・ローシャが提供する死の火に飛びこむ蛾《が》のようなものであり、無謀な仕事を懇願するのはあたりまえで、彼女がどれほど細心の注意を払って作戦を練っているのかを知らない者にとっては自殺的に見えることも平気でおこなう。むろん、実行時になってみないとわからない変数——偶然起こること——はつねにある。実はリュシルが切望し、最も楽しみにしているのは、その不確実性なのだ。

そして、ダ・ローシャは彼女がそうしたものを得られる機会をたくさん提供している。

ウルバーノ・ダ・ローシャが暴力行為に手を染めたのは父親のせいだった。車をめぐって喧嘩《かんか》し、ろくでなしの父の首を斧《おの》の取っ手で折ってしまったのだ。暴力に目覚めると、食料雑貨類の配達という仕事など色あせて見え、スペイン北部からリスボンまでの地域で売春と麻薬売買を仕切るガリシア・マフィアの中位の一家である〈オチョア〉の使い走りになろうとした。そして、望みどおりマフィアの一員となり、殴り合いや残虐《ざんぎゃく》な暴行で名を馳《は》せ、組織内でどんどんのし上がっていった。さらに、ポルトの売春婦たちの何人かを引き抜こうとしたライバル一家の組員をナイフで刺したことで、老ボスのオチョアその人に気に入られた。オチョアは若きダ・ローシャが殺した父親の代理を務めるようにさえなり、一家のもうひとつ高いレベルの仕事を彼に任せるようになった。ダ・ローシャは二六歳のときにはもう、かなりの数の子分をかかえて自分の組を動かし、コロンビアから運びこまれるコカインを受け取って麻薬に飢えるヨーロッパのマーケットにばらまくという仕事をこなしていた。

要するにダ・ローシャはもう一家の主《あるじ》で、自分を尊敬する男たちと、自分の気まぐれに応《こた》えてくれる女たちに囲まれていた――彼はよく気まぐれを起こした。申し分のないステキな生活だった。ところが、ある日偶然、ロシア製の9K38イグラの荷に出遭った。それはコカインを運んできた輸送船がコロンビアに戻るさいに運んでいくことになった荷だった。彼は子分たちとファーストパーソン・シューティングゲーム『バトルフィールド2』をやっていたので、そのスマートなバズーカのような武器が何であるか一目でわかった。武器は何でも大好きだったが、もしその荷が単なるカラシニコフだったら、チラッと見るだけで、それ以上気にかけなかっただろう。イグラは自動小銃とはまったくちがう武器なのだ。イグラ——針という意味のロシア語——は高性能の携帯式防空ミサイル・システム、通称ＭＡＮＰＡＤＳなのである。新しいモデルもあるが、ＮＡＴＯ（北大西洋条約機構）がＳＡ-18グロースと呼ぶ９Ｋ38イグラは、何の問題もない極めて精巧なマシンであり、それを得るために気前よく金を払う者は中東をはじめ世界のどこにでもいる。一基、二万五〇〇〇アメリカドル以上で売れ、手っとり早く五〇万ドルの利益をあげることができる、とダ・ローシャは正しく計算できた。口封じのため、密輸業者たちを殺して、ドウロ川の堤防の先端にある灯台の沖に棄《す》てるという手間が必要になりはするが、それ以外の面倒はまったくない。

ダ・ローシャは武器の取引に興奮し、麻薬密売や管理売春よりもずっと魅力を感じた。なにしろ国づくりに加担するのであり、そう思うと目眩《めまい》がするような感覚さえおぼえた。たしかに、どこかの政府との取引には不都合な点もあるが、長期的に見れば、弱体で頼りない政権でも、最強の麻薬カルテルよりは安定している。それに、そんなことはまず不可能ではあるが、たとえ紛争の当事者双方に武器を売ったとしても、麻薬取引をしていたときのように、ライバル組織に殺されて結局は酸に漬けられて溶かされるんじゃないかと心配することもない。

最初、ダ・ローシャは老マフィアの縄張りのなかで取引させてもらうということでオチョアにいくらか貢《みつ》いでいた。稼いだ莫大《ばくだい》な金額にくらべれば、わずかなものだった。それに、そうすることで、新聞で蠅《はえ》を追い払うのと同様の煩《わずら》わしさからすっかり解放された——自分で細かい厄介事にいちいち対処するのはあまりにも面倒だ。ところが、そのうち老マフィアが貪欲《どんよく》になり、自分も武器取引に参加させろと言ってきた。そこでダ・ローシャはオチョアとその家族を皆殺しにしてしまった。だが、一家の麻薬・売春ビジネスを乗っ取ることはせずに、〈オチョア〉の三人の幹部にそれを奪い合わせることにした。そうすれば、三人とも数年のうちに消耗して弱体化するにちがいないからである。

次いでダ・ローシャは武器ビジネスの競争相手を排除しはじめた。そのころリュシル・フルニエはフランス南部の小物の武器商人——何の魅力もカリスマ性もない老いぼれ——のために働いていた。ダ・ローシャはウインクするだけでよかった。ただそれだけで、リュシルにその爺《じい》さんの喉《のど》を掻《か》き切らせ、こちらの仕事に鞍替《くらが》えさせることができた。

リュシルに同じことをされる恐れはつねにあるな、とダ・ローシャは思っていた。

その気になれば、彼女は簡単にそれを実行できる。だが、そういう危うさがまたダ・ローシャにとっては面白いことではあった。

エレベーターのスピードはとてつもなく遅く、ケーブルが巻き上げられる大きな音と釣合重りがすべる音がBGMにかぶさった。上昇していくあいだ、リュシルは息をとめていたようで、四階でドアがひらいたとき文字どおりあえぎ、声を発して呼吸した。がっしりした大きなロシア人がエレベーターの前で待っていた。背後の金属製の手すりは男のベルトの高さまで達していない。リュシルは小声でハミングしだした。だれかを殺す最高の方法を考えているとき彼女がかならず口ずさむメロディーだとダ・ローシャにはわかっていた。リュシルはロシア人に悪戯《いたずら》っぽい笑みを浮かべて見せた。こんなやつ、わたしがちょいと突いただけで、床にぶっ倒れてしまう、と思っているにちがいなかった。ロシア人は微笑《ほほえ》み返した。こちらもまたリュシルを殺す場面を思い浮かべているにちがいない。首に彫られた薔薇《ばら》と短剣のタトゥーが男の襟元から顔をのぞかせている。ブラートゥヴァ（兄弟組）と呼ばれるロシア・マフィアの一員であることを示す図柄。この種の男はきっと、シャツをぬいだらタトゥーだらけなんだろうな、とダ・ローシャは思った。短剣が突き刺さる薔薇のタトゥーは、名誉の印であり、一八歳になる前に刑務所に入ったことを自慢するものでもある。それを見た者は当然、怯えることになる。

男は低くうなり、顎《あご》をしゃくって肩越しにチラッと目をやった。そうやって方向を示してから、ひとことも言わずに体の向きを変え、廊下を歩きだした。

ダ・ローシャとリュシルは目と目を見かわし、おとなしくあとについていった。なにしろ、この三カ月これを目指して努力してきたのだ。

薔薇首の男は３１４号室のドアの前で足をとめた。ルームナンバー・プレートの形状からスイートルームと思われる。男はコンコンコンと速くて鋭い三連続ノックをし、もういちど繰り返した。エレベーターを降りたときにボディーチェックをされなかったことにダ・ローシャは驚いていたのだが、ドアがひらいたとき、その理由がわかった。

奇妙な田舎の子供風へアカットをしたロシア人が手をひょいと動かし、なかに入るよううながした。

「服をぬいで」ロシア人は言った。彼らは化粧台とミニ冷蔵庫のそばの狭苦しい壁《アルコーヴ》のくぼみのなかに立っていた。玄関ホールのはしの天井からベッドカバーと思われるものが吊《つ》り下げられていて、そのカーテンのせいでダ・ローシャは部屋の奥を見ることができなかった。何かの臭《にお》いがした。それが何なのかはっきりとはわからなかったが、服をぬげと言われたことでダ・ローシャはほかのことを考えざるをえなくなっていた。

「服をぬげということなら」ダ・ローシャは言った。「もうお名前くらいは教えていただけるんでしょうな?」

「グレゴールと呼んでください」奇妙な髪型の男は答えた。ロシア訛《なま》りのきつい英語で、食べ物を頬張りながらしゃべっているように聞こえた。

ダ・ローシャは疑いをあらわにして目を細めた。「それ、本名?」

「いえ」ロシア人は平然と返した。「でも、そんなことはどうでもいい。グレゴールと呼んでください。さて、どうぞ服をぬいでください。バスローブがあります」

ダ・ローシャは手をベルトにやったが、すぐにその手をとめ、首をかしげた。

「なぜ?」

「銃とか盗聴器とか、そういったものをすべて排除するためです」グレゴールは答えた。「あなたのような職業の者は多種多様な武器を手に入れられるということを、当のあなたが圧倒的な説得力をもつ実演で証明して見せてくれましたからね。武器発見のためのわれわれのスキャナーをごまかすテクノロジーも、あなたはもしかしたら持っているのかもしれません」

「なるほど」ダ・ローシャは言い、リュシルに微笑みかけた。「マイ・ディア、先にバスルームを使ってくれ」

ロシア人はスッと横に移動し、バスルームのドアの前に出て、そこに入れないようにした。「ここでぬいでもらいます。そのほうがだれもが安全になれる」

リュシルは額に垂れていた一房の髪を掻き上げた。「拳銃《けんじゅう》をはずしたいのだけれど?」

ロシア人はほぼ一フィート四方の厚い金属層の封筒をとりだし、ひらいた。電波を遮断するためのファラデーバッグだとダ・ローシャにはわかった。

「このなかに入れて」グレゴールと名乗った男は警戒し、目を細めた。「ゆっくり、できるだけゆっくり」

リュシルは手をうしろにまわしてTシャツの下にもぐらせ、ウエストバンドの内側のホルスターから超小型拳銃《ポケットピストル》ベレッタ・ナノをとりだし、親指と人差し指だけでそれをぶら下げ、バッグのなかに落とした。

「あなたを殺すのに拳銃なんて必要ないわ」リュシルはにっこり微笑んで言った。

「そんなこと、この人たちはもうちゃんとわかっているはずだよ、マイ・ディア」ダ・ローシャが口を出した。

「あんたらは殺しを複雑にする」グレゴールはリュシルにグッと身を近づけた。服がかすかに触れ合った。「静音性の高い拳銃、特殊な毒……なんでそうわざわざ厄介なことをするんだね？」

「オー、モン・プティ・ヌヌル」ああ、わたしのかわいいテディベア。リュシルは笑みを浮かべ、睫《まつげ》をパチパチさせた。「ぜんぜん厄介じゃないわ」

ロシア人はリュシルをにらみつけ、口から出ようとした言葉を嚙《か》み砕くかのように前歯をカチカチ鳴らした。テディベアと呼ばれたことがわかったのだろうか？　わかったとしても、何も言わなかった。

ややあってグレゴールは「携帯電話」と言い、ダ・ローシャとリュシルが言われたとおりスマートフォンをファラデーバッグに落とし入れると、それをミニ冷蔵庫のなかに入れた。「では、服をぬいでもらいましょうか。靴も」

リュシルが足を交互に上げて短パンをぬぎ、次いで案外すんなりと下着をぬぐさまを、薔薇首とグレゴールは魅入られたようにじっと見まもった。二人は両脚についた幾筋もの細い傷跡にとりわけ興味をもった。左右の脚にそれぞれ、尻《しり》のくぼみから大《だい》腿部《たいぶ》のかなりのところまで、ほぼ一インチの間隔で平行に九本の線状の傷跡が走っている。自傷の跡と思う者もいるかもしれないが、ダ・ローシャは前にも見たことがあり、彼女が一四歳のときに実の父親に西洋カミソリで切られた跡であることを知っていた。父親は自分の所有物であることの印を娘の脚につけておこうと考えたのだ。リュシルは父の薬箱にあった睡眠薬をビーフ・スープに混ぜて飲ませ——寝込んだ父の息の根をとめてから、ボーイフレンドの助けを借りて遺体を川に投げ棄てた。だが、それで食らった刑期はたったの一八カ月だった。しかも収容されたところは、フランス人が『閉鎖教育センター』と呼ぶ未成年犯罪者用の施設だった。

真っ裸になったリュシル・フルニエは、すこしクルクルまわって見せ、まだ自分が状況を支配しているのだということをロシア人たちに示そうとした。「そうら、ご覧のとおり、いやらしいあそこ以外、もう武器はないわ」黒いシルクのパンティーを小さく丸めて突き出した。「これもバッグのなかに入れる？　それとも、あんた、これをしっかりつかんでいたい？」グレゴールは思わず半歩さがった。

薔薇首は口のはしだけ歪《ゆが》めてにやっと笑った。

グレゴールは親指をクイッと動かしてミニ冷蔵庫の上を示した。「あそこに置け」

ダ・ローシャは横目でチラッとリュシルを見やった。彼女は軽く肩をすくめて〝戦争だから仕方ない《セ・ラ・ゲール》〟という思いを伝えた。

ダ・ローシャはグレゴールに先導されて短い廊下を歩きはじめた。リュシルもすぐうしろに従った。薔薇首は殿《しんがり》についた。

グレゴールが間に合わせのカーテンを横へ押しやったとき、ようやくダ・ローシャはは先ほど何であるかわからなかった臭いの正体に気づくことができた。

オレンジの花の芳香と、古いユダヤ人地区バリオ・サンタ・クルスの馬車が落としていった馬糞《ばふん》の臭いが混ざり合っている。その独特の臭いが暑い夕方の空気に乗って、ヒラルダの塔の四階の窓の内側にいるドミンゴ・〝ディング〟・シャベスのところにも漂いのぼってきていた。ロシア人たちのホテルは一ブロック北にある。ヒラルダの塔は、いまはカトリック教会の鐘楼だが、もともとはイスラム支配の時代に建てられたモスクの尖塔《ミナレット》で、日中はセビリアで――いや、スペインでも――最も訪れる人の多い観光名所のひとつになっている。塔への入場は午後五時までなので、シャベスとドミニク・カルーソーは階段を独り占めにすることができた。夜警は太鼓腹の男で、階段ののぼり口さえ見張っていれば、わざわざ上のほうまでチェックする必要はまったくないと信じているようだった。〈ザ・キャンパス〉工作員たちがいま直面している最大の危険は、眼下の石畳の通りを動きまわっている何百人もの観光客のひとりに見られることだった。夕闇《ゆうやみ》のなかで撮られている写真も数百枚におよぶと思われたが、それらはあとで削除されるにちがいなかった。シャベスはだれにも気づかれないようにするため、黒い服を着て、窓からしっかり身を引いていた。

シャベスは三脚に据えられたデジタル一眼レフ・カメラのようなものの液晶モニターのうしろに立っていた。その数フィート左にいるドミニクも、隣の窓からしっかり離れたところにある同様な装置のうしろにいる。ドミニクの前にあるのはレーザー・マイクロフォンで、そこから発射されたレーザー光がロシア人たちの部屋のテラスの窓ガラスをまっすぐ照射していた。それが期待どおりに働いた場合、部屋の内部でかわされる会話が窓ガラスをかすかに振動させ、レーザー光はそこに当たって反射するさい変調し、そのままシャベスの受信装置へと戻って、デジタル・レコーダーによって記録される。二人は二〇分前に機器を設置し終え、すでに短いフレーズをいくつか拾うことに成功していた。おもにスペイン女に関するジョークとセビリアの暑さへの愚痴だった。風船をねじるようなキュッという音や、粘着テープを剝《は》がすような音も捉《とら》えたが、いまのところそれだけ。

ジョン・クラークとアダーラ・シャーマン——今夜は赤褐色のかつらをつけ、何の特徴もない眼鏡をかけている——は、ロシア人たちのジュニア・スイートルームから二つ目の部屋を監視拠点にして、監視カメラとGSM通信方式の盗聴器が捉える映像と音をモニターしていた。カメラと盗聴器は、監視対象のいる部屋のドアから三フィート離れた金属製の手すりの下と、廊下の半ばにあるエレベーターのそばの壁に設置された消火器のガラスに取り付けてある。

バリー・〝ミダス〟・ジャンコウスキーとジャック・ライアン・ジュニアは、ホテルの入口近くにあるタパスを供するバルのテラス席に陣取り、薄切りだが濃厚な味のイベリコ豚の生ハムをつまみつつ地元のビールをちびちびやって、観光客の群れにうまく紛れこんでいた。

「オーケー」クラークが無線ネットワークを通して指示した。「ジャック、ミダス、そろそろダ・ローシャの部屋へ移動し、ちょいと探りを入れろ。見張りの者が残っているかもしれないから気をつけろ」

「了解です《ラジャー・ザット》」ジャック・ジュニアは応えた。「ただちに向かいます」

「ダ・ローシャたちがロシア人の部屋を出たら、知らせる」クラークはつづけた。

「ディング、状況を報告しろ」

「静まりかえっています」シャベスは首にかけた輪についているマイクにささやいた。そして、横目でドミニクをチラッと見やった。「レーザー・マイクにぶつかったりしてないか？」

「していません」ドミニクの言葉は、いままさにロシア人たちのホテルの部屋の窓を
のぞくのに使っている双眼鏡のせいでくぐもって聞こえた。「こちらはうまくいって
います。ブラインドに小さな裂け目があって、そこからなかをのぞけるんです。やつ
ら、とても信じられないことをはじめました」

27

ダ・ローシャの両手が、攻撃をかわそうとするかのように勢いよく上がった。嗄《しわが》れた動物的なうめき声が彼の喉《のど》から洩《も》れた。

透明のビニール・シートが床と奥の壁をすっかりおおっていたのだ。壁をおおうシートは天井から吊《つ》り下げられ、張り跡が残らない黒いガッファーテープで床に留められている。リュシルが走り寄り、ダ・ローシャの背中に体を密着させた。

「メルド！」リュシルはビニール・シートを見て〝くそ！〟と吐き捨てるように言った。

グレゴールはわきへのき、不気味な笑いを洩らした。

「まあ、落ち着いて」上唇が長くて鼻の下の広いロシア人が部屋の奥から声をかけた。「やはり意外だったということですね。でも、これは殺し部屋ではなく、間に合わせの対監視気泡《バブル》なんです。ただ、あなたがたがわれわれとはもう仕事をしたくないと思い、そうすることに決めた場合は、ちがうものになります——その場合は、これを別の目的で使用することになります……つまり、必要ならば、あなたがたの死体を処理するのにも使える……」

「いや」ダ・ローシャは内心焦《あせ》り狂っていたが、顔はずっと平然として見えますようにと祈りながら言った。「それは必要ありません。わたしはあなたと仕事をすることを熱望しているのです。それが証拠に、わたしはまるで恋い焦《こ》がれるティーンエージャーのようにあなたを追いかけまわしている。でしょう?」意識的に深呼吸を何度かすると、突然のショックで速まっていた心拍が鎮《しず》まりはじめた。一瞬だったが、ビニール・シートに自分の脳髄がばらまかれることになるのだと彼は確信したのだ。自分もこの手を使って、不貞な愛人の血でカーペットや家具が汚れないようにしたことがあったからである。

バブルはまさに独創的な素晴らしいアイディアだった。ヴァージニア州にあるCIAの最新の本部ビルをはじめ、多くの盗聴不能な情報機関施設も、このバブルと同じ構造になっている。つまり、建物のなかに建物がつくられているのだ。二重になった層のあいだの何もない空間に音楽やホワイトノイズを流せば、レーザーやマイクロ波を使った監視がほぼ不可能になるし、壁や電気器具に埋めこまれた最新鋭の電子盗聴器でさえ役に立たなくなる。

家具はすべてビニール・シートの外に出され、壁に押しつけられていた。シートによってつくられたボックス――盗聴不能スペース――の内部にあるのはクイーン・サイズのベッドとクッションだけ。ベッドはシートの内側に寄せられ、小さなクッションが四つ、床に置かれていた。照明は透明のビニール・シートを通り抜けてくるので、拡散し、フラットになっている。そのせいで、無菌室さながらの〝シート部屋〟は現実離れした別世界のように見える。黒っぽいスポーツコートに身をつつむ三人のロシア人と、まるでアダムとイヴのように真っ裸で立っているダ・ローシャとリュシルの取り合わせは、ロシア人たちが厳しい表情を浮かべていなければ、笑いださずにはいられない光景だった。

上唇の長いロシア人が白いテリー織りバスローブをダ・ローシャとリュシルに手渡した。「どうぞ、ウラジーミルと呼んでください」

ダ・ローシャは肩をすくめるようにしてバスローブをはおり――肩のところがすこしばかり窮屈だった――ひもを前で結んだ。リュシルも袖《そで》を通したが、前をあけたままにしていた。突き出した胸が劇場の幕をひらこうとする手のようだった。

「どうぞ、座ってください」ウラジーミルと名乗った男は手を振って床に置かれているクッションを示した。「最初に、思いのままにライバルを無力化するあなたがたの能力は……なかなかたいしたものだと言っておかなければなりません。もっとも、余計な行動ではありましたけどね。あなたのことをすこし調べさせてもらいましたよ、ミスター・ダ・ローシャ。あなたなら、わたしの雇い主の役に立てるかもしれません。ただ、われわれがこれから話し合うのは、慎重かつ極秘にやらなければならないことでして、そのことと……われわれの信頼を裏切ったときの危険を、まずはあなたにしっかり理解していただく必要があります」

「わかっています」ダ・ローシャはためらうことなく返した。「わたしが真剣であることは、あなたの注意を惹《ひ》くためにとった行動によって証明されているのではないかと思います。わたしにどこかの国の組織に所属する友人がいないことも、それではっきりしたのではないですか？」

「かもしれません」ロシア人は言った。「しかし、自分をもっと高く買ってくれる——もっと金を出してくれる——者たちがあらわれると、まあ、なんと言うか、いったん築いた信頼関係もあやふやになることがよくあります」

「わたしはこれから先もずっとあなたがたと取引をつづけたいと思っているのです」ダ・ローシャは言い切った。だが、そのとき、グレゴールの目が呆《あき》れたと言わんばかりにグリッと上へ動こうとした。結局、動きは途中でとまったが、ダ・ローシャはその一瞬の表情を見逃さなかった。グレゴールがダ・ローシャの子分だったら、射殺をまぬがれなかっただろう。だが、ここはダ・ローシャもグッと我慢して、無視した。ウラジーミルと名乗った上唇の長い男がこのグループのボスなのであり、ダ・ローシャは彼の説得に全神経を集中させることにした。「わたしは信頼というものをとても大事にします。その点を心配する必要はまったくありません」

「素晴らしい」ウラジーミルは応《こた》えた。「では、ずばり本題に入りましょうか？」

緊張で強張《こわば》っていたダ・ローシャの肩からふっと力が抜けた。が、同時に、いきなり取引が成立しそうな気配になって、彼は内臓を掻《か》きまわされるような感覚をおぼえた。「それはありがたいです」

ロシア人は言葉を選んでいるかのように頭を何度か上下に揺すった。「はい、では。わたしは、取り扱いがきわめて難しい商品を……何と言えばいいか、その……世界の政治的に不安定な地域の住民グループに届けたいと思っているビジネスマン・グループの代表者です」

「わたしはそうした移動に適したルートをいくつか確保しています」ダ・ローシャは応えた。「どれだけいいルートかは届け先によります」

「イラン」ウラジーミルはダ・ローシャを凝視し、反応を観察した。

「問題ありません」ダ・ローシャは言った。「イラン西部にある秘密の滑走路をいくつか知っています。運びこむものにもよりますが、それなりの金額を支払えば、イスラム革命防衛隊も黙認してくれます」

「革命防衛隊も――その他イラン当局のだれも――巻きこむわけにはいきません」

「巻きこみはしません」ダ・ローシャは返した。「買収して放っておいてもらうのです」

ウラジーミルは首を振った。「大きな荷なのです。海路のほうがいい」

「それも可能です」ダ・ローシャはくじけずに言った。「その荷はいまどこにあるのですか?」

ウラジーミルはふたたびポルトガル人武器商人をじっと見つめた。「マスカット」

オマーンの首都。

「なるほど」ダ・ローシャは頭のなかにオマーン湾の地図を浮かび上がらせた。どんな荷であろうと問題ない。密輸業者はどんな地域の言葉にも地理にも明るい。「マスカットからバンダレ・ジャースクまで荷を運ぶのは充分に可能です。二五〇キロもないはずです。でも、わたしなら大型輸送機を使うこともできます。まあ、はっきり言いますと、イリユーシンIl‐76。それを数時間のうちに問題なくマスカットに用意できます」

　ロシア人たちは目と目を見合わせた。

「わかりました」ウラジーミルは言った。「きちんと届けられさえしたら、荷がどう運ばれようと構いません。荷がイラン領に到達した瞬間、買い手に渡るようにしてほしい」

「お金のことをまだ話していませんね」ダ・ローシャは肝心なことを切り出した。

「ああ、そうでした」ロシア人は応えた。「まだでしたね。実は、荷は……二つに……分かれています。そして、そのそれぞれの卸値は一五〇〇万アメリカドルになると、われわれは見積もっています」

　ダ・ローシャは片目が痙攣《けいれん》しはじめるのを感じ、それを隠そうと目を激しく瞬《しばたた》かせた。武器のブラック・マーケットでは、絶え間ない需要と不確実な供給のため、法外な値段で取引されることがよくある。買い手がかなりの割増金を払うからこそ、だれかが投獄される危険をものともせずに武器を提供しようとするのである。ボスニアでは二〇〇ドルで手に入るカラシニコフ自動小銃をメキシコに運ぶと、二〇〇〇ドル以上で売れることもある。それでもダ・ローシャは、最初に三〇〇〇万ドル支払ってなお儲《もう》けられるという取引を頭に思い描くことがなかなかできなかった。

「見てもいないものにそんな大金を払うというのは……」ダ・ローシャは思わず本音を口にした。「買い手がどれだけの金額で買ってくれるのかも確認できていないわけだし」

ウラジーミルは掌《てのひら》を上げて見せた。「いや、すみません。わたしは英語力不足なもので。この場合、〝卸値〟という言葉ではいけないんですね。わたしの雇い主があなたにそれだけの金額を払うということです。あなたが払うのではなく」

ダ・ローシャはなんとか苦労して落ち着きをたもった。「そうした商品を手渡し、なおかつ金を払うというのですか？　それで何の得があるというのです？」

ウラジーミルは目をこすった。「その点はあなたが首を突っ込む問題ではありません、マイ・フレンド。でも、いちおう、『わたしの雇い主は、ある目標を達成しようとしている友人を、個人的に深く係わることなく支援したいと思っている』とだけ言っておきましょう」

「わかりました」とダ・ローシャは言ったが、ほんとうはわかっていなかった――まあ、しっかりとは。商品がただで手渡されることは絶対にない――何らかの見返りがかならず求められる――ということを、彼は何年も前に、〈オチョア〉のために麻薬密売や管理売春をやっていたときに学んでいた。

「商品を移動させるだけで金を払います」ウラジーミルはつづけた。「仲介者になるだけで。取引の……顔……になるだけで」

ダ・ローシャは床に座って片腕で上半身を支えていた。ビニール・シート上の掌に汗がにじんでいたので、滑らないように注意しなければならない。それに、横座りだったので脚が痛みだしていた。「わたしには輸送のルートもシステムもたくさんあります」いかにもセールスマンらしく急に能力を誇示しはじめた。「荷役台《パレット》用木箱に入った小銃から最大級の攻撃ヘリコプターまで、何でも運べます。どのような荷であろうと、問題はまったくありません。しかし、運んでいるものが何であるのかもわからないのでは、小売価格も知りようがありませんね」

ウラジーミルは鼻をすするようにして息を吸いこんだ。「言っておきたいことが二つあります、ミスター・ダ・ローシャ。その第一は、小売価格もひとつにつき一五〇〇万ドルに設定されている、ということ。したがって、あなたは二度支払いを受けることになります」

ダ・ローシャは無表情を装お《よそお》うとしたが、六〇〇〇万ドルという金額が頭に浮かんでしまい、さぞや目の痙攣が激しくなったにちがいないと思わざるをえなかった。一瞬、イランの過激なごろつき分離主義グループを相手にしているのではないかと思った。しかし、これだけの金額を支払えるのは国家だけだ、と思いなおした。それに、商品は通常兵器ではないはずだ。「失礼ながら、率直に申し上げて、その荷は……核関連ということでしょうか？」

　ウラジーミルは目を下げ、自分の鼻を見下ろした。「だとしたら、問題ですか？」

「いえ」ダ・ローシャは正直に答えた。兵器は人を殺す道具であり、それにちがいなどありはしない。核兵器だって、サリンやコンピューター制御誘導システムと同じように、何のためらいもなく売ってやる。

「素晴らしい」ウラジーミルはふたたび片手を上げた。「報酬には文句ないと思います。ただ、思慮深く、慎重になって、余計なことはいっさい口にしない、というふうにしていただかないと困ります。それの重要さはどんなに強調してもしすぎることはありません。もしそうしていただけない場合は、今後のビジネスはなしになります」

《今後のビジネス》とダ・ローシャは思った。《これは前途有望じゃないか》「かならずご満足いただけるようにします。ガスパールというあのアホなフランス野郎は、実際よりも成功したような気持ちになりたくて、いろいろ吹聴《ふいちょう》するのが好きでした。あなたがたが何らかのビジネスをしたがっているという情報も、もとはといえば、あいつから聞いたのです」

ウラジーミルは穏やかに微笑《ほほえ》んだ。胸糞悪《むなくそわる》くなるくらい穏やかに。「では、あなたもわたしも幸運だった、ということですな」ロシア人はドア口を指さした。「早速はじめていただきたい。帰りぎわに、あなたの口座情報をグレゴールに伝えてください。送金の詳細は彼から教えてもらえます」

ダ・ローシャはなんとか立ち上がった。長いあいだ同じ姿勢をとっていたために脚が痺《しび》れ、棒のようになってしまっていた。リュシルを立たせようと手を下に伸ばした。だが、彼女はその手を無視した。意地悪をしたわけではない。ただ、まだ何が起こるかわからなかったので、両手とも空けておきたかっただけだ。

リュシルは訊《き》いた。「荷がマスカットに着くのはいつ？」

「もう着いています」ウラジーミルは答えた。「輸送は迅速におこなう必要がありますす」

「では、明日、手配します」ダ・ローシャは言った。

「いや、今夜」ロシア人は返した。

「言っておきたいことが二つある、ということでしたね？」

「あっ、そうそう」ウラジーミルもいまはもう他のロシア人たちといっしょに立っていた。「わが雇い主がこれだけ多額の金を喜んで支払う理由がもうひとつあり、それをあなたにもお伝えしておかなければなりません。それは、今回あなたが使う輸送ルートはそのうち、いくつかの国の当局に発見される可能性がきわめて高い、ということです」

「発見される？」

「ええ」ウラジーミルは言った。「露見するのです。暴《あば》かれるのです。困りますか？」

「いえ、ぜんぜん」ダ・ローシャは財布がすでに重くなったような気がしていた。

28

バリー・〝ミダス〟・ジャンコウスキーが先にダ・ローシャのホテルへ向かった。ジャック・ジュニアは残ってタパスとビールの代金を払い、二分後、対監視要員――見張り――がいる気配がないか確かめながらミダスのあとを追った。

ロシア人たちはプロで、厳しい監視が難しい、古風な趣のある小さめの地味なホテルを選んでいた。一方、ダ・ローシャのほうは、今回も祖国のために働いているわけではなく、いつものようにプレーボーイ国際武器商人のライフスタイルを最優先していた。ダ・ローシャの場合、神や祖国の優先順位はずっと低いのだ。きらびやかであればあるほどよく、金の装身具、贅沢《ぜいたく》な高速車、五つ星ホテルがまず選ばれる。だから、高級ホテルのアルフォンソⅩⅢのデラックス・ルームに滞在していた。そのホテルは広い庭をもつ宮殿アルカサルの西端のすぐそばにあり、ジャックたちがいた場所からは南へ向かって一〇分も歩かずに行けた。

「現場に着いた」ミダスが無線ネットワークを通して言った。「うしろの様子はどうだ？」

「いまのところ問題なし」ジャックは答えた。コンスティトゥシオン通りの真ん中に馬車がとまっていて、馬は身をよじって立ち、頭を下げている。その馬車の御者に道を教えてもらっている高齢者カップルの一団が邪魔で、ジャックは大まわりしなければならなかった。だが、そのおかげで、ごく自然に歩くペースをゆるめて通りを渡ることができ、尾《つ》けてくる者がいないか確認することもできた。そして、そうしているあいだもずっとミダスから目を離さなかった。あるところでミダスも歩調をゆるやかにし、それによってジャックは小さな店に入って後方をチェックする時間を得た。彼はその店でガムを買った。ＳＤＲ（サーヴェイランス・ディテクション・ラン＝尾行や監視の発見・回避のための遠回り）中に怪しまれずに足取りを緩慢にしてあたりの様子をうかがうために、ポケットサイズのスナック菓子を買ったことが、この何年かのあいだに数え切れないほどあった。

「よし」ミダスは言った。「ロビーを一分ほどぶらつき、うしろからだれか入ってこないか確かめる。いま警備室から男がひとり出てきた。武装警備員ではなく防犯カメラ担当のようだ。おれたちは幸運なのかも」

「かもしれません」とジャックは返したが、そう言った瞬間、もう疑いはじめていた。

油断は大敵だ。実際に計画よりもうまくいく作戦はまれにしかない。「いま正面玄関ドアを抜けてなかに入るところ」

ジャックは宿泊客のような顔をしてさりげなくミダスの横を通りすぎ、大理石の階段を小走りでのぼって、ムーア風のロビー上部へと通じるタイル張りのアーチ型通路を通り抜けた。ロビー上部はタバコと床ワックスの臭《にお》いが立ちこめ、弱められた照明によって旧世界の宮殿を思い起こさせた。ジャックは色の濃いマホガニーの羽目板に設置されたエレベーターの呼出しボタンを押し、待つ時間を利用してあたりを見まわした。このホテルはホワイトハウスに似ていたが、ずっと大きく、陰気でもない。エレベーターのドアがあいた。空っぽだった。ジャックは乗りこみ、ダ・ローシャのスイートルームがある四階までエレベーターを独り占めにできてよかったと思った。スペインのディナーは遅いので、宿泊客の大半はまだ外にいて、暖かいセビリアの夜を探検したり、スピノサ李《すもも》のリキュールであるパチャランとコーヒーを混ぜたものを飲んだりしているのだろう。スペインではその種の飲み物が食後に好まれる。そんなことが頭に浮かび、ジャックは顔をしかめた。母はパチャランと同種のリキュールであるイギリス発祥のスロージンを冬においしそうに飲むが、ジャックはその好みを受け継がなかった。

「無人《クリア》」エレベーターからだれもいない廊下に出て、ジャックは言った。光沢のある羽目板、アーチ型の天井、ピカピカのタイル張りの床を見て、彼はワシントンDCの古い政府庁舎を思い出した——そう、安っぽい仕切り小部屋《キユービクル》と安価なGSA（アメリカ連邦政府一般調達局）のカーペットからなる官公庁が建てられるようになる前に建設されたものを。「ターゲットの部屋は、右へ曲がって、右側の五番目」

「了解《コピー》」ミダスは応《こた》えた。「いま空のエレベーターに乗るところ。合流する——」

「人があらわれた！」ジャックは瞬時に通信を切り、笑みをむりやり浮かべ、耳にはめたスマホ用イヤホンから垂れ下がるマイクに話しているふりをした。ダ・ローシャの部屋から二人の男が出てきて、ドアをそっと閉めたのだ。さきほどジャックが素早く廊下の向こうにまで目をやったときは、ドアはまだひらいていなかったということなのだろう。彼らは二人とも、自分たちのほうへ歩いてくる男に気づき、ギョッとした。ジャックは自分の部屋に戻る途中であるかのように、知らんふりしてさりげなくうなずいて見せた。おいしいスペイン・ワインを飲み過ぎたように見せかけようと、ちょっとふらつきさえした。男たちは廊下の端から端にまで目をやって状況を見極めてから、ジャックのほうへ向かって歩きはじめた。距離はもう五〇フィートもない。ジャックは咳《せき》をするふりをして片手を上げ、首にかけた輪についているマイクになんとかささやいた。「悪者、二人。ひと荒れしそう」

「二〇秒でそちらへ」ミダスが応えた。

「ガスパールの手下」ジャックは急いで言うと、咳払いをして手を下げた。近づいてくる男たちに、もういちど愛想よくうなずいて見せた。無視したらかえって目を惹《ひ》く。うなずいたおかげで、相手の目を見ることができ、彼らのどちらも自分に見覚えがないことを確認できた。頭の禿《は》げたほうがラップトップ・コンピューターを持ち、図体《ずうたい》が大きくて鼻がつぶれているもうひとりは何も持っていない。そいつがポルトガルでガスパールのグレーのメルセデスに乗っていたのをジャックは思い出した。こいつがリーダーにちがいない。ギャングのリムジンであろうとシークレット・サーヴィスの大統領専用車であろうと、ボスはバックシートに座るものだ。運転手はスペシャリストで、運転に長《た》けてはいるが、組織内での地位はそれほど高くない。それに、警護チームのリーダーはふつうショットガンを自分用に確保している。

鼻がつぶれた男が横にいる相棒にチラッと目をやった。その目が「宿泊客であろうとなかろうと、こいつは目撃者であり、脅威だ」と言っていた。

ジャックは一気に放出されたアドレナリンが体中を駆けめぐるのを感じた。闘いが差し迫るといつもこうなる。セビリア中に散らばるさまざまなイベント会場には金属探知機があるため、〈ザ・キャンパス〉チームの二人は身軽になって――武器なしで――移動しなければならなかった。でないと、ロシア人ターゲットがそうした会場にもぐりこんだ場合、見失ってしまう危険性があるからだ。入口に金属探知機が設置された会場のなかに入ってしまえば、武装した尾行者を簡単に撒《ま》くことができる。今夜、その武器なし移動の役目を仰《おお》せつかったのはジャックとミダスだった。

ガスパールのボディーガードだった男たちは二人とも、Tシャツの上にゆったりした半袖《はんそで》のシャツをはおっており、前はひらいたままだった。これなら隠し持つ拳銃《けんじゅう》を素早く引き抜ける。禿げ頭の男が一歩遅れ、つぶれ鼻の男のうしろへついた。ラップトップを護《まも》るためだろう。〝つぶれ鼻〟が片手を背中にまわし、歩調を速めた。ジャックまでもう二〇フィートもない。

ジャックのイヤホンから雑音混じりのクラークの声が飛び出した。無線が問題なく通話できる距離は八〇〇メートルほどで、それよりも遠くなると通信が不安定になる。現在、二人は一キロ離れていて、しかもジャックはホテルのなかだ。クラークのメッセージは最初から途切れとぎれになった。「……問題の男……こちらから離れて……戻る……第二の場所へ……可能性……」

ジャックは前からぐんぐん近づいてくる脅威に集中しなければならず、応えるどころではなかった。たとえダ・ローシャが走ってまっすぐ自分の部屋へ帰ろうとしても、着くまでに八分から一〇分はかかる。

これからどうなろうと、それまでにはすべて終わっている。

「ディング」クラークは呼びかけた。「カルーソーといっしょにアルフォンソへ向かえ」目はアダーラのｉＰａｄの画面に映るウルバーノ・ダ・ローシャとリュシル・フルニエを追っている。二人はロシア人たちのホテルの部屋から出てきたところだった。

〝ディング〟・シャベスは瞬時に応答した。「移動開始」ヒラルダの塔の階段を駆け下りているので声が安定しない。

ジャックがダ・ローシャのスイートルームから出てきた者を目撃したという情報は、すでに全員に伝わっていた。ユゴー・ガスパールのボディーガードがまだ、ボスを殺した者に復讐《ふくしゅう》しようとしているのだろうと、みな推測していた。

「アダーラとおれはここにとどまり、監視をつづける」クラークはつづけた。「ディング、ジャックたちがいるホテルは無線通信距離外になってしまっている。向こうに着いたら、おれの携帯に電話して状況報告してくれ」

「了解《ラジャー・ザット》です」シャベスはいまや小走りになっていた。「ダ・ローシャたちの前に出ないと。南へ向かってトリウンフォ広場をジグザグに進み、ミゲル・マニャラ通りに入ります。コンスティトゥシオン通りをまっすぐ南下するルートはとりません」

「装置はどうした?」クラークは訊《き》いた。レーザー・マイクロフォンや受信機器を収納するブリーフケースはむろん何の特徴もない革製だったが、そういうものを持って走れば警官の目を惹き、疑われる恐れが大いにあった。

「四階に置いてきました。北の隅にある聖遺物箱のうしろ」ドミニク・カルーソーが言った。

長距離盗聴装置は高価なものだったが、そんなことは問題ではなかった。その種の装置は見つかったら確実にニュースになる。そうなったらロシア人たちは動揺し、さらに慎重になる。クラークとしては、できればそうならないようにしたかった。

「わたしが回収に向かいます」と言ったときにはもうアダーラは動きだしていた。見つかったらヤバい装置を回収する役はアダーラが受け持つことが多い。性差別ということになるのだろうが、ひとりきりの男性警備員の前を通り抜けるのは、きれいな女のほうがすこしばかり簡単になる。

クラークはそのままホテルの部屋にとどまり、iPadの画面を見まもりつづけた。ほかの者なら、カーペットが傷《いた》むほど歩きまわり、神経をすり減らすところだが、クラークは椅子《いす》のはしにちょこんと腰かけ、両手を膝《ひざ》の上に置いて、隙《すき》あらば跳びかかろうとするかのようにやや前傾姿勢をとり、微動だにしなかった。頭のなかでは、部下たちに出せる命令──おれだったら、こうする、こういう方法をとる、といったこと──が一〇以上も駆けめぐっていた。だが、彼は口をつぐみ、連絡を待った。部下たちはみな優秀なのだ。信頼するのは簡単だった。だが、こうやってじっと我慢しているのはとてつもなく難しい。

ジャックがこれまでに加わった闘いの大半はわずか数秒しかつづかなかった。それよりもほんのすこし長くつづいたものもあったが、数えるほどしかない。六分つづいた?──そんなの皆無だ。チームのなかではクロスフィット（高い運動能力をめざすワークアウトで有名なフィットネス団体）にいちばんのめりこんでいるアダーラが、この二年ほど、仲間たちに「ヤバい闘いになったときのための訓練」を強いてきた。その心臓がバクバクいうキツい訓練は、実際の闘いのさいの全身運動を模倣した多種多様なジャンプ、リフティング、スローイングを休みなく五分間つづけ、それを三セット繰り返す、というものだった。しかし、そうした目眩《めまい》を誘い、吐き気をもよおさせるトレーニングも、こちらの肝臓をナイフで突き刺すことを第一の目的とする敵と相対したときに生じるアドレナリンの爆発的増加と恐怖までは体験させてくれない。

ジャックはユゴー・ガスパールの手下だった男たちに充分に近づいてから、ふらっと右へ進路を変えた。と、そのとき、エレベーターの到着を告げるチャイムが鳴り、廊下にいた男たちの注意を惹きつけた。ミダスが何か意味不明なことを怒鳴り、男たちの集中力をたたき割った。ジャックはその瞬間を見逃さず、自分と鼻がつぶれた男のあいだの距離を一気につめた。そして、つぶれ鼻の大男が腕を戻して拳銃を前に向ける前に、そいつの胸に自分の体を激突させようと突っ込んでいった。日本で〝ぶつかり〟と呼ばれている技をかけようとしたのだ。

ジャックはフランス人にぶつかる寸前に低くかがみこみ、ターゲットの中心にあたるように体を維持しつつ、片方の肩の先端が男のみぞおちにめりこむように身を突き上げた。うしろにいる第二の男も拳銃を持っているはずだったので、そいつがラップトップを落として闘いに加わる可能性もないわけではなく、ジャックはつぶれ鼻の男の体が盾になるようにした。

〝つぶれ鼻〟は、身長はジャックよりも二インチほど低かったが、体重は二〇ポンドほど勝っていた——しかも、そのうちに脂肪分はほとんどなかった。フランス人はよろけて後退したが、半歩にすぎなかった。まるで斧《おの》で打たれてふるえただけの大木のようで、倒れる気配はまったくなかった。

だが、そのときにはすでにジャックの手は攻撃準備をととのえていて、拳《こぶし》がハンマーとなって敵の股間《こかん》にキツい一発をお見舞いし、今度はさすがの大男も吹っ飛ぶようにして壁にぶちあたった。ほんの短いあいだだが、拳銃をにぎる手もそこで動かなくなり、ジャックはその一瞬を利用して、中途半端《はんぱ》に前進してきたラップトップを持つ男の膝にサイドキックをなんとか食らわせた。

その瞬間、ミダスが猛然と突進してきて、自分なりの〝ぶつかり〟技を披露し、ラップトップの男を壁にたたきつけた。

ジャックはどうにか片手を上げ、男の拳銃を持っているほうの腕をつかみ、拳でぶったたいたばかりの股間に膝蹴《ひざげ》りを矢継ぎ早に三つ繰り出した。〝つぶれ鼻〟は左手を必死になって荒っぽく振り、ジャックの耳に強烈な平手打ちを飛ばした。そして、ジャックがふらついたすきに、動かせるようになった拳銃を前に向けた。太くて短い豚のような減音器《サプレッサー》がついた黒い小型拳銃だった。〝つぶれ鼻〟はいちおうプロの用心棒で、射撃テクニックはあまりなかったものの、大まかな運動能力ならしっかりあった。いまも、正確な射撃をしなければならないわけでもなく、相手の身元を心配する必要もなく、ただジャックのほうへ拳銃を振り上げて引き金《トリガー》を引くだけでよかった。

二発の弾丸が空気を切り裂く音をたてて、エレベーターのほうへ飛んでいった。ジャックはすかさず両手を上げて拳銃をそらした。三発目は上へそれ、壁の燭台《しょくだい》型ランプにあたった。銃口から噴き出した熱いガスがジャックの顔に吹きかかり、頬を線状に焦《こ》がした。だが、目はなんとか傷つかずにすんだ。

〝つぶれ鼻〟が、寄りかかっていた壁を梃子《てこ》にして体を押し出し、拳銃を使えるスペースを広げようとした。ジャックは自分の腎臓《じんぞう》のあたりにパンチを食らわせた男の左の拳を無視し、両手で拳銃を無力化しようとする一方、膝を前後に動かして敵の太腿《ふともも》の外側に蹴りを入れ、脚の神経麻痺《まひ》をねらった。だが、なめらかなタイル張りの床に足をすべらせてしまった。転びそうになったが、逆にそれを利用して、拳銃を持つ男の手をつかんだ両手になんとか全体重をかけた。その強い力と、蹴られて痺《しび》れた脚のせいで、男の注意の焦点が揺らいだ。その刹那《せつな》、ジャックは拳銃をグイッと横に引っぱり、〝つぶれ鼻〟の手からそれをもぎとろうとした。フランス人は呪《のろ》いの言葉を吐き、拳銃をさらにきつくにぎった。銃口が振れて、まさに男の額のほうへ向いたそのとき、引き金《トリガー》にかかる指が痙攣《けいれん》し、暴発した。発射された弾丸は男の鼻梁《びりょう》のすぐ上にもぐりこんだ。

〝つぶれ鼻〟は体を壁につけたまますべり落ち、床に転がった。拳銃はジャックの手ににぎられていた。彼はクルッと体を回転させた。意識を失って倒れているもうひとりのフランス人のすぐそばにミダスが立っているのが見えた。床に横たわる男のわきにラップトップが落ちている。

ミダスは自分の腫《は》れた鼻に手をやり、にじんでいた血をぬぐった。

「頭突きを食らわせ、鼻にパンチを食らった」ミダスはぼそぼそ言った。「まあ、悪くはない」ジャックのうしろに転がっている死体に目をやった。「喉《のど》をねらわないとな、ライアン。ただ拳銃をもぎとろうとするのは戦術とは言えないんじゃないのか？」

ジャックはミダスの言葉の半分ほどしか聞き取れなかった。一方の耳に平手打ちを、もう一方の耳に発砲の爆音を食らって、頭のなかにキーンという甲高い音が鳴り響いていたからだ。それでもミダスが言いたいことはわかった。

ジャックは痛みを発する顎《あご》を動かした。顔を殴られた記憶はなかったが、間違いなく殴られたのだ。「こいつらをどこか見えないところへ移動させないと」

「了解した《コピー・ザット》」ミダスは言った。「八分」

ジャックはミダスを見つめた。「八分って、何が？」

ミダスは自分の耳をポンポンとたたいた。「イヤホンがないぞ。いまディングから連絡が入り、ダ・ローシャたちはあと八分でここに着く」と答えてから、二〇秒ほど費やして現在の状況をシャベスとドミニクに報告した。

ジャックは人差し指の先を耳にあて、イヤホンがなくなっていることを知った。格闘中にはずれたのだ。素早く床に目をやって探すと、〝つぶれ鼻〟の肘《ひじ》から二、三インチしか離れていない幅木に接して落ちている肌色のプラスチック製イヤホンが見つかった。

「……二分で上まで行く」そのちっぽけな装置をふたたび耳にはめた瞬間、シャベスの声が聞こえた。「ダ・ローシャたちがすぐに戻ってくる。ギャヴィンに連絡し、ラップトップの全データをコピーできるかどうか訊いてくれ。それを部屋に返して、盗まれそうになったことをダ・ローシャにわからないようにするのがベストだ」

ジャックはミダスとともに死体と気を失ったフランス人を階段まで引きずっていった。幸い、部屋やエレベーターから出てくる者はいなかった。二人は小走りでダ・ローシャの部屋のほうへ戻りはじめた。三つ手前の部屋の前に、食べ残しが載ったルームサーヴィスのトレイが置かれていた。ジャックはそれを引っぱり、格闘の証《あかし》である血痕《けっこん》と割れガラスを隠した。あとは、ダ・ローシャに気づかれませんように、と祈るしかない。ミダスが部屋のドアの解錠《ピッキング》にとりかかり、ジャックは〈ザ・キャンパス〉

ＩＴ部長のギャヴィン・バイアリーに電話した。

「よう」押し殺されたギャヴィンの声が聞こえた。まわりにいる別の人の声も聞こえる。

「いま、オフィスですか？」

「オマハでやっているインテリジェント・データ・セキュリティ会議に出席している」ギャヴィンは答えた。「金髪美人をこんなにたくさん見るのは初めてだよ――」

ジャックは三〇秒で状況を説明した。

「六分でそのコンピューターのシステムイメージを遠隔操作で作成しろというの？」システムイメージは現在のハードディスクドライヴ中の全データを正確にコピーしたファイル。

「できますか？」

「できない」ギャヴィンは嘲《あざけ》りの笑いを洩《も》らした。「でも、先月わたしが全員に配ったＵＳＢメモリを、いまその場できみが使ってマルウェアを植え付けるということはできるぞ。持っているよな、いま？」

ジャックは鍵束《かぎたば》をとりだすと、そのリングに取り付けられている電池一個使用のずんぐりしたミニ懐中電灯の後端キャップを素早くはずし、なかに隠されていたＵＳＢ

メモリをつまみ出した。

シャベスがエレベーターから出て、ダ・ローシャのスイートルームのほうへ足早に歩いてきた。

「カルーソーはロビーにいる」シャベスは言った。「ダ・ローシャたちが帰ってきたら知らせてくれる」

ミダスがスイートルームのドアから目を上げ、にやっと笑った。「あいた」

シャベスは廊下にとどまり、エレベーターのほうへゆっくりと戻りはじめた。見張り役を引き受けるつもりだ。ジャックとミダスはダ・ローシャの部屋にするりと入りこんだ。

ギャヴィンは指示を与えつづけた。ジャックは両手を使えるように、スマホの音量を下げてスピーカーフォンにした。ギャヴィンは言った。「パスワードが必要だな」

「それは問題かも」ジャックは返した。

「誕生日かもしれない」ギャヴィンはヒントを出した。「あるいは昔のペットやガールフレンドの名前とか？　コンピューターの近くのどこかに書き留めるやつもいる」

ジャックはあたりを見まわし、ラップトップ・コンピューターの置き場所としてもっともふさわしいところを探した。ガスパールの子分がラップトップを見つけたときにあった場所に同じ状態にしてそれを置いておきたいのだ。ダ・ローシャがラップトップをいじられたことに気づかなければ、やつはこのまま事を進め、〈ザ・キャンパス〉はポルトガル人武器商人とロシア人たちとの取引に関する情報をもっと得られるかもしれないのである。充電コードが机に載っていて、そのプラグが壁のコンセントに差しこまれたままになっている。ということは、ガスパールの手下に奪われる前、ラップトップはこの机の上に載っていたにちがいない。ジャックはコードをラップトップに接続し、床に置かれていたアルミニウム製のブリーフケースをつかみ上げた。ボールペンの平べったいクリップを錠の隙間に差し入れ、ダイヤルをまわしながら凹《くぼ》みを探って正しい番号をひとつずつ見つけていった。すべて見つけるのに三〇秒もかからなかった。幸運なことに、二つあった錠の番号の組み合わせは同じだった。ブリーフケースをあけると、まさに大当たりだった——アイディアやパスワードが書きこまれている赤い手帳が見つかったのだ。わざわざ超安全なパスワードをつくったくせに、それを手帳やメモ帳に書いてパソコンデスクの引出しや鍵のかかったブリーフケースにしまっておく、という人がなんと多いことか。それにジャックはいまなおあきれてしまう。ブリーフケースにパスワードを入れておく人は、航空機用アルミ製で錠が二つも付いているケースなので、電波も何も通さず、絶対に安全だ、と思いこんでいるのだろう。ジャックは手帳をミダスに投げ渡し、コンピューターを起動させた。

「まず読み上げ、それから写真を撮って」

ミダスが読み上げ、ジャックはそれを打ちこんだ。見張り役のドミニクとシャベスを信頼し、もう腕時計には目をやらない。

ジャックが正しいパスワードを入力すると、コンピューターが穏やかなチャイム音を発した。

電話を通してギャヴィンの耳にもその音が達した。彼はそれが何の音であるか瞬時に理解した。「USBメモリを挿入しろ。あとはオートロードする」

「了解」ジャックは応えた。「かかる時間は？」

「三、四分」

「三分でないと困る」ミダスが言った。

「それはわたしにもどうにもならない」ギャヴィンは返した。

「アップロード中」ジャックは言った。

「盗聴用のGSMマイクがあれば役立っただろうに」元デルタフォース大佐のミダスが、今後のために手帳のページを撮影しながら言った。

「ええ、ほんとうですね」ジャックも同感だった。あればよかったのにというものがたくさんある。現場の諜報《ちょうほう》活動ではポケットはすぐに一杯になるのである。解錠《ピッキング》用の道具が小型折りたたみ式ナイフしかなく、武器も鉄パイプしかない、というときがよくある。ふつう、懐中電灯の次に最も役立つのはクレジットカードだ。

「GSMマイクだって？」ギャヴィンはいきり立った。「馬鹿《ばか》言っちゃいけない。あんたら、説明会にも来なかったのか？　そのマルウェアはだな、無害のシステム・ファイルとなって身をひそめ、やつがログインしてコンピューターがインターネットに接続した瞬間、われわれに連絡してくれるという、それはもう素晴らしい最高傑作なんだ。GSM盗聴器を部屋に仕掛ける必要なんてぜんぜんない。なにしろコンピューターのマイクとカメラも乗っ取れるんだからな。さらに、リアルタイムでやつのキーストロークを知ることもでき、やつが見ている画面を見ることも、やつが書いている文を読むこともできる……。やつに知られることなくファイルに細工することさえできる」

「ロビーに入ってきた！」ドミニク・カルーソーの声がイヤホンから飛び出した。

「エレベーターに向かっている」

ミダスは即座にドアへ向かって動きだした。「ずらからないと、ジャック」

「エレベーターを二台とも呼び出した」シャベスが言った。「だが、ほんのわずかな時間しか稼げない」

「ありがとう、ギャヴ」ジャックは言った。「行かないと」スマホをポケットにすべりこませ、ラップトップについていたフランス人の一滴の血をぬぐいとった。と、そのとき、見まもっていたプログレス・バーが右端まで満たされた。アップロード完了。

「この部屋は情報の宝庫」

「もう時間がない」ミダスは返した。

ジャックはミダスが投げ返した手帳をキャッチし、アルミのブリーフケースのなかに戻すと、錠のダイヤルをまわして、自分がいじる前の番号に直した。クラークが言うように、ことセキュリティに関しては、細部まで徹底的にやらなければならない。やり過ぎるくらいやって、ようやく生きていられるのである。ジャックは、自分のブリーフケースをどこかに置いておくときはかならず、そのときのダイヤル錠の番号をメモしている。自分以外の者はみな信用できない、という仮定のもとに行動したほうがいいからだ。

ジャックは両手を上げると、最後にもういちどラップトップが載っている机とそのまわりを目で調べてから、ＵＳＢメモリを抜き取り、コンピューターをシャットダウンした。

「よし、行ける」ジャックは言った。

「ラップトップ、戻した場所が正しいといいのだが」ミダスが不安を口にした。

二人は廊下に出てドアを閉め、小走りに階段へ向かった。

「当たる確率がいちばん高いのはあそこ」ジャックは応えた。「はずれたら、後悔するのはやつのほうで、置き場はやっぱりあそこのほうがよかったのかも、と思うんじゃない？」冗談を飛ばした。

ミダスが階段へのドアを引きあけたちょうどそのとき、エレベーターの到着を告げるチャイム音が廊下の後方から響いてきた。次いでエレベーターのドアがひらくゴロゴロという音。

二人がガスパールの手下たちの体を跳び越えた瞬間、ジャックのポケットのなかのスマホがブーブーふるえはじめた。ギャヴィン・バイアリーだった。

「ラストデバイス・リストの消去を忘れるな」

ジャックは階段を下りる足をとめずに声を押し殺して言った。「何ですか、それ？」

「コンピューターは接続されたデバイスや周辺機器――ビデオカメラ、ＤＶＤプレイヤー、ＵＳＢメモリ――の記録を保存する。そのリストを削除しないと、きみがコンピューターをいじったことがやつにわかってしまう」

「もう遅いですよ、ギャヴ」ジャックは返した。「やつはもう部屋のなかで、われわれはもうそこにはいません。気づかれる可能性はどれくらいあるんです？」

ギャヴィンはしばらく押し黙っていた。「それはなんとも言えんなあ」ようやく答えた。「やつがきみやわたしみたいなやつかどうかによる」

「オーケー」ジャックは言った。「そのリストを見るのに必要な操作は？」

「マウスを右クリックするだけ」ギャヴィンは答えた。

「みんな、大丈夫か？」クラークは問うた。すでに半時間ほどたっていて、ホテル・アルフォンソⅩⅢからほぼ三ブロック離れたエル・シッド通りにあるカフェのテラス席に座っている。闘牛を見物した何千もの人々——大半は地元民——はすでに帰ってしまっていたが、宮殿アルカサル近くの通りはまだ、活気に満ちたスペインのナイトライフにきっぱり見切りをつけられずにいる観光客でまあまあの混雑ぶりだった。

アダーラとドミニクはクラークと同じテーブルについていたが、ほかの者たちはホテルのそばのさまざまな場所をうろついていて、無線ネットワークを通してバーチャル会議に参加していた。アダーラのｉＰａｄ画面には監視ウェブカメラが送ってよこすロシア人たちの部屋のドアが相変わらず映し出されている。ギャヴィン・バイアリーもこの無線ネットワークに接続していた。

「大丈夫か？」というクラークの問いは、怪我《けが》を心配して発せられたものだった。彼はジャックとミダスが格闘したことは知っていたが、まだ自分の目で二人を見ていなかった。すでに二人から問題ない——大丈夫——との報告を受けていたが、負傷した場合、危険にさらされていたときに大量に放出されたアドレナリンが徐々に消えていく過程で消耗性の痛みがあらわれることがあることをクラークは嫌というほど知っていた。それに、リュシル・フルニエがめちゃくちゃすごい殺し屋であることも、いまではしっかりわかっていた。だから、全員に万全の状態で用心怠りなく、いつでも即座に対応できるようにしていてほしかった。

ミダスが言った。「鼻に一発食らいましたが、そんなことは前にもあったことです。口を閉じていても、ちゃんと呼吸できますし、もともと醜男《ぶおとこ》ですから、これ以上醜くなりようもありませんしね」軽い調子だったが、だれもが負傷したことがあり、それもかなりひどい傷を負ったこともあったので、こうした報告は〈ザ・キャンパス〉チームとしては軽く受け流すわけにはいかない。チームのひとりがいつもの半分のスピードでしか活動できないのなら、ほかのだれもがそれを知っておく必要がある。

「わたしはまったく問題ありません」ジャックが言った。「胸に打撲傷をいくつか負い、まだ耳鳴りがしますが、どこも折れていないと思います」

「了解した《ラジャー・ザット》」クラークはそれぞれの言葉どおりに受け取って深追いせず、話を先に進めた。「すると、ダ・ローシャがコンピューターを起動したら、それがわかるというわけだな？」

「やつのコンピューターがインターネットに接続した瞬間」ギャヴィンが説明した。「コンピューター自体が自動的にわれわれに通知してくれます。そのマルウェアは自宅に電話するように、わたしのシステムに知らせてくれるのです。さらに、ＵＳＢメモリ等を使ってそのプログラムを問題のコンピューターに植え付けた人物にも通報します。今回の場合、それはジャックということになります。わたしがそういう通知を受けたら、その旨《むね》あなたにも連絡します――たまたまジャックがどこかの街で色っぽい姉《ねえ》ちゃんを追いかけている真っ最中だったりしたら困りますからね……世界のどこにいようと連絡します」

「へーぇ」ジャックは思わず声をあげた。「あなたって、そんなふうにわれわれのことを思っているんだ？」

「まあ」ギャヴィンは笑いを洩らした。「あんたら全員がそういうことをするとは思っちゃいない」

「やめろ、もう」クラークが割って入った。「万一の場合に備えて安全策を講じておくのはいいことだ。問題は、ダ・ローシャのコンピューターから通知がまだ来ないということだ。何か問題が生じてマルウェアがうまく働いていないのかもしれない」

「それはどうでしょう、ボス」ミダスが意見を述べた。「ギャヴィンはそれを探知されにくいだけでなく頑強でもあるように設計したのです。もう遅いですから、ダ・ローシャは寝てしまっただけなのかもしれません」

ミダスがかつてそうだったデルタフォース隊員というと、〝図体のでかい粗野で乱暴な最強の戦闘員〟というのが世間一般のイメージだが、実は彼らの大半はそうした大衆の思いこみに反して、修士号以上の学位を有し、少なくとも二カ国語を話せ、電話への仕掛け、コンピューター犯罪捜査、いろいろな監視技術などの深い知識と経験もある。〈ザ・キャンパス〉の工作員はみな、さまざまな技術的手段を用いて活動することに慣れているが、なかでも技術を最も信頼しているように見えるのがミダスだった。

「ミダスの言うとおりだと思います」ドミニクが発言した。「見晴らしの利《き》くヒラルダの塔の窓辺の監視地点から見たかぎり、どうもロシア人たちはビニール・シートを吊《つ》り下げていたようです。それは盗聴や監視を完全に排除するための仕掛けだったのだと、あとになってわかりましたが、ダ・ローシャはそのなかに入っていったとき、殺し用の部屋だと思ってめちゃくちゃビビったにちがいありません。危うく死ぬところだったという体験をすると、この世に子孫を残そうという衝動が頭をもたげるということが起こりがちです。わかりますよね、わたしの言いたいこと？　ダ・ローシャとフルニエはいま、自分たちもいつかは死ぬ運命にあるという事実をかみしめつつアレに励んでいる可能性大です」

アダーラが洩らした嘲りの笑いをマイクが拾った。

「何だよ？」ドミニクはガールフレンドにつっかかった。「きみだってわかっているはずだ」

シャベスが割りこみ、話を肝心なことに戻した。「どうするか選択する必要がありますね、ミスターC。ボスが言うように、われわれが監視していた者全員が何らかの悪事に係わっているわけですから」

「チームを分けるのは気が進まない」クラークは言った。長期にわたってダ・ローシャをしっかり監視するだけでも、現在配下にある部下たちの二倍の人員が必要になる。さらにロシア人グループのリーダーと思われる男に対しても同様のことをするとなると、そのまた二倍の人員がいる。少人数で結束の固い〈ザ・キャンパス〉チームは、かなり自由に動け、素早く方向転換する能力には長けているが、それにも限界がある。「いまボールを持っているのはロシア人たちか、それともダ・ローシャか、見極めるのは難しいですね」シャベスはつづけた。「ともかく、われわれとしては、いまボールを持って走っているやつを追わないといけません」
「そういうことだ」クラークは言った。「そのダ・ローシャとかいう野郎は何度もしつこく顔を出し、あらわれるたびに血が流れる。おれたちにはまだ氷山の一角しか見えていない。見えないところに何があるのか知りたい」

（下巻へ続く）

T・クランシー
M・グリーニー
田村源二訳

米中開戦（1〜4）

中国の脅威とは――。ジャック・ライアンの活躍と、緻密な分析からシミュレートされる危機を描いた、国際インテリジェンス巨篇！

M・グリーニー
田村源二訳

イスラム最終戦争（1〜4）

機密漏洩を示唆する不可解な事件続発。全米テロ、中東の戦場とサイバー空間がシンクロするジャック・ライアン・シリーズ新展開！

フリーマントル
稲葉明雄訳

消されかけた男

KGBの大物カレーニン将軍が、西側に亡命を希望しているという情報が英国情報部に入った！　ニュータイプのエスピオナージュ。

T・R・スミス
田口俊樹訳

チャイルド44（上・下）
CWA賞最優秀スリラー賞受賞

連続殺人の存在を認めない国家。ゆえに自由に凶行を重ねる犯人。それに独り立ち向かう男――。世界を震撼させた戦慄のデビュー作。

J・ノックス
池田真紀子訳

堕落刑事
―マンチェスター市警
エイダン・ウェイツ―

ドラッグで停職になった刑事が麻薬組織に潜入捜査。悲劇の連鎖の果てに炙りだした悪の正体とは……大型新人衝撃のデビュー作！

J・ノックス
池田真紀子訳

笑う死体
―マンチェスター市警
エイダン・ウェイツ―

身元不明、指紋無し、なぜか笑顔――謎の死体〈笑う男《スマイリー》〉事件を追うエイダンに迫る狂気の罠。読者を底無き闇に誘《いざな》うシリーズ第二弾！

密《みつ》約《やく》の核《かく》弾《だん》頭《とう》(上)

新潮文庫　ク－28－75

Published 2021 in Japan
by Shinchosha Company

令和三年八月一日発行

訳者　田《た》村《むら》源《げん》二《じ》

発行者　佐藤隆信

発行所　株式会社新潮社

郵便番号　一六二―八七一一
東京都新宿区矢来町七一
電話　編集部(〇三)三二六六―五四四〇
　　　読者係(〇三)三二六六―五一一一
https://www.shinchosha.co.jp

価格はカバーに表示してあります。

印刷・株式会社光邦　製本・株式会社大進堂

ISBN978-4-10-247275-0 C0197